AMOR DE VERÃO

Da mesma autora, pela **VR Editora**

Nora sai do roteiro

ANNABEL MONAGHAN

AMOR de VERÃO

TRADUÇÃO
EDMUNDO BARREIROS

TÍTULO ORIGINAL *Summer Romance*

Copyright © 2024 by Annabel Monaghan

All rights reserved including the right of reproduction in whole or in part in any form.

This edition published by arrangement with G.P. Putnam's Sons, an imprint of Penguin Publishing Group, a division of Penguin Random House LLC.

Todos os direitos reservados, incluindo o direito de reprodução total ou parcial, em qualquer formato.

Obra publicada mediante acordo com G.P. Putnam's Sons, um selo da Penguin Publishing Group, uma divisão da Penguin Random House LLC.

© 2025 VR Editora S.A.

GERENTE EDITORIAL Tamires von Atzingen
EDITORA Marina Constantino
ASSISTENTE EDITORIAL Michelle Oshiro
PREPARAÇÃO Milena Varallo
COLABORAÇÃO E REVISÃO Raquel Nakasone
REVISÃO Alessandra Miranda de Sá
ARTE E DESIGN DE CAPA Sandra Chiu
DIAGRAMAÇÃO E ADAPTAÇÃO DE CAPA Guilherme Francini
PRODUÇÃO GRÁFICA Alexandre Magno

Dados Internacionais de Catalogação na Publicação (CIP)
(Câmara Brasileira do Livro, SP, Brasil)

Monaghan, Annabel
Amor de verão / Annabel Monaghan; tradução Edmundo
Barreiros. — São Paulo: VR Editora, 2025.

Título original: Summer Romance.
ISBN 978-85-507-0616-0

1. Romance norte-americano I. Título

24-238425   CDD-813.5

Índices para catálogo sistemático:

1. Romances: Literatura norte-americana   813.5
Eliane de Freitas Leite - Bibliotecária - CRB 8/8415

Todos os direitos desta edição reservados à:
VR EDITORA S.A.
Av. Paulista, 1337 – Conj. 11 | Bela Vista
CEP 01311-200 | São Paulo | SP
vreditoras.com.br | editoras@vreditoras.com.br

Para minha mãe, Joany,
que ainda está tão próxima quanto
a minha própria respiração

1

TEM DIAS QUE TUDO O QUE VOCÊ PRECISA FAZER É ENFIAR DE QUALQUER jeito as merdas que comprou na despensa. Farinha, grão-de-bico, pacote de biscoito. Apenas jogue tudo ali e feche a porta. Às vezes, as crianças estão brigando ou há um canetão destampado entre o cachorro e seu único sofá bom, e não há tempo para organizar as compras direito no armário. Às vezes, é preciso improvisar. São coisas que eu nunca digo aos meus clientes. Realmente acredito na organização inteligente dos ingredientes, de acordo com a situação. Você está preparando um bolo? Beliscando alguma coisa? Tomando café da manhã? Mas, nos últimos anos, parece que estou fazendo tudo isso ao mesmo tempo. Usando uma calça suja de moletom. Estou começando a achar que não há potes de vidros etiquetados o suficiente para arrumar a confusão que é minha vida.

Não é segredo para ninguém que estou um pouco empacada na vida. Andando em círculos, como um avião que não pode aterrissar por causa da neblina. Estou aqui, mas também não estou. Casada, mas também não. O Instagram acha que preciso me dedicar mais ao autocuidado para voltar a viver bem. Ele está obcecado com a minha curva de cortisol e com a profundidade da minha prática de meditação, mas tenho certeza de que o escalda-pés de magnésio que tem aparecido no meu feed a semana toda não daria conta do recado. Hoje é o aniversário de dois anos da morte da minha mãe, o que significa que faz exatamente um ano que Pete anunciou que não queria continuar casado comigo. Para ser justa com Pete, ele nunca foi bom em lembrar datas especiais.

Naquela manhã, tinha acordado cheia de tristeza. O calendário não devia ter esse tipo de poder sobre nós; não existe mágica na passagem de 365 dias. Poderia ter sido um ano bissexto, e eu teria tido um dia inteirinho a mais antes de desmoronar. Na noite anterior, havia decidido que faria os cookies de aveia com chocolate da minha mãe para o café da manhã. Esse é o tipo de coisa que ela fazia o tempo inteiro: romper a monotonia da vida fazendo algo divertido e inesperado. Queria mostrar para os meus filhos que a diversão nunca morre.

Deixei a manteiga na bancada desde a véspera para amolecer, e me levantei às seis para cozinhar. Era fim de junho, como agora, e o sol já tinha nascido. Botei minha pilha meio bamba de correspondência na pia para abrir espaço para o liquidificador de mamãe. Bati a manteiga com os açúcares e, em uma tigela, juntei a farinha, o bicarbonato de sódio e a canela. Já estava chorando quando acrescentei as três xícaras de aveia, enxugando as lágrimas com as mangas do pijama. É realmente inacreditável quanta aveia vai nessa receita e, por alguma razão, isso fez com que sentisse ainda mais saudade da minha mãe.

Foi nesse estado que Pete me encontrou. Chorando sobre a caixa de aveia tamanho família, de costas para uma pia cheia de cartas ainda fechadas.

— Meu Deus, Ali — disse ele.

Claro, Pete dizia isso o tempo todo. Mas seu tom de voz não estava furioso como quando não conseguia achar uma camisa limpa, ou quando um de seus sapatos estava cheio de farelo de salgadinho e escondido embaixo do sofá. Também não era um tom sarcástico, como daquela vez em que gesticulou para a minha Torre de Pisa de Papel e perguntou o que eu tinha feito o dia inteiro. Aquele foi um "Meu Deus, Ali" suave, como se estivesse sem energia para repetir aquilo.

Eu normalmente não reagia a Pete. Seu desespero era uma espécie de ruído branco de fundo na minha vida. Eu me desvencilhava desses comentários e me voltava para as crianças ou para o cachorro. Ou para a minha mãe. Mas ela tinha partido havia um ano, então fiquei ali, chorando. Por causa da aveia, pelo jeito como Pete olhava para mim e também pelo jeito como ele não me olhava. E por todo o tempo da minha vida que passei casada com um homem que não atravessava a cozinha para me confortar.

— Eu quero o divórcio — ele disse. Não respondi, então Pete continuou: — Não quero continuar casado.

— É isso que divórcio geralmente significa — falei.

Foi sarcástico e nem soou como eu mesma. Senti uma pressão no peito e um zumbido tomou conta da cabeça, como se eu fosse sair do corpo. Já sentira algo assim antes, quando um médico colocou um prazo para os dias de minha mãe nesta Terra. De doze a dezoito meses. Quis indagar "Por que não dezenove?". Fiquei furiosa pela arrogância de sua especificidade.

Pete foi embora naquela noite, e desde então tudo tem corrido bem. Agimos como se estivéssemos em um reality show chamado *O melhor ex-casal da nação*. Somos educados, quase afetuosos, na frente das crianças. Ele busca as meninas para os treinos de futebol nas noites de terça-feira e os jogos dos sábados, e as leva para tomar sorvete na sequência, com Cliffy a reboque. Cliffy não gosta de esportes em grupo de jeito nenhum, fato que Pete não reconhece, então o leva para ser seu assistente de treinador. Cliffy carrega lápis de cor e um caderno. Durante as temporadas de outono e primavera, eu vou aos jogos, claro, e depois nos despedimos sem jeito no estacionamento, e finjo estar com pressa para encontrar uma amiga para um compromisso absolutamente divertido.

O que não é verdade. Em vez disso, entro no carro e converso com minha falecida mãe. É um novo hábito que adotei, e acho estranhamente terapêutico desabafar tudo para ela e apenas deixar que as palavras ecoem no painel. Fico esperando que ela intervenha com seus lábios vermelhos e um sorriso largo, garantindo que tudo vai dar certo no final. Mas isso não acontece, e sinto falta disso como se sente falta de uma mentira. Sinto falta do privilégio de tê-la se materializando à minha porta com uma travessa de frango, insistindo que a vida doméstica é fácil e divertida. "Deve ser culpa minha", eu pensava, porque não acho nada fácil nem divertido. O tempo que passo com as crianças catando pedras no riacho atrás da casa ou cantando canções de musicais na hora do banho sempre foi fácil e divertido. Mas todo o resto — a casa e o jardim e os eletrodomésticos que se revezam para quebrar e o encanador que diz que vai vir mas não aparece e mesmo assim surge uma cobrança dele no meu cartão de crédito, e a espera ao telefone para ter que dizer ao banco que, sim, minha privada está quebrada e que, sim, ela ainda não foi consertada, e depois ter que explicar a Pete por que ele ainda precisa usar o banheiro das crianças no meio da noite e suportar o olhar dele como se, sério, eu não fosse capaz de nada. Nada fácil nem divertido.

Mas quando ela estava por perto era mais fácil, porque eu tinha uma parceira. Ela me fazia companhia nas tardes de sábado, quando Pete devia ficar ao meu lado cuidando das coisas, mas precisava participar de uma corrida de bicicleta de cinquenta quilômetros. Foi ela quem me ajudou a ensinar as crianças a usarem o banheiro e encontrou um dentista pediátrico que aceitava nosso plano. Era ela quem me olhava nos olhos e sorria toda vez que Cliffy dizia "gelatinha" em vez de "gelatina". Se eu parecia estressada ao telefone, ela largava tudo, organizava um piquenique e levava meus filhos à praia para que eu pudesse arrumar os armários em paz. Ela era a única pessoa no mundo que entendia como me faz bem arrumar um armário.

Meus filhos a chamavam de Dona Graça, porque esse era seu nome, e lhe caía muito bem. Ela não era uma pessoa exatamente refinada; muitas de suas roupas tinham remendos e ela dirigiu o mesmo carro Volkswagen por 25 anos. Mas tinha tendência a agir por um desejo, um capricho, qualquer coisa fácil e divertida, uma graça passageira. Às vezes, seu nome prega peças em mim. Uma graça passageira. A passagem da Graça. O câncer atingiu minha Dona Graça. Agora nada mais tem graça. O que preciso fazer é reencontrá-la em mim.

Por isso, hoje de manhã, tentei novamente a ideia dos cookies para o café da manhã. Não chorei quando acrescentei aquela quantidade extraordinária de aveia, e, quando meus filhos desceram e sentiram o cheiro de manteiga e açúcar, ficaram animados de um jeito que eu não via fazia muito tempo. Senti como se ela estivesse bem ali, com seu longo rabo de cavalo castanho, pintado para ficar da cor do meu, e sem nenhuma maquiagem além do batom vermelho, planejando um passeio pelo parque ou um experimento científico chamado Bolo com Cobertura de Sorvete. Ela batia palmas, com as pulseiras tilintando, e dizia:

— Sabe o que seria divertido?

Era uma pergunta retórica, porque ela sempre sabia o que ia ser divertido. Levou dois anos, mas ver meus filhos comerem aqueles cookies no café me tirou um pouco do peso das costas. Um alívio no peito que me deu energia para recrutar meus próprios serviços e usar o dia para encarar aquela despensa.

Abro o Instagram no notebook para poder ver todos os meus posts de uma vez — as despensas dos meus clientes parecem pertencer a assassinos em série. Potes de vidro equidistantes, etiquetados com a fonte que é minha assinatura. As imagens me dão uma descarga rápida de dopamina. Trazer ordem para a casa deles satisfaz uma necessidade tão profunda em mim que tenho certeza de que é inata. Quando criança, eu não saía para a escola até arrumar minha cama e meus bichos de pelúcia estarem organizados por ordem de tamanho. Meu quarto, minha mesa, meu conjunto de sete lápis. Tudo isso era como um mergulho em quietude. O bom de ser filha única é que, no fim do dia, tudo está exatamente onde você deixou.

Acho difícil acreditar que algum dia já fui essa pessoa enquanto pego a terceira caixa quase cheia de amido de milho e a coloco ao lado de uma dúzia de pacotes abertos de biscoitos e salgadinhos velhos. Há tanta coisa espalhada pelo chão que daqui a pouco elas vão se erguer e me devorar. Vou ser engolida pela caixa tamanho família de barras de granola que ninguém gosta, mas que simplesmente não consigo jogar fora. Ferris está com a cabeça apoiada nas patas, esperando que parte dessa fartura sobre para ele.

É preciso primeiro bagunçar para depois organizar. Costumo ser enfática sobre isso com meus clientes. Eles ficam pasmos ao me ver retirando todos os itens de seus armários e os espalhando pelo chão. Nunca me sinto assoberbada na casa deles. Eu falo enquanto trabalho, e há uma energia impulsionadora em minha voz.

— Agora, tiramos tudo. Vamos escolher as coisas que vocês usam com mais frequência para o café da manhã!

Desse jeito, eu os guio calmamente pelas etapas do dia, dividindo as prateleiras em categorias que são uma verdadeira organização para a alma. Ou, melhor dizendo, Organização para a Alma™. É o nome que eu dei para uma página do Instagram, e estou querendo fazer essa expressão bombar. Enquanto estou ali parada na frente da minha despensa olhando para todo aquele amido de milho, percebo que me sinto calma nessas situações porque não se trata da minha própria bagunça. Não fico ressentida com o homem que comprou o suplemento de proteína tamanho gigante para outra pessoa. Não sinto falta da mãe que trouxe aquele pote de chutney no Natal. A bagunça dos meus clientes é simples; a minha própria bagunça é complicada.

Encontro uma quarta caixa de amido de milho e isso acaba comigo. Eu uso uma colher de chá de amido por ano para fazer torta de noz-pecã no Dia de Ação de Graças. Como me tornei uma pessoa que não tem tempo nem energia para dar uma olhadinha na despensa antes de comprar mais amido de milho? Como é possível que eu seja uma personal organizer que não faz nem uma lista de compras? Faço essa pergunta a mim mesma ouvindo a voz de Pete. Ele já me questionou isso antes, e não consigo me lembrar de como expliquei para ele. Você teria que estar aqui. Teria que passar um dia inteiro na minha vida, dentro da minha cabeça, para entender como isso é possível. Eu mesma não sei se entendo.

Desisto e enfio tudo o que está no chão em um saco de lixo. De qualquer forma, já está na hora de buscar as crianças. É a última semana de aula, e quero que o verão comece logo. O verão acontece ao ar livre, e a bagunça do meu jardim é uma bagunça muito mais feliz de se estar. Encontro as chaves embaixo do formulário para encomendar as camisetas do acampamento que deveria ter sido entregue na semana anterior. Acho o celular embaixo de um pedaço de torrada com manteiga. Perdi três ligações de Frannie, então ligo para ela a caminho da garagem.

— Você vai surtar — diz ela. Consigo escutar os ruídos da lanchonete ao fundo. Pratos batendo na bancada e talheres jogados em uma bandeja de plástico.

— Mal posso esperar. O que foi?

— Meus pais vão sair da cidade.

Acho muito difícil acreditar nisso. Os pais de Frannie nunca deixam Beechwood.

— Tipo pra ir a um outlet?

— Eles ganharam o sorteio regional do Cinturão do Sol. Uma viagem de duas semanas pra Key West.

— O quê? Que divertido! Meio que consigo imaginá-los lá usando camisas de flamingos.

Estou sorrindo ao telefone porque adoro os pais de Frannie. Eles têm roupas verdes idênticas para o dia de São Patrício. Uma vez, eles apareceram em uma reunião importante na prefeitura com perucas empoadas e túnicas pretas. Minha mãe se referia a eles como "o casal temático". São as pessoas mais empolgadas do mundo.

Eu e Frannie não éramos grandes amigas quando crianças, mas estávamos no mesmo ano, e todo mundo conhecia o sr. e a sra. Hogan porque eles são um pouco excêntricos, e também porque são os donos dos dois pilares da nossa cidade: a lanchonete Hogan e a pousada Beechwood. Nós nos reencontramos depois que Pete e eu deixamos Manhattan e voltamos para Beechwood, e passei a acompanhar o processo de envelhecimento deles. Me perguntava se o sr. Hogan se cansaria de usar sua camisa (agora vintage) do time de futebol americano do colégio de Beechwood em todos os jogos do time em casa. Ou se eles parariam de usar os uniformes dos Yankees para o desfile da liga infantil. Ainda não há nenhum sinal de cansaço.

— Não é? — diz ela. — Eles ficaram completamente loucos. Minha mãe fez um corte chanel uma hora atrás; ela diz que é um visual mais apropriado para a Flórida. Eles viajam no sábado.

— Vai ter muito cor-de-rosa. E drinques com guarda-chuvas, imagino.

Estou saindo de ré da garagem e a luz do sol me surpreende. Meus gerânios estão lindos e florescendo nos vasos perto da porta da frente. Eu os plantei no Dia das Mães porque são exatamente da cor do batom da minha mãe, e também têm a resiliência teimosa dela. Gerânios aguentam um dia quente com muito mais graça do que as pessoas acham. Não é preciso regar demais nem ter muito cuidado com eles. Arranque as partes mortas e novos brotos vão surgir. Meus olhos notam a mancha de café em minha calça de moletom cinza, que era de Pete. Na verdade, não consigo imaginar como ela reagiria ao ver como estou lidando mal com sua ausência.

— Você está bem? — pergunta Frannie quando fico quieta por tempo demais.

— Estou.

— Você deu uma suspiradinha.

— Devo estar ficando velha.

— Pare com isso, Ali. Nós temos 38 anos. Ainda podemos engravidar, começar uma faculdade de medicina.

— Por que você escolhe duas das coisas mais exaustivas do mundo para exemplificar o que ainda podemos fazer?

Frannie teve um bebê no ano anterior, o que não parecia tê-la desacelerado muito. Ela lida com tudo muito bem enquanto administra a lanchonete. É uma pessoa bem diferente de mim, e, com certeza, Marco é um marido diferente.

— Desembuche.

Posso visualizar Frannie prendendo o celular no pescoço e esfregando o balcão da lanchonete depois da correria da hora do almoço.

— O Instagram venceu, e comprei um monte de velas flutuantes de aromaterapia ontem à noite. Parece que estou mal?

— Com certeza. Diga que calça você está usando e eu te digo exatamente quanto você está mal.

Dou risada.

— Sem comentários.

Frannie vem me incentivando a voltar a me arrumar um pouco desde a morte da minha mãe. Explico que, sem a ajuda da minha mãe, não tenho tempo para coisas tão frívolas quanto roupas. Ela argumenta que vestir um jeans e uma blusa leva o mesmo tempo que pôr uma calça de moletom e uma camiseta.

— Pra que fazer isso? — pergunto.

Ela diz:

— Por você.

E concordamos em discordar.

Entro no estacionamento da escola e pego a última vaga.

— Está bem, tenho que ir levar um chá de cadeira. Dê os parabéns a seus pais, e diga que quero ver as fotos depois.

Quando vou apertar o botão vermelho para encerrar a ligação, ela grita as palavras que realmente acredita que vão mudar minha vida:

— Calça de tecido plano!

Antes que eu saia do carro, digo "mãe", e apoio as mãos sobre o volante:

— Estou tão cansada de me sentir empacada. Sei que dependo muito de você, mas poderia me dar uma mãozinha? Um sinal?

Ela acreditava em sinais mais do que eu, mas preciso mesmo de ajuda, então peço. Ela não responde, mas a ouço rir. É sua risada social. A que faz com que as pessoas saibam que ela está achando graça. Não é a gargalhada que sacudia seu corpo e lhe provocava lágrimas, que ela reservava para os filmes de Will Ferrell e para quando Cliffy errava a pronúncia de Massachusetts. Ela mantinha um lenço de papel na manga do suéter caso alguma coisa realmente engraçada acontecesse. Não tem como não amar uma pessoa que sai de casa preparada para morrer de rir.

Iris está no alto do trepa-trepa se reunindo com as garotas tops, as mais populares do quinto ano. É fácil identificá-la com sua camiseta roxa, short laranja e o meião de futebol puxado sobre os joelhos. Iris tem mil combinações de roupa que não funcionam muito bem, mas ela se sente completamente à vontade assim. Finjo não ver Greer, sentada em um banco mexendo no celular. Ela se afasta da escola todo dia para evitar o horror de ser buscada por mim. No primeiro dia do sexto ano, parei em frente à escola, abri a janela e acenei para ela na frente dos seus amigos. Desde então combinamos que eu não faria mais isso.

Paro na frente da saída da educação infantil para esperar por Cliffy. Sua professora está do lado de fora, já falando com os outros pais, mas não estou preocupada. Ele é sempre o último a deixar o prédio. Quando finalmente aparece, com a mochila nos ombros sobre a camiseta do Bob Esponja, me dá o sorriso de um menino de seis anos que não vê a mãe há mais de seis horas. Esse sorriso poderia fornecer energia suficiente para abastecer uma cidade pequena, e todo dia me pergunto quanto tempo isso ainda vai durar. Eu me pergunto quando ele vai sair da escola, me dar um aceno de cabeça e sair correndo com os amigos. Nunca vi um homem de quarenta anos olhar para a mãe desse jeito.

Cliffy joga os braços em volta da minha cintura e começa a me contar sobre gambás, enquanto as nuvens ficam mais carregadas e o céu escurece. As meninas nos veem, e todo mundo corre para os carros. Pego Iris pela mão e rio quando as gotas pesadas de chuva atingem meu rosto. Quando estamos no carro, me detenho por um instante atrás do volante, sorrindo para a chuva que esmurra o para-brisa. Esse era o sinal que eu estava pedindo. Uma tempestade é um novo começo, e quero permanecer nesse momento. Greer, Iris, Cliffy e eu, encasulados nesse carro com o barulho da chuva preenchendo nossos ouvidos. Estamos juntos, estamos em segurança, e vamos ficar bem. Eu realmente me sinto dez por cento melhor hoje. Talvez tenham sido os cookies, talvez tenha sido o movimento de seguir adiante e jogar fora a comida velha. Talvez seja apenas o tempo. Greer ergue os olhos do telefone, e posso captar um vislumbre da garota que ela era antes que as coisas começassem a ficar confusas.

Meu telefone toca, e Iris o entrega para mim com aquela bondade que diz tenho-onze-anos-e-ainda-não-odeio-você.

— É o papai — diz ela.

— Oi, Pete — falo com o telefone no ouvido. Nunca atendo as ligações de Pete no viva-voz na frente das crianças porque não quero que elas escutem como ele cancela os planos com naturalidade. — Está chovendo.

— É, estou vendo. Escute, não quis te escrever sobre isso. Quero dizer, faz um ano. Acho que devíamos virar a página e assinar o divórcio.

Pelo visto, Pete se lembra, sim, de datas especiais.

— Ótimo. Me envie uma mensagem com os detalhes! — falo com minha voz mais alegre, como se ele tivesse acabado de me convidar para uma festa.

Quando desligo, Greer pergunta:

— Por que está sorrindo?

Porque agora me sinto quinze por cento melhor. Vou realmente me separar de Pete. Vou descobrir como ganhar meu próprio dinheiro. Agora sei exatamente quantas caixas de amido de milho tenho em casa.

— Dona Graça continua me enviando sinais. Vamos ter um verão radiante.

2

MINHA MÃE E EU COSTUMÁVAMOS CELEBRAR O PRIMEIRO DIA DO VERÃO nos levantando antes do amanhecer para ver o sol nascer sobre a água na pousada Beechwood. Minha primeira lembrança desse evento é de quando eu tinha quatro anos, o ano em que meus pais se divorciaram. Chegávamos quando ainda estava escuro, nos esgueirávamos em direção ao deque e nos sentávamos nos degraus enquanto o sol se erguia à distância sobre Long Island. Enquanto esperávamos, ela perguntava:

— O que quer fazer este verão?

E eu dizia no escuro: quero aprender a andar de bicicleta, ou quero ganhar de você no xadrez. Quero crescer cinco centímetros. Quero dar meu primeiro beijo. Ela continuava perguntando "o que mais?", enquanto eu lançava meus desejos de verão no breu. Não havia limite para as coisas que eu podia desejar. Depois do meu último desejo, ela dizia:

— Você pode ter tudo isso.

E eu acreditava nela. E então, quando o alvorecer cor de laranja começava a irromper no céu, ela me envolvia com o braço e apertava meu ombro.

— Um brinde a um verão radiante — dizia.

Beechwood é uma pequena cidade suburbana no estado de Nova York, ao norte de Manhattan e ao sul de Connecticut, com quilômetros de costa ao longo do estreito de Long Island. Nossa versão da praia é apenas a orla onde ondinhas batem nos tornozelos e trazem caranguejos. A vista da água termina com Long Island à distância, um dedo de terra que nos protege do Atlântico. Devido à geografia, nossa cidade parece resguardada e livre de dramas. É uma cidadezinha em que se conhecem o carteiro e o dono da mercearia pelo nome, mas quem espera que alguma coisa empolgante aconteça, provavelmente deveria ir a outro lugar.

Retomamos a tradição do primeiro dia do verão quando retornei a Beechwood e, é claro, trouxemos as crianças conosco. Ela sorria para a água enquanto meus filhos gritavam seus desejos.

— O que mais? — perguntávamos repetidas vezes.

Iris teve a ideia de fazer isso em cima de pranchas de *stand up paddle* depois que minha mãe morreu. Eu resisti à mudança porque tradição é tradição. Mas percebi que as garotas estavam se sentindo mais tristes que nostálgicas, e a mudança fez bem. Hoje é nosso segundo nascer do sol em pranchas de *stand up*. Deixamos o carro na pousada e caminhamos por todo o cais até a garagem de barcos no escuro. Minha professora de história do ensino médio, a sra. Bronstein, que agora administra os barcos dali e insiste que eu a chame de Linda, me deu minhas próprias chaves há anos. Pegamos três pranchas e entramos na água. Greer é cautelosa, se ajoelhando antes de ficar de pé e permanecendo bem imóvel. Iris surge de repente e cai de cabeça na água. Eu me sento de pernas abertas na prancha para mantê-la firme, enquanto Cliffy se deita de costas, com a cabeça no meu colo, esperando pelo sol.

O verão é sempre marcado por alguma situação. O verão em que nos mudamos para Beechwood. O verão em que Greer aprendeu a nadar. Os últimos dois verões foram de morte e separação, e estou me perguntando qual vai ser a nossa lembrança desta vez. Cliffy diz para a escuridão que quer construir uma ponte sobre o riacho no nosso jardim. Iris quer marcar três gols em um jogo. Greer murmura seus desejos para si mesma.

— O que mais? — repito várias vezes.

Eu também quero expressar um desejo, mas eles estão todos confusos na minha cabeça.

— Fale alguma coisa, mãe. Depressa — diz Cliffy.

O céu está começando a clarear, mas ainda não conseguimos ver o sol. Iris está plantando bananeira em sua prancha. Ela é tão destemida e segura, de um jeito que me faz desejar que ela fosse um comprimido que eu pudesse engolir. Greer se afasta, não para longe, e depois volta.

Eu não me divirto desde que essa rocha de tristeza caiu sobre o meu peito. Quero rir e ser espontânea com algo tão inacreditável quanto um Bolo com Cobertura de Sorvete. Quero limpar um armário.

— Eu quero que tudo fique mais leve — digo quando o sol aparece e concede meu desejo.

— Um brinde a um verão radiante! — gritamos todos para o sol. Cliffy ri, porque é divertido gritar para o sol, mas as meninas e eu estamos em silêncio, ainda um pouco à deriva.

3

TODAS AS SEGUNDAS-FEIRAS, PASSO UMA HORA SENTADA NO PEQUENO escritório dos fundos de Frannie registrando seus depósitos e organizando suas contas enquanto ela reabastece o café das pessoas no balcão. Já faz duas semanas desde que estive ali, porque as crianças estavam em casa, mas hoje elas começaram o acampamento no centro recreativo, então estou de volta ao meu lugar. Posso ouvir Marco na chapa cantando bobagens para Theo em seu cercadinho. Theo sempre cheira a cheesebúrgueres, o que para mim é o único jeito de melhorar o cheiro de um bebê.

Essa é minha parte favorita da semana: ficar sentada sozinha naquele espaço, dando sentido àquele pequeno negócio. Organizar os armários das pessoas é uma solução rápida, mas organizar o caos da lanchonete é profundamente gratificante. O pessoal que entrega pão fresco gosta de receber em dinheiro toda semana, e as contas das fazendas de laticínios vencem a cada quinze dias, haja o que houver, mas as despesas ainda precisam ser registradas. As contas de serviços da lanchonete estão no débito automático no cartão de crédito pessoal dos pais de Frannie. Ela deixa tudo anotado para mim em pequenas tiras de papel, faturas esmaecidas e Post-its com pontos de interrogação e carinhas felizes. Toda semana, saio com os problemas resolvidos, tão satisfeita quanto me sentia quando era uma contadora fazendo os ajustes finais de um balanço.

Hoje, termino em 45 minutos, depois peço ovos poché.

— Em que pé está o divórcio? — pergunta Frannie. — Você arranjou um advogado?

— Não vamos usar advogados.

— O que isso significa? — Frannie joga o pano de prato na pia atrás dela.

— Estamos vivendo separados há um ano pacificamente. Ainda temos uma conta conjunta e pagamos tudo com ela. Tudo tem sido muito amigável, mas, com a nova despesa do apartamento dele, não estamos conseguindo poupar nada, então não queremos gastar as economias que temos com advogados. Ele encontrou uma mediadora.

— Que coisa mais hippie.

— É bom pras crianças verem que as coisas são tranquilas entre nós.

— Ele está saindo com alguém?

— Eu não tenho como saber. Já é hora disso?

— Ninguém deve começar a namorar até você estar usando calças que não sejam de moletom.

Olho para a minha calça de moletom cinza e suja, que eu acho que é diferente da que usei para dormir.

— Eu sei.

— E seus macacões não contam. — Ela gesticula para mim com seu bule de café descafeinado de um jeito levemente agressivo. — Não tente me enrolar por eles serem de brim. Eles são macios e folgados, e, em espírito, são o mesmo que moletons.

— Eles têm peças de metal, como ganchos e fivelas. São tipo calças de tecido plano.

— Você não vai conseguir sair com ninguém até usar uma calça que tenha zíper.

— É o zíper que atrai os homens. Anotado.

— Pode ser exatamente do que você precisa — diz ela. — Um encontro. Só pra você superar as primeiras vezes de novo: primeiro encontro, primeiro beijo.

— Ah, meu Deus, pare.

Só de pensar nisso, me sinto mais empacada que nunca.

— Posso ir com você?

— Num encontro?

— Não. Na mediação.

Quase sorrio com a ideia de Pete entrando no escritório de uma advogada e encontrando Frannie ao meu lado segurando um grande bloco de notas amarelo.

— Não, obrigada.

— Bom, você sabe que meu irmão mais novo é advogado, se quiser conversar com alguém.

Isso realmente me faz sorrir.

— Scooter é advogado? Não é possível que a gente já esteja tão velha assim.

— Ele tem 36 anos. Já pode ser presidente.

— O Scooter? Hilário.

O sino acima da porta toca, e o sr. e a sra. Hogan aparecem em agasalhos esportivos iguais e chapéus-panamá.

— Ah, esqueci de mencionar, eles voltaram — diz Frannie.

— Meninas! — diz a sra. Hogan. — Que bom ver vocês duas juntas.

— Eles se sentam perto de mim, um a cada lado, e percebo que estão usando o mesmo perfume. Isso é outro nível.

— Bem-vindos de volta! Como estava a Flórida? — pergunto.

— Bem, nós amamos — responde a sra. Hogan. — Ficamos em um pequeno bangalô de frente para o mar. Era como se pudéssemos ver Cuba. Fizemos amizade com os jovens que compraram o bar que Hemingway frequentava.

— Ele na verdade não ia lá — diz o sr. Hogan.

— Bem, é mesmo. Mas é muito divertido imaginar que sim.

Ela junta as mãos, e seu sorriso é pura alegria. O que eu não daria por uma gota da energia dessa mulher...

— O desfile de Quatro de Julho não foi o mesmo sem vocês — digo.

Eles sempre se vestem como o Tio Sam e uma deslumbrante Betsy

Ross. O desfile começa na cidade e termina no hotel, onde os Hogan servem cachorros-quentes e Coca-Cola para todo mundo que aparecer. Neste ano, Frannie botou funcionários do hotel uniformizados para servir o povo, mas o evento acabou ficando meio sem graça.

— Tenho certeza de que foi adorável — diz o sr. Hogan. Seus olhos param sobre a mancha translúcida na frente da minha calça. Só eu sabia que era xarope de bordo, e gostaria de manter a informação em sigilo. — Está tudo bem com você, Ali? — ele pergunta.

— Tudo bem, sim. Estamos todos ótimos — digo, levando um guardanapo de papel até o colo e sentindo-o grudar na mancha.

O sr. Hogan lança um olhar na direção de Frannie.

— Bem, venha à nossa Farra de Sexta-Feira. Estamos comemorando nossa volta. Traga as crianças, claro. Até Scooter vem.

— Claro, obrigada. — Cair na farra até que pode cair bem.

4

É O TERCEIRO DIA DE ACAMPAMENTO, E TENHO SEIS COISAS NA LISTA DE afazeres de hoje. No momento, consigo me lembrar de duas. Uma envolve comprar um pijama menos embaraçoso para Greer, e outra tem a ver com um aparelho dental perdido. Enquanto escuto o glorioso som do meu café sendo filtrado, passo um instante desfrutando da certeza de que cuidar das roupas sujas de Pete não está nessa lista.

Antes de ter filhos, eu ainda estava nessa lista. Acordava de manhã, fazia café e ia correr ou praticar ioga antes do trabalho. Se sobrasse café, Pete poderia beber um pouco quando acordasse. Se não sobrasse, não era problema meu. Nós tínhamos o mesmo emprego, o mesmo salário — ele ainda me via como uma adulta na época.

Quando parei de trabalhar, comecei a fazer café para agradar Pete. Ele gostava que eu acrescentasse canela ao pó, o que acho que destrói totalmente o gosto do café, mas eu fazia desse jeito porque era ele quem ia trabalhar. Parecia que seu momento era mais importante que o meu. Assim como suas noites e seus fins de semana. É difícil dizer a seu parceiro que você precisa de uma pausa quando você não tem emprego. Ou se tem um emprego que se parece com um hobby e não ganha muito dinheiro.

Quase botei canela no café na primeira manhã depois que Pete foi embora, mas eu a devolvi para o pote e apertei o botão com grande cerimônia para passar meu próprio café puro. Estava tão delicioso que não consigo nem descrever.

Agora, sirvo meu próprio café e giro minha aliança em torno do dedo algumas vezes. Penso na canela e em como foi bom abandoná-la. Tiro o anel e o deixo rodopiar. Quando ele para, abro meu armário de temperos e o coloco em cima da canela. Respiro fundo, e o cheiro de café enche a cozinha silenciosa. Passo os dedos sem adornos e sem dono pelo cabelo. Diante da janela, os gerânios crescem fortes. É quarta-feira, e não tenho que ver Pete às quartas-feiras. Tenho a sensação de que sou um membro que ficou dormente e está começando a formigar outra vez.

— Você está olhando para sua caneca como se fosse dar um beijo nela — Greer diz ao entrar na cozinha.

O comentário é levemente zombeteiro e sarcástico, mas pelo menos ela está falando comigo. Greer ficou um pouco amarga desde que Pete foi embora. Ela tem doze anos, está insegura e provavelmente tem raiva de mim pelo que aconteceu com a nossa família. Eu não sei bem como me defender. Acabei de completar um ano como mãe solo, e ela completou o sexto ano escolar. Não estava fácil para nenhuma de nós.

— Quem sabe? — respondo e tomo outro gole.

Cliffy desce as escadas e me dá o sorriso de um menino de seis anos que não vê a mãe há dez horas.

— Arco e flecha vai ser a primeira coisa no acampamento hoje, podemos chegar um pouco atrasados? — pergunta Greer.

Ela não está entusiasmada com o acampamento de verão do Centro Recreativo de Beechwood. No próximo ano, vai ter idade suficiente para ser monitora júnior, então este ano é um tanto constrangedor. Não gosto de me atrasar nem de que meus filhos se atrasem. Mas acabei de tirar minha aliança, e as chances de meus filhos crescerem e precisarem caçar a própria comida são mínimas.

Surpreendo a nós duas dizendo:

— Claro, vou subir e me vestir.

— Se vestir? — diz Iris, sentando-se à mesa diante do terceiro prato de ovos.

Nem tenho que explicar de quem é cada um por conta do preparo: mexidos, fritos, passados dos dois lados — é como um marcador de lugar.

— É, me vestir.

Dou risada e eles me observam. Isso não é novidade. Desde que Pete foi embora, eles me observam em busca de pistas sobre como estou, se vou ser capaz de conduzir bem esse navio. Os olhos grandes e castanhos de Iris me encaram por baixo da franja torta que ela mesma cortou na semana passada. Está toda vestida de verde, incluindo as meias, o que me parece a quantidade perfeita de loucura. E Greer, com o sorriso largo da minha mãe e um rosto que está mudando de menina para adolescente de um modo que evoca ao mesmo tempo admiração e pânico. Em setembro, ela vai estar no sétimo ano. Este ano ela vai ter um panorama de alto nível sobre história mundial e mergulhar no inferno maquiavélico. Ainda consigo sentir o pesadelo do sétimo ano — o abandono repentino e inexplicável por parte dos meus amigos. Minha mãe me colocava no carro e íamos a Rockport para comer sanduíches de lagosta e passear. Ríamos dos dizeres piegas bordados nas almofadas e comprávamos chaveiros com chinelinhos pendurados. Comíamos pipoca no jantar e ficávamos acordadas até tarde assistindo ao filme *A mulher do século* embaixo da colcha de crochê amarela da minha avó. Eu quero ser essa mãe que tanto conduz o navio para a segurança quanto é a segurança em si. Acho que vou precisar de calças que não sejam de moletom.

Quando estou vestida com meu macacão e minha camiseta listrada azul e branca favorita, mando uma mensagem para Phyllis para ver se ela está acordada. Phyllis é minha vizinha de 94 anos que vive na casa colada à minha. Recentemente, descobriu o vasto mundo dos emojis no seu celular. Ela responde com um emoji de xícara de café, o que me diz que só vai querer seus ovos mais tarde. Respondo com o emoji de joinha, e ela responde com o de chorando de tanto rir, que quase nunca faz sentido, mas parece ser seu jeito favorito de encerrar uma conversa.

Deixo todo mundo no centro recreativo e levo Ferris ao parção. O parção de Beechwood é um gramado gigante com sicômoros centenários que termina dramaticamente em um quebra-mar. Depois dele fica a praia, e depois o estreito. Não dá para ver Manhattan daqui, só depois da ponta, mas gosto de saber que está ali. O parque termina no hotel Beechwood, todo branco e brilhante contra o céu azul, com guarda-sóis amarelos pontilhando a areia a sua frente. Uma brisa cálida vem da água, soprando a lavanda que está começando a florescer. Tudo isso me sugere algo que deveria aproveitar, mas, na verdade, o parção é péssimo. Ferris adora sair correndo e cheirar o traseiro de cachorros aleatoriamente, e me força a ter conversas constrangedoras. É como uma festa sem coquetéis, e meu desejo de fugir quando todo mundo parece feliz por estar ali faz com que eu me sinta inadequada.

Apesar de estar animada por ter tirado a aliança e pelo que alguns chamariam de roupa decente, não quero conversar. Quando se mora na mesma cidade onde você cresceu, toda pergunta educada vem carregada de história. Não quero olhar nos olhos das pessoas que me conhecem a vida toda e ver a surpresa coletiva por eu estar órfã, separada e longe do meu potencial. Não sei como responder à pergunta casual de dez toneladas: *Como você está?* Melhor do que você pensa. Enfim estou me divorciando, e olhe só para a minha calça.

Ferris está sendo intimidado por uma matilha de chihuahuas e corre na minha direção em busca de conforto. Eu me sento na grama molhada e sei que vou embora do parção com uma mancha escura na bunda. Ferris é um vira-lata de sete quilos com um focinho molhado e comprido e uma farta pelagem caramelo que ele vai soltando como se fosse uma daminha jogando pétalas de flores pela nave da igreja. Ele coloca o peso da sua cabecinha sobre a minha coxa, e esfrego um ponto na sua nuca. Ele mantém a cabeça ali enquanto o acaricio, e dessa forma temos uma relação perfeitamente simbiótica. Sua respiração me tranquiliza, e fecho os olhos para sentir a leve brisa de julho. "Mãe", digo em minha cabeça, "eu me vesti". Escuto sua voz: *Isso, querida, não foi fácil?* Bem, só demorei dois anos.

Ferris me traz de volta pulando do meu colo e correndo até a extremidade do gramado perto da entrada do hotel. Fico de pé para ver o que chamou sua atenção, torcendo para que não seja uma carcaça de esquilo em que ele queira se esfregar. Ele para perto de um homem de cabelo castanho-claro desgrenhado, quase loiro, segurando um pequeno cachorro preto nos braços como se fosse um bebê. Uma mulher com um são-bernardo do tamanho do Mike Tyson parece estar se desculpando. Quando me aproximo, murmuro em voz baixa a frase da minha mãe: "A comparação é a ladra da alegria". Ela é um pouco mais jovem que eu, está usando uma calça jeans totalmente ajustada ao corpo e uma blusa rosa-clara enfiada por dentro da calça. Ao chegar mais perto, percebo que está até de cinto. Cinto! Agora posso ver que o cara é bonito. Ele está com uma camiseta verde desbotada e uma bermuda de praia amarela brilhante. A distância, podia ser um adolescente, mas há algo na maneira como ele se porta que exala um tipo mais maduro de confiança. Ele está cuidando do cachorro, mas também está sendo simpático com a mulher de cinto. Parece que ele sabe, só de olhar para ela, que qualquer coisa que seu cachorro fez foi um acidente, porque ela nitidamente tem tudo sob controle.

Ferris está aos pés dele farejando, e, quando estou a alguns metros de distância, tudo acontece em câmera lenta: Ferris levanta a pata traseira e faz xixi no tênis esquerdo do cara.

— Não! — grito, mas já é tarde demais.

O entendimento toma seu rosto e ele sacode o pé.

— Ah, meu Deus, me desculpe — digo me aproximando deles e me abaixando para pegar Ferris pela coleira.

A mulher olha para mim, então pergunta ao homem:

— Esse cachorro acabou de fazer xixi em você?

Ele sacode o pé novamente.

— Pelo visto. Molhou até a meia.

— Estou horrorizada — digo, porque estou de fato horrorizada. — Juro que ele nunca fez isso. Quero dizer, ele fez isso uma vez quando cheguei com minha filha do hospital. Porque ela nasceu, não porque estava doente. Enfim, ela é a pessoa favorita dele.

— Então talvez isso seja um elogio?

Olho para cima e ele está sorrindo para mim. Não faz sentido, considerando o estado do seu tênis, mas ele quase parece feliz em me ver. Provavelmente tem mais ou menos a minha idade, embora haja uma leveza nele que o faz parecer mais jovem do que eu me sinto. Seus olhos são castanho-claros, um tom mais escuro que o cabelo, e não há nem um traço de raiva neles. É possível que ele seja o tipo de cara que sabe quando um problema pode ser resolvido com uma lavagem na máquina. Fico absorvendo cada detalhe de seus olhos, principalmente porque estou tentando não olhar para os seus ombros e para o modo como sua camiseta se estica sobre o peito.

— Sempre fazem xixi em você? — pergunta a mulher, e noto um tom estranho de flerte que me irrita. — Porque eu estaria surtando.
— Me parece estranho que ela, com aquela roupa linda, os tênis secos e um cachorro potencialmente agressivo, não tenha a decência de me deixar fora dessa.

— Desculpe — digo outra vez e fico de pé.

— Honestamente, não é nada. Tudo pode ser lavado — responde ele.

Tem alguma coisa nele que eu quase reconheço. Quer dizer, não o reconheço, mas sim sua expressão. Ele olha para mim como os homens costumavam me olhar quando eu era mais jovem. Como se realmente me visse. Eu me pergunto se minha aliança de casamento servia como uma capa de invisibilidade, ou talvez seja minha calça. Fico ao mesmo tempo aterrorizada e contentíssima. Esse macacão não tem nem zíper.

O são-bernardo sai a galope atrás de outro cachorro, e a mulher o segue com relutância. Não conferi para ver se ela estava usando aliança, mas esse cara não está. Acho que nunca percebi uma cena de solteiros no parcão, mas talvez seja comum. Passo o polegar pelo dedo anelar e sou tomada pelo fato de que estou solteira — sou uma pessoa que faria parte de uma cena de solteiros. É como se essa ideia estivesse rondando minha cabeça há um ano, circulando de um jeito que eu mal podia ouvir, e agora tivesse aterrissado. Estou solteira.

— Então, qual é o nome dele? O bandido mijão.

— Ferris — digo eu. — Ele foi resgatado, já veio com esse nome. — Olho para o cachorrinho nos braços dele, pressionando a cabeça contra o peito do dono. — E qual é o nome dele?

— O nome dela é Brenda.

— Brenda?

— É, ela tem muita cara de Brenda — diz ele, como se não pudesse acreditar que eu não tivesse feito a conexão sozinha. — Ela levou uma patada daquele cachorro gigante, mas acho que na maior parte do tempo ela tem medo de todos os cachorros. Talvez agora que fui batizado por Ferris, ele pareça familiar para ela. — Seus olhos pousam sobre mim como se não houvesse outro lugar para onde ele preferisse olhar. Ele me olha nos olhos até eu desviar o rosto.

— Sério, eu me sinto péssima.

— Pare com isso. Talvez ele goste de mim. — Brenda é um peso morto nos braços dele, e eu a invejo por esse tipo de conforto.

Gosto desse homem com ombros largos. Gosto da sua expressão franca, como se houvesse um riso à espera bem ali atrás dos olhos. Faz muito tempo que não noto nada em homem algum, e é possível que esteja notando este de forma exagerada.

— Eu nunca te vi aqui. Você mora em Beechwood? — Eu podia muito bem ter dito: "Você vem sempre aqui?". Por que estou prolongando essa conversa? Não estamos em um bar. Eu não sou boa em ser solteira.

— Só estou visitando minha família.

Assinto e não consigo pensar em nada para dizer. É por isso que não suporto o parcão. Não há contexto, não há nada em comum, exceto as indignidades que nossos cachorros infligem um ao outro, ou, nesse caso, a nós.

— Ela é seu primeiro cachorro? — pergunto, e me arrependo de imediato. Está na cara que estou tentando prolongar a conversa, e a resposta vai ser "É" ou uma história muito triste sobre a morte de um cachorro. Esse é o problema com histórias de cachorros: elas só terminam de um jeito.

— Eu sempre tive cachorro, menos no meu primeiro ano de faculdade — diz ele.

— É muita responsabilidade. Quero dizer, para um estudante.

— Talvez. É meio como um hábito. Não acho que saberia acordar de manhã e fazer qualquer coisa além de levar um cachorro pra passear.

— Espere até você ter filhos — digo. O que é uma coisa estranha de se dizer em um milhão de níveis. Eu não sei se ele não tem filhos. Isso também deixa óbvio que supus que ele seja solteiro. Que pensei sobre isso. — Quero dizer, se você ainda não tem.

— Não, meus não.

Isso está ficando pessoal, e quero saber mais. Ou você tem filhos ou não tem.

— Eu tenho três. Doze, onze e seis.

— Em quem ele fez xixi? — pergunta ele.

— Na de onze, Iris — digo. — Ela é adorável. Não sei por que todos os cachorros não fazem xixi nela.

Ele sorri com o rosto todo.

— Acho que você acabou de me chamar de adorável.

— Não chamei, não. — Meu rosto fica quente, quente e ardente nas bochechas. Estou totalmente fora de controle. Conheço um homem bonito em uma década e perco completamente a linha.

— Você chamou; é a propriedade transitiva de adorável. Se repassar o que disse, vai ver que tudo leva você a achar que eu sou adorável. Estou um pouco envergonhado por você.

Eu estava com vergonha de mim mesma desde antes do início dessa conversa, mas, agora que isso está escancarado, é um tanto divertido. Olho ao redor.

— Onde está a câmera? Você não tem provas.

— É óbvio pra mim, pros cachorros, acho que pra todo mundo no parque. Você está totalmente a fim de mim.

— Não estou — digo e cruzo os braços sobre o peito.

Ele ri, e admito que é uma risada adorável.

— Sou Ethan.

Ele ajeita Brenda e libera uma mão para que eu a aperte.

— Ali.

Ele segura minha mão por um átimo a mais. Tenho a estranha sensação de que quero que ele continue segurando-a. Também sinto que quero desabafar. Quero contar a ele que tirei minha aliança hoje. Que acabei de perceber que estou solteira e que não sei como ser. Que estou fascinada por ele estar quase flertando comigo, e me perguntando o que vem depois. Como as pessoas passam por todos esses primeiros passos? Elas se encontram para um café? Ou vão direto jantar? É isso o que acontece quando você dá match com alguém, certo? Tem algo intoxicante no jeito como ele me olha, como se eu fosse alguém que costumava ser.

Para me conter e não dizer nada disso, me abaixo e prendo a guia na coleira de Ferris.

— Está certo, bem, foi um prazer te conhecer. E desculpe mais uma vez pelo seu tênis.

— Está tudo bem. Ele é um cachorro fofo.

— Ele é. — Brenda está em um sono profundo, com a cabecinha preta na curva do seu ombro.

— Ela vai ficar bem — diz ele, mas eu estava olhando para os seus braços, não para Brenda.

— É claro. Até logo. Desculpe outra vez. Prazer em te conhecer.

Eu me viro para ir embora e sinto a cada passo que a parte de trás do meu macacão está encharcada pela grama. Com certeza vou voltar ao parcão amanhã.

5

DEPOIS DO PARCÃO, FERRIS E EU PARAMOS NA CASA DE PHYLLIS PARA fazer seus ovos. Ovos durante uma reviravolta na meia-idade são minha linguagem do amor.

Phyllis é tipo uma quase avó e uma quase colega de quarto. Nossas casas se chamam Irmãs, porque foram construídas para duas irmãs solteiras em 1919. Seus pais moravam em uma casa de pedra gigantesca à beira-mar onde os veranistas construíam coisas, e, quando ficou claro que nenhuma de suas filhas iria se casar, eles as expulsaram para o que agora é um bairro familiar mais perto da cidade. Nossas casas foram as primeiras da rua — uma irmã queria uma casa de tijolos estilo Tudor (a minha) e a outra queria uma que parecesse ter sido projetada por Hans Christian Andersen (a de Phyllis). A casa de Phyllis era, na verdade, a minha favorita de Beechwood quando eu era criança, porque ela parece mesmo saída de um conto de fadas. Minha mãe e eu morávamos em um apartamento em cima da lavanderia da cidade, e, embora fôssemos felizes lá, o lugar cheirava um pouco a querosene. Sempre imaginei que a casa de Phyllis cheirasse a biscoitos. A construção é de estuque, com um telhado alto e pontudo coberto por telhas de madeira colocadas à mão. Dá para imaginar João e Maria saindo pela porta de madeira arredondada. É aconchegante e acolhedora, com vigas no teto e madeira e metal originais. Nossas casas foram feitas desconfortavelmente juntas para que as irmãs pudessem cuidar uma da outra quando envelhecessem. Consigo ver a cozinha de Phyllis da minha, por isso soube quando ela parou de cozinhar.

Nossas casas pareceriam estar no mesmo terreno, exceto pela cerca malconservada que alguém ergueu décadas atrás. Ela percorre toda a extensão de nossos jardins até o riacho e é uma ofensa aos olhos. Seis anos atrás, Phyllis mandou seu faz-tudo colocar um portão na cerca para que Greer e Iris pudessem ir até lá e aproveitar seu velho balanço. Phyllis é velha o bastante para não se preocupar com processos judiciais ou tétano.

Eu venho cuidando de Phyllis desde que compramos a casa dez anos atrás, mas comecei a passar mais tempo lá depois que minha mãe morreu. Não que ela seja uma mãe substituta, mas admito que não é tão evidente quem está cuidando de quem. A principal diferença entre as duas, além do fato de Phyllis não ser minha mãe, é que ela espera e deixa que eu a procure. Quando Pete foi embora, ela não entrou em pânico nem tentou resolver a situação. Ela segurou minhas mãos, me disse que eu estava melhor assim e me deu seu exemplar de *O despertar*. Ela acreditava no valor de plantas perenes em vez de anuais, pois quer cultivar algo que vai sobreviver depois dela. Seu lema de maternidade e jardinagem é o mesmo: "Retire as ervas daninhas e deixe Deus cuidar do resto". Ela tem tanta confiança na ordem das coisas e na capacidade de todas as criaturas crescerem em suas melhores versões que poderia até passar por ingênua. Mas, se você conversasse com ela por cinco minutos, saberia que ela, assim como seu jardim, está florescendo lindamente.

Quando ela está disposta, passamos as tardes passeando pelo seu jardim, e aprendo o básico sobre plantas perenes. Agora tenho arbustos de sino-dourado e hortênsias rosa-choque que margeiam o caminho até o riacho, e também margaridas-amarelas, gérberas e erva-borboleta acompanhando o contorno do meu pátio de tijolos. Nada precisa combinar na natureza, e acho totalmente contraintuitivo o modo como meu jardim se ajusta à morte e acolhe o que quer que venha em seguida.

— A primavera está sempre chegando — diz Phyllis. — Ela nunca deixa de vir.

Com alguma frequência, quando ela está no clima de ar fresco, nos sentamos nos fundos e admiramos o gigantesco salgueiro-chorão que fica na beira da parte dela do riacho. Ela cumprimenta a árvore com "Por que está chorando?", e depois ri da própria piada. Phyllis ama ovos, ama meu cachorro, e acho que me ama também.

— Alice! — ela grita depois que eu entro. Como qualquer mãe, insiste que Ali não é nome de gente. — Onde está *O morro dos ventos uivantes*?

Ela é uma leitora voraz, e suas estantes transbordam em pilhas que temo serem um risco à sua segurança. Eu levaria o dia inteiro para achar aquele livro, e tenho cliente em uma hora.

— Tenho um exemplar dele — digo a ela. — Me deixe terminar seus ovos e já vou buscar.

Ela abaixa os óculos de leitura quando entro em sua sala de estar.

— Muito bem… — diz ela.

— Muito bem o quê?

Ferris assume seu posto ao lado dos pés dela calçados com chinelos.

— Você parece um pouco uma fazendeira e ainda não consigo ver nada da sua figura adorável, mas pelo menos não está de pijama. Muito melhor.

Ela sorri para mim, como se tivesse acabado de me fazer o maior dos elogios.

— Obrigada — digo. — E eu tirei minha aliança também. — Levanto a mão para lhe mostrar enquanto pego o prato do jantar da noite anterior e o copo de água para levar para a cozinha.

— Bom! — grita ela da sala. — Já era hora!

— Ferris pareceu ter notado — grito de volta. — Ele encontrou o único cara solteiro no parque e fez xixi nele.

— Você está cercada de ajudantes.

Faço dois ovos mexidos e os tempero com a menor quantidade de sal que consigo. Sento-me na poltrona em frente à dela enquanto ela come.

— O que foi? — pergunta ela.

— O que foi o quê?

— Tem uma energia diferente em você. Uma mudança.

— Eu te contei que Pete quer o divórcio, acho que essa foi a primeira peça de dominó a cair. Então tirei a aliança e meio que me vesti. E talvez aquele cara no parcão estivesse me paquerando... Não sei. Isso fez com que eu me sentisse adolescente de novo, como se alguém pudesse me convidar pro baile de formatura.

Phyllis acena a cabeça enquanto come os ovos.

— Finalmente. Você é jovem. É uma garota linda.

— Obrigada — digo. — Por me agradar.

Depois que ela termina de comer e eu limpo sua cozinha enquanto escuto a execução completa e bem-sucedida de seu banho, corro até em casa para encontrar meu exemplar de *O morro dos ventos uivantes* e o deixo ao lado do controle remoto de sua TV. Phyllis vai ler sem parar até as três horas, quando ela assiste ao programa do dr. Phill para falar mal dele depois. Ela não perde um episódio nem uma oportunidade de dizer: "Ele não é um homem muito legal".

De lá vou para a casa de Jeannie Lang. Levo apenas uma hora intensamente satisfatória de trabalho para organizar seu armário da entrada com cabides de madeira iguais e ganchos decorativos para bonés de beisebol. Eu a convenço a jogar fora uma única luva preta de caxemira, pois seu par está desaparecido há mais de três anos. Às vezes me sinto como um padre andando pelas casas das pessoas. Entro, absolvo-as da culpa e resgato sua paz de espírito. Sim, não há problema em abandonar a esperança de um dia aprender a tocar aquele uquelele. Vamos liberá-lo para o próximo dono. Publico uma foto com a legenda "Objetivos para o cabideiro de casacos", e sou a primeira a revirar os olhos com isso.

Enquanto dirijo até o centro recreativo para buscar meus filhos, o céu está de um belo azul de princípio de julho, e as folhas nos álamos ao longo da Main Street adejam de forma quase imperceptível. Meus sentidos estão muito alertas, e me sinto bem.

— Ethan — digo em voz alta. Gosto do jeito como a palavra vibra dentro do carro. — Mãe, acho que ele estava me paquerando. Você viu? — Espero uma resposta, mas há apenas uma sensação borbulhante no meu peito. — Ethan — digo outra vez.

6

NA MANHÃ DE QUINTA-FEIRA, ENCONTRO UM JEANS QUE NÃO USAVA desde antes de Cliffy nascer e uma camiseta branca que veste bem, mas não faz parecer que estou me esforçando demais. Penteio o cabelo e, no último minuto, passo um brilho labial. Digo ao meu reflexo no espelho do banheiro:

— Você perdeu completamente a cabeça.

Ethan não está no parcão. Sei disso porque dei a volta nele e o atravessei em diagonal de um lado para outro. Fui abordada pela mãe de Caroline, amiga de Greer, que é o pior tipo de esnobe, e pela amiga da minha mãe, a sra. Wagner. Assegurei às duas que estou absolutamente bem e exauri todos os assuntos sobre o clima.

Ferris e eu voltamos para o carro. O sol esquentou o volante, e apoio minha bochecha sobre ele.

— Mãe, sério, o que estou fazendo? Acabei de passar uma hora com brilho nos lábios à procura de um homem que me disse que nem mora aqui. — *Por que não?*, diz ela. — Há um milhão de razões, mãe. — Pareço Greer falando.

Dirijo até a cidade para comprar carne moída, porque prometi a Cliffy hambúrgueres para o jantar. Geralmente não compro carne moída no açougue, já que lá o quilo é mais caro que no mercado, mas hoje faço isso.

Digo a mim mesma que é um mimo, mas na verdade faço isso porque um homem solteiro visitando a família provavelmente não vai estar no mercado, mas talvez esteja passeando pela cidade.

Ethan não está na cidade.

Dirijo de volta para casa com minha carne superfaturada, e minha mãe e eu damos boas risadas. *Isso se parece um pouco com Onde está Wally*, diz ela. Estou sendo totalmente ridícula, mas algo naquele flerte rápido no parcão fez com que eu me sentisse menos empacada.

Quando chego em casa, vejo que Cliffy esqueceu o almoço, talvez por não tê-lo visto devido ao pacote gigante de papel higiênico que não guardei na noite passada. Volto para o carro e o encontro no fundo do centro recreativo perto da pista de skate e das quadras de tênis, onde um grupo de crianças liberou uma família de milípedes. Cliffy me abraça com toda a força, pega seu almoço e desaparece no grupo.

Fico parada observando porque há uma brisa soprando através do velho carvalho logo atrás deles, e eu gosto do jeito como o sol bate no meu rosto. A sensação é boa. Nunca tive a intenção de acabar em Beechwood. No ensino médio, imaginava uma vida muito mais cosmopolita, cheia de táxis e lojas de conveniência. Eu diria "bolsa" em vez de "sacola" e aprenderia a descer correndo as escadas do metrô com saltos inacreditáveis. Ganharia muito dinheiro e teria uma única planilha para controlar os extratos de todas as minhas várias contas. Uma carreira em contabilidade seria um belo veículo para levar ordem para o caos, equilíbrio para o desequilíbrio. Mas fiquei grávida de Greer inesperadamente, e Pete e eu nos casamos. Houve complicações e larguei meu trabalho. Então tivemos Iris, e duas filhas e um cachorro começaram a parecer coisas demais estando tão longe da minha mãe. Então voltamos. Beechwood não é o que imaginei para mim, mas é um lugar muito bom para se viver. As árvores por si sós já fazem valer a pena, e raramente estou a mais de um quilômetro da água. Um casal mais velho está jogando tênis nas quadras a minha direita tranquilamente, quicando a bolinha de um lado para outro. Gosto do ritmo dessa vida.

Há uns garotos na pista de skate, parados em torno do *half-pipe*. São em sua maioria adolescentes, meio assistindo e esperando sua vez. Penso se Cliffy vai crescer e querer voar por uma parede curva em cima de um dispositivo com rodinhas sem cinto de segurança. Todos os olhos estão nesse cara que sobe até o alto do *half-pipe*, gira no ar e aterrissa bem no meio do seu skate. É quase uma dança coreografada onde o skate é sua parceira e ele sabe exatamente onde ela vai aterrissar. Não sei por que botei o skate no feminino. E me pergunto se de algum modo sexualizei esse skatista e o jeito poderoso como ele controla o corpo, como se pudesse voar. Chego mais perto e, quando minhas mãos agarram o alambrado, vejo que o skatista é Ethan.

Sinto uma onda de empolgação que vem de ter encontrado o que se estava procurando. Ele não foi embora da cidade, e é um prazer mesclado à culpa poder observá-lo de longe. Ele está no controle completo do corpo enquanto sobe pelo *half-pipe* e se lança no ar. Há algo atlético no movimento que eu nunca associei ao skate. A força e o ritmo fazem com que eu pense, apenas por um segundo, que skate é a coisa mais sexy do mundo. O pensamento percorre meu corpo enquanto o observo, agarrada ao alambrado.

Há uma leveza nesse homem, e tenho a sensação de que ele sabe se divertir. Quero catalogar cada detalhe — o jeito como seu cabelo ondula e se afasta do rosto, como sua bermuda azul-marinho sobe pela frente da perna e revela seus longos músculos. O modo como sua camiseta branca se agarra aos relevos de suas costas.

Ele termina a volta e percebo que preciso ir. Isso não é como esbarrar com ele casualmente no parcão, onde tenho todo o direito de estar. Isso sou eu ali parada, devorando-o com os olhos enquanto ele está sendo estranhamente sexy enxugando a testa em câmera lenta com o braço. Não tenho como explicar por que estou ali encostada naquele alambrado assistindo aos skatistas. Ele vai achar que o estou perseguindo. O que, bem...

Dou as costas para o alambrado e vejo o grupo de Cliffy com seus insetos a distância, fechando vidros com tampas. Essa é minha desculpa.

Poderia totalmente ser uma mãe superprotetora observando o filho se divertir no acampamento.

— Ali?

Ele está bem atrás de mim, do outro lado do alambrado. Ele se lembra do meu nome.

Eu me viro e não consigo parecer natural.

— Ah, ei. Ethan, certo? Do parcão?

— É, oi. O que está fazendo aqui?

Ele está sem fôlego e um pouco suado do jeito mais atraente possível. Está tão perto que consigo ver as marcas douradas nos seus olhos castanhos. Seu cabelo está penteado para trás, e as pontas parecem ter sido tingidas de loiro, um resquício do último verão.

— Na verdade, nada. Acampamento recreativo. Meu filho está ali. Vim trazer o almoço. Papel higiênico.

Minha voz vai sumindo e não sei para onde olhar, porque olhá-lo diretamente nos olhos vai me fazer corar. Posso sentir o calor borbulhando sob a minha pele.

— Ah, acampamento recreativo. Parece divertido.

Suas mãos agarram o alambrado, e seus dedos ficam bem na altura dos meus olhos. Eles são elegantes, se é que é possível. São as mãos de um homem que trabalha em construção o dia inteiro e depois corre para casa para tocar um concerto para piano. Talvez eu tenha tomado sol demais.

— Eu... acho que sim. Eles estão soltando milípedes, e eu meio que gostaria de não estar de chinelo. — Não foi uma coisa interessante de se dizer, mas isso me dá uma desculpa para olhar para os meus pés. — Então o que foi isso? Você é skatista profissional ou algo assim?

Ele ri.

— Não, sou apenas um skatista de longa data. Só diversão.

Ele olha para trás, para os garotos que ainda estão andando de skate às suas costas, e então de novo para mim. Estou agarrando o alambrado mais uma vez, com os dedos enroscados em torno do metal, e estamos mais perto do que estaríamos se não houvesse um alambrado entre nós. Ele olha diretamente para mim, para os meus olhos e, em seguida, para o meu cabelo. Saio do corpo ao ser olhada assim. Estou fora do tempo e em algum outro corpo, mais leve e mais livre. Não quero me mexer.

— Por que está me olhando desse jeito? — ouço-me perguntar.

Ele mal pisca.

— Aposto que todo mundo te olha desse jeito.

— Só o Cliffy. — Estranho, estranho, estranho. Esse homem está flertando comigo, tenho certeza disso. E eu o comparo a meu filho. Afasto o olhar em direção aos garotos.

— Quem é Cliffy?

— Meu filho.

— Então com certeza não é assim que estou te olhando.

Seus olhos estão sorrindo. Quero que essa seja a parte em que ele pergunta se estou livre para jantar. Aí eu digo que sim, que meus planos para o jantar acabaram de ser cancelados. Depois corro para casa para ligar para Frannie, pedir que ela fique com as crianças e me ajudar a encontrar algo para vestir. Sorrio para ele, envergonhada de mim mesma por cem razões diferentes.

— Você quer fazer alguma coisa mais tarde? — ele pergunta.

Fico tão surpresa com essas palavras saindo de sua boca que, por um segundo, me pergunto se disse a coisa sobre Frannie tomar conta das crianças em voz alta.

— Hoje à noite? — pergunto.

— É. Hoje à noite.

Seus olhos examinam os meus como se ele fosse encontrar minha resposta ali.

Ele está me convidando para sair. Esse homem atraente de mãos bonitas e com quem tenho um breve histórico de flertes. É um milagre, mas também é como se alguém me dissesse que eu iria fazer um safári dentro de vinte minutos — sempre sonhei com isso, mas não estou exatamente preparada para a ocasião.

— O que nós faríamos?

— Algo divertido. Você gosta de surpresas?

Quase digo a ele que a última surpresa que tive foi encontrar a carcaça de um caranguejo-eremita na minha banheira. A surpresa antes disso foi Pete ir embora. Mas isso parece diferente.

— Claro — digo.

— Claro? Claro não é sim.

— Sim — respondo.

E ficamos olhando um para o outro, como se não pudéssemos acreditar que isso tivesse acabado de acontecer.

Ele sorri.

— Ótimo. Te busco às sete?

— Não — digo rápido demais. — Quero dizer, sim pro horário, mas não pra carona. — Ele não diz nada. — É que eu tenho filhos. Quero dizer, não sou casada. Sou separada, mas não tenho saído com ninguém, e não tenho certeza se meus filhos estão prontos pra isso. Se isso for um encontro. Quero dizer, não quero supor nada, só que parece ser um... — De onde todas essas palavras estão saindo? Posso ver que ele está achando engraçado. — Diga alguma coisa.

Ele sorri.

— Sem dúvida é um encontro.

— Está bem.

— Me encontre aqui às sete — diz ele. — Vista alguma coisa casual. E talvez queira trazer um chapéu.

7

FRANNIE NÃO ESTÁ ATENDENDO O CELULAR. MARCO ATENDE O TELEFONE fixo da lanchonete, e peço que ele fale para ela verificar minhas mensagens. Eu: CÓDIGO VERMELHO. Conheci um cara e tenho um encontro! Vocês podem, por favor, cuidar das crianças hoje à noite? Vou retribuir com horas ilimitadas como babá pela eternidade. UM ENCONTRO!

Frannie, finalmente: Ah, meu Deus, claro!

Quando estou no jardim de casa grelhando hambúrgueres para o jantar dos meus filhos, sinto-me totalmente esmagada pelo que está por vir. Por um lado, foi um golpe de sorte — eu tirar a aliança e marcar um encontro com um cara que está na cidade só de passagem. No fim da noite, vou poder riscar "primeiro encontro depois da separação" da lista das coisas que estou temendo fazer. Além disso, pode ser divertido. A última conversa de verdade que tive com um homem foi sobre caneleiras.

Estou suada e precisando tomar outro banho enquanto decido o que vestir. Gostaria de usar um vestido. Gostaria de poder cruzar as pernas sem sentir o atrito do jeans. Mas vestido parece exagero, como se eu estivesse esperando um cnfcitc de flores. Além disso, ele disse casual. Decido-me pelo meio-termo: um vestido de verão branco com uma jaqueta jeans por cima, e uma sandália escolhida especificamente por não serem chinelos. Sandálias com uma tira no calcanhar com certeza vão enviar a mensagem certa sobre como sou alguém que tem tudo sob controle.

Enquanto aplico o que acredito ser a quantidade certa de rímel, me dou conta de uma coisa: estou infinitamente mais preparada para um safári que para esse encontro.

— Então, me fale um pouco sobre você — falo para o espelho, como se estivesse em uma entrevista de emprego.

Digo a meus filhos que vou para o meu clube do livro e aceito o aperto de mão entusiasmado de Frannie enquanto sigo para o carro.

— Vou estar aqui com todo tempo do mundo pra ouvir cada detalhe quando você voltar — diz ela.

— Eu não quero agir de um jeito estranho — digo.

Pego o boné de softball vermelho de Greer do cabide ao lado da porta e o jogo na bolsa. Não tem como eu realmente precisar de um chapéu.

— Então não aja — ela responde.

Ethan está esperando ao lado de uma perua Audi cinza no estacionamento vazio do centro recreativo. Está de bermuda azul-clara e camisa branca de botões. Seu estilo é casual, mas arrumado o suficiente para um encontro. Quando me vê chegar, vai até o meu carro para abrir a porta.

— Eu posso dirigir — digo como saudação.

— Aposto que você é uma ótima motorista — ele responde. — Mas hoje eu dirijo.

— Você não tem cara de quem tem uma perua — comento.

— Esperava uma minivan? — ele pergunta.

Eu vou dizer que não, que esperava um jipe ou um suv, mas então penso que ele pode estar brincando. Quero brincar também, mas de repente esqueci como se faz isso.

Ele abre a porta do passageiro para mim e eu entro. Seu carro está impecável, e fico grata por não estarmos no meu. Tenho um rolo de tirar pelos no porta-luvas por causa do cachorro.

Ele se senta no banco do motorista e se vira para mim.

— Pronta?

Parece uma pergunta capciosa. Estou pronta? Olho para suas mãos no volante e para os antebraços com as mangas arregaçadas. No confinamento desse carro, posso sentir seu cheiro — parece pinho e vela queimando em uma igreja antiga.

— Pronta — minto.

Ele vira à esquerda e pega a Magnolia Drive, saindo de Beechwood na direção de Baxter. Aliso meu vestido sobre os joelhos e entrelaço as mãos. Tento pensar em alguma coisa para dizer, mas minha mente está vazia. Não consigo nem me lembrar da pergunta de entrevista de emprego.

Paramos em um sinal de trânsito e ele se volta para mim.

— Primeiro encontro, hein?

— É.

Eu daria qualquer coisa para não estar tão nervosa. Meu coração está batendo rápido demais, e não tenho como controlar isso sem respirar fundo, o que, é claro, daria a impressão de que estou hiperventilando. O que, tenho certeza, é algo que não se deve fazer em um encontro.

— Que honra. Quando foi seu último primeiro encontro?

— Eu tinha 24 anos.

Quero que ele continue a me fazer perguntas cujas respostas eu conheça.

— E como foi?

Ele olha para mim, e nossos olhares se cruzam de um jeito que é mais que um relance. O jeito como ele olha nos meus olhos me desarma.

— Tudo bem — digo.

Então me lembro de Pete em sua bermuda de ciclismo e faço uma careta.

— Por que essa careta?

Ele ri, e isso me relaxa um pouco. É a segunda vez que ouço sua risada. Ela parece vir de um lugar mais profundo que seu peito.

— A gente atravessou a ponte do Brooklyn de bicicleta. Esse foi o encontro. Ele estava com aquelas bermudas de ciclismo e... não sei, não acho que ficam bem em todo mundo.

— Elas fazem você pensar em uma salsicha cheia demais.

— Exatamente — digo.

Então me viro para observá-lo olhando a estrada. Ele tem um pequeno calombo no nariz que faz com que seu rosto inteiro pareça forte.

Ele se vira para mim, e o rápido contato visual é convidativo.

— E o que mais? Além da bermuda de salsicha, como foi o encontro? Quero saber que armadilhas evitar.

— Até agora você está indo muito bem, vestido com uma roupa larga e apropriada.

— Skatistas não usam muita lycra — responde ele. — E aí? Vocês atravessaram a ponte?

— Atravessamos — falo. — Foi empolgante e exaustivo. Mas também um pouco estranho. Só fiquei seguindo ele e suando. Sem contato visual.

Essa, na verdade, é uma metáfora perfeita para o nosso casamento, mas não digo nada.

— Que estranho. Vamos fazer muito contato visual esta noite.

— Muito — digo, e isso me faz rir.

Quando chegamos a Baxter, ele entra na marina.

— Você trouxe um chapéu? — ele pergunta.

— Trouxe. A gente vai andar de barco?

— Estamos indo a um jogo de beisebol, de barco.

Ele sorri para mim, esperando uma resposta, e tudo o que consigo fazer é retribuir o sorriso. Parte de mim só quer ficar neste carro com ele, onde posso sentir seu cheiro e observar suas mãos agarrando o volante, mas o resto de mim está empolgado para cair na noite.

— Estamos indo muito bem nessa coisa de contato visual — ele finalmente diz.

Dou risada outra vez, e isso elimina o restante do meu nervosismo.

Caminhamos pela marina, e Ethan para em frente a uma lancha de dois lugares com um banco atrás.

— Não é minha — ele comenta. — Meu amigo me emprestou porque o trânsito pode ser horrível até Connecticut — continua, como se viajar de barco fosse o jeito mais normal possível de evitar o trânsito.

Tiro as sandálias e embarco justo no momento em que ele estende a mão para me ajudar. Cheia de arrependimento pela oportunidade perdida de tocar sua mão, me instalo no assento do passageiro. Ele fica todo sério para ligar o motor e soltar as cordas do cais. Estou um pouco nervosa por não saber aonde estou indo, mas também empolgada. Não faço um programa que não planejei desde que minha mãe ficou doente.

— Espere, que beisebol que tem em Connecticut?

Ele se afasta do cais.

— Ligas menores. Na verdade, uma liga de novatos. Os Southport Rockets. Um cara que eu conheço vai arremessar. — Ele põe o motor em ponto morto e se volta para mim. — Tudo bem? Achei que uma surpresa seria divertida, mas provavelmente devia ter te perguntado.

Há uma ruga em sua testa que eu não tinha visto antes. É a primeira vez que o vejo inseguro.

Estou cruzando os limites do estado com um estranho completo porque espero riscar alguns primeiros passos na minha lista de recuperação. Tinha sentido o que ele havia dito, mas o ar tem o calor do verão, e o sol está tão baixo quanto os riscos. Beisebol da liga de novatos. Um encontro casual com um cara bonito.

— Não, achei ótimo — digo, colocando o boné de Greer.

A viagem pela costa até Southport dura cerca de trinta minutos. O motor é barulhento, por isso não conversamos. Gosto do modo como a névoa dos borrifos do mar cai sobre os meus braços, como o vento no meu rosto faz com que eu me sinta livre. Lanço olhares para ele e ele me pega em flagrante.

Nós atracamos e ele desliga o motor. O novo silêncio é substituído pelo ruído de gaivotas e pelo estalo de um taco acertando uma rebatida. Ele pula para o cais e estende a mão para me ajudar a sair do barco. Sua mão parece forte e segura, e por um segundo sinto que nenhum de nós vai se soltar. Atravessamos a pequena marina, e o som de torcida fica mais nítido quando caminhamos uma quadra adentro na direção do estádio. "Devíamos estar conversando", penso.

— Como conheceu o arremessador? — pergunto.

— Ele é de Devon. É onde eu moro.

— Massachusetts?

Ouço minha mãe rir.

— É.

Ele se volta para mim, e nessa luz posso ver que ele tem uma cicatriz na sobrancelha direita, mas agora não há nenhuma ruga ao lado dela. Seu rosto está completamente sincero e relaxado.

O estádio se anuncia com um foguete de quinze metros à frente. Uma placa de madeira nos encoraja a ARREBENTAR NO VERÃO. Um homem de idade pega os ingressos, e encontramos nossos lugares na fila da frente, junto da terceira base. Nunca vi tão de perto um jogo de beisebol, mas, afinal, aquilo não é exatamente o estádio dos Yankees. Metade dos lugares está vazia, e há um homem algumas fileiras atrás dormindo profundamente. É a terceira entrada, e os Rockets estão perdendo por cinco a um.

— Há quanto tempo você mora em Devon? — pergunto.

— Seis anos.

— E o que você faz?

— Sou advogado. Você é boa em encontros, posso ver que dominou essa parte.

Ele me dá um sorriso de lado e me cutuca com o ombro.

— É, eu sou quase profissional — digo. — Quer que eu adivinhe seu signo?

Ele coloca os pés sobre a mureta de concreto a nossa frente e relaxa em sua cadeira. Coloco os meus ao lado dos dele e me encosto, feliz com a visão de suas pernas.

— Leão — diz ele.

— Sabia. Você já foi casado?

— Não.

— Por que não?

— Nunca namorei com alguém com quem eu quisesse me casar, e também me disseram que não sou confiável.

Eu me viro para ele e estreito os olhos. Não é confiável. É uma sorte que eu não esteja no mercado à procura de um marido, porque isso seria um problema. Espero que ele fale mais, mas ele não fala.

Um homem se aproxima com uma grande caixa pendurada junto ao peito, e meu companheiro não confiável de encontro me compra uma cerveja supergelada e um cachorro-quente.

— Isso pode não ser o belo jantar que estava esperando no seu primeiro encontro, mas garanto que os sorvetes daqui são deliciosos.

Brindamos com nossos copos de plástico e bebemos a cerveja.

— Ali está ele — diz Ethan quando um novo arremessador entra em campo. Nós o observamos se aquecer e permitir que três rebatedores ocupem as bases, seguidos por uma rebatida que marca quatro pontos.

— Pelo menos a cerveja está gelada — digo.

Tomo um gole e posso sentir que ele está sorrindo para mim. Eu me encosto na cadeira e meu braço toca no dele. Fico atordoada com a sensação, e permaneço perfeitamente imóvel para mantê-lo ali.

É a nona entrada, os Rockets estão perdendo por doze pontos, e eu comi dois cachorros-quentes e bebi duas cervejas. Ethan descasca amendoins e os passa para mim, enquanto assistimos aos Southport Rockets permitirem corrida atrás de corrida. Conversamos sobre nada. É um fluxo livre que parece estar me puxando, com um assunto levando a outro. Ele me fala sobre as manias particulares dos motoristas de Massachusetts. Diz que gosta de San Diego, mas só para visitar. Descobrimos que vivemos na mesma área de Manhattan por um mês há mais de uma década.

Conto a ele sobre meu negócio de organização.

— Estou ficando sem casas para organizar em Beechwood, mas tenho tentado fazer disso um negócio no Instagram.

— Porque você é organizada?

— É — digo. E penso imediatamente no ano inteiro de trabalhos de arte dos meus filhos que estão no chão perto da porta da frente neste momento. — Não que eu esteja muito organizada nos últimos tempos, mas gosto de dar ordem às coisas. Isso me ajuda a relaxar.

— Eu também sou assim — diz ele, o que me surpreende. — Isso é basicamente o meu trabalho como advogado. Trabalho principalmente com habitação e danos pessoais. Resolvendo problemas. Restaurando o equilíbrio. É uma sensação boa.

— É — concordo. E, antes de pensar muito bem, me inclino na direção dele e digo: — Ontem, tirei tudo do hall de entrada de uma mulher, limpei as prateleiras e só botei a metade de volta pra deixar um espaço entre cada par de sapatos.

— Isso deve ter sido ótimo. Ela deve ter ficado muito feliz.

Estamos encostados um no outro agora, ombro a ombro, braços ainda compartilhando o apoio das cadeiras e as cabeças quase se tocando.

— Não tão feliz quanto eu.

Ele ri, e observo sua boca perto da minha. Não sei quanto tempo se pode passar olhando para a boca de alguém antes de ficar estranho, mas provavelmente estou passando do limite.

— Estou feliz que tenha concordado em vir aqui comigo. Você é divertida, e, claro, as alternativas eram vir sozinho ou passar outra noite com a minha família.

— Sua família não é divertida?

Pego um amendoim em sua mão.

— Eles na verdade são muito divertidos. Mas você sabe como é.

Eu, na verdade, não sei. Não tenho base para saber como é a maioria das famílias.

— Não sei.

— Eles são ótimos. São mesmo. Mas eu sou aquela pessoa da família que não se encaixa muito bem. — Ele olha para o campo, depois novamente para mim. — O forasteiro, sabe? Acho que eles sempre quiseram que eu fosse alguém diferente.

— Diferente como?

— Bem, pra começar, um jogador de futebol americano. Meu pai nunca superou o fato de eu não me interessar por futebol. — Ele atira um amendoim na boca. — Era como se ele esperasse que, um dia, eu fosse descer pro café da manhã de capacete e ombreiras e fazer com que seus sonhos se tornassem realidade.

Penso em Cliffy e sinto um nó no estômago. Sei que essa é a impressão que ele está recebendo de Pete.

— Isso é péssimo — digo, sem ter palavras mais adequadas. A melhor coisa em relação a minha mãe era que ela me via exatamente como eu era.

— É, e ainda é meio assim. Eles não entendem por que eu moro em Devon. Tenho uma vida ótima lá, mas é como se estivessem esperando que eu abandonasse tudo de repente e voltasse a trabalhar pra um escritório de advocacia de Manhattan, e levasse minha esposa e meus dois filhos e meio pro jantar de domingo.

— Ninguém nunca te diz que o meio filho sempre se transforma em um filho inteiro — digo.

Ele dá risada.

— Devemos praticar mais o contato visual?

Nos encaramos, e é divertido. Ele entrou em um tópico sensível e saiu rapidamente. Eu gostaria de ser capaz de fazer isso.

Compramos sorvetes na saída e os tomamos enquanto voltamos para o barco. Eles são do tipo clássico, com casquinha de *wafer* que gruda no céu da boca. São deliciosos, e lambemos os dedos e dividimos guardanapos quando o sorvete de baunilha escorre por nossos pulsos.

Ao nos aproximarmos da água, a lua projeta uma faixa perfeita que termina no cais. Eu paro para olhar, porque é mágico o jeito como ela está perfeitamente alinhada. É uma chance em um milhão, meio como um homem bonito passando pela minha cidade exatamente no mesmo dia em que eu tiro a aliança. Está começando a parecer um verão radiante.

Ethan liga o barco e seguimos pelo estreito. Ele dirige devagar, e fico satisfeita, porque não estou pronta para que essa noite termine. Depois de alguns minutos, ele desliga o motor.

— Você está com pressa pra voltar? — ele pergunta.

— Nem um pouco — digo e sorrio, pois é verdade.

Ele retribui o sorriso.

— Então vamos apenas flutuar um pouco.

Eu o sigo até a parte de trás do barco, onde ele se joga no banco e põe os pés sobre o console no centro. Faço o mesmo, e estamos de volta à posição de quando ainda estávamos no estádio — reclinados, com os ombros se tocando e encostando um no outro.

— Está confortável? — pergunta ele.

— Estou.

É estranho como o espaço ficou pequeno outra vez. O céu se estende sobre nós e há água até onde a vista alcança, mas está aconchegante ali com Ethan.

— Então, como é a sua vida? Mãe solo de três?

Viro a cabeça em sua direção. Ele está olhando para mim com aquela expressão franca, como se estivesse pronto para lidar com qualquer objeção.

— É como você imaginaria — digo.

— E como eu imagino?

— Um pouco agitado, mas bonito. Tenho filhos ótimos. Meu marido. Meu ex-marido, acho… Pete, o da bermuda de salsicha, não ajuda muito.

Está bem, Regra Número Um de um Encontro: não diga "marido".

— Alguém te ajuda?

Regra Número Dois: não diga "mãe morta".

— Minha amiga Frannie é ótima. Ela está com meus filhos esta noite.

Algo passa pelo rosto dele. É uma leve mudança de expressão, quase um estremecimento, que me faz achar que ele está prestes a mudar de assunto.

— O quê?

— O que o quê? — ele pergunta, e se volta para a lua.

— Parecia que você ia dizer alguma coisa.

— Não. — Ele sacode um pouco a cabeça. — Não é nada. Estou muito feliz por termos feito isso.

Tem alguma coisa que ele não está dizendo. É quase como se as palavras que ele quisesse acrescentar fossem "só dessa vez". Claro, claro.

Ficamos em silêncio por um tempo, e me concentro na sensação do seu braço junto ao meu e no leve balanço do barco sob mim.

— Como vai seu divórcio?

— Ele é iminente.

— Quer falar sobre isso? Sou um advogado muito bom.

— É, mas eu soube que não em Manhattan.

Eu me viro para ver se ele entendeu que estou brincando.

Ele sacode a cabeça e passa a mão pelo cabelo.

— Honestamente, acho que a razão pra eu ter ido pra faculdade de direito foi fazer com que meus pais me levassem a sério. Mas, mesmo na época em que eu atuava como advogado de empresas, eles ainda me tratavam como se eu tivesse catorze anos e estivesse prestes a incendiar a casa.

Dou risada.

— Você cresceu por aqui?

Ele desvia o olhar, se voltando para a lua.

— Você cresceu em Nova York? — tento outra vez.

A ruga retorna a sua testa.

— Connecticut — diz ele.

— Eu sou uma grande torcedora dos Southport Rockets — falo. — Então você era uma espécie de problema no colégio?

— Com certeza.

Ele me olha nos olhos, e seu rosto é franco outra vez. Sinto aquela conexão que foi construída a noite inteira, como se ele estivesse me contando algo importante.

— Como assim?

— De um jeito tranquilo. Eu não fazia estardalhaço. Meus atos de terror eram principalmente contra mim mesmo.

Ele volta a olhar para o céu, e sei que ele não quer falar. Quero saber mais e quero continuar ouvindo sua voz.

Em vez disso, ficamos em silêncio por um tempo. Escuto o som da água batendo contra o barco. Observo nossos pés descalços lado a lado sobre o console. Vejo uma nuvem passar sobre a lua acima de nós. Tento memorizar esta noite divertida com este homem divertido. Uma noite como esta pode facilmente nunca acontecer outra vez, e quero ser capaz de olhar para trás e me lembrar dela — do barulho da água batendo no barco, da faixa de luar, da pressão do seu ombro contra o meu.

Eu me viro para ele no exato momento em que ele se vira para mim.

— E aí, como foi seu primeiro encontro? — ele pergunta.

— Com muito contato visual.

Ele sorri só um pouco. Há uma tristeza ali que parece fora de lugar.

— Fico feliz de ter sido o cara.

A água continua batendo contra o barco em um ritmo lento. A lua continua projetando sua faixa ondulada pelo meio das coisas. E Ethan continua olhando para mim como se fosse me beijar a qualquer segundo. Mas ele não me beija.

Ele pega minha mão, o que me surpreende. Tanto pela firmeza quanto pelo modo como ele entrelaçou nossos dedos, como se fizéssemos isso o tempo inteiro. Ele parece delicado e forte ao mesmo tempo, e penso em como aquela história do operário que virava pianista poderia estar certa.

— Vou te levar pra casa — ele diz, soltando minha mão.

Estamos de volta a Baxter mais rápido do que eu gostaria. Ele desliga o motor e amarra o barco. E, quando voltamos a pé pelo cais até o carro, com minha mente a mil, ele pega minha mão outra vez.

Ficamos em silêncio na viagem de volta ao centro recreativo. Ele estaciona ao lado do meu carro e desce. Agora, com certeza, vai me beijar. Estou maluca de expectativa. Ele vem até o meu lado do carro e estende a mão para me ajudar a descer. Eu saio, e ele não me solta. Estamos de frente um para o outro, e dou um pequeno passo para ele, só para deixar meu consentimento absolutamente claro.

— Obrigado pela noite — ele diz. — Foi perfeita.

E ele não me beija.

8

— QUEM ESTÁ A FIM DE UMA FARRA? — É COMO NOS SAÚDA A SRA. Hogan à porta na noite seguinte, usando um vestido de verão com estampa de abacaxi e, o mais incrível, um arranjo de cabeça de frutas estilo Carmen Miranda. Cliffy dá um gritinho de alegria. Acho que ele adoraria viver em um mundo onde todos fossem tão divertidos quanto os Hogan. Iris sorri. Greer desvia o olhar, envergonhada por si mesma, pela sra. Hogan e por todo mundo na terra que alguma vez já considerou comer frutas.

— Bem, agora eu estou — respondo, dando-lhe um abraço e apertando o rosto contra uma banana de plástico.

Essa banana é a realidade. Não as mãos delicadas entrelaçadas e lábios próximos demais. A vida com frutas de plástico é a real. Preciso abraçar minha realidade e me reajustar depois daquele encontro. Além de não me beijar, Ethan não pediu meu número. Sou mesmo péssima em encontros, como se precisasse fazer um curso, e ponto-final.

— Você está fabulosa.

— Só botei umas coisinhas. A Flórida deixou Charlie e eu eternamente tropicais.

Tiramos os sapatos no hall de entrada. Sempre penso nesta casa no feminino; ela é uma das mais antigas de Beechwood e é uma grande dama. É a única casa residencial bem no centro da cidade, e seus vizinhos são a prefeitura, à direita, e a biblioteca, à esquerda. É feita de tijolos caiados, e suas janelas grandes demais mantêm tudo iluminado. Seu piso é de mogno escuro, e a escada de carvalho foi entalhada pelos mesmos artesãos que estavam construindo a igreja episcopal da cidade no mesmo ano. Ela tem quartos pequenos anexos a outros quartos com propósitos que nunca vamos saber. Tem até um armário de 1,20 metro de altura embaixo da escada da frente, exclusivamente para casacos de crianças. Cresci admirando essa casa, e sempre sinto que ela exige e merece meu respeito. Então, tiramos os sapatos.

O sr. Hogan fala da cozinha:

— Onde está meu negócio de cabeça?

— Bem ali na mesa — grita em resposta a sra. Hogan. — Entrem. Frannie está fazendo drinques no pátio. Espero que tenham trazido roupa de banho.

Greer ergue uma sacola de tecido, e atravessamos a cozinha em direção ao pátio. Há uma grande área de estar ao ar livre diante de um muro de tijolos coberto de hera, e uma pequena cozinha externa. Frannie está em pé junto à pia transferindo uma jarra de piña colada para um abacaxi sem miolo e com uma torneira acoplada. Ela ergue os olhos e dá de ombros.

— Invenção do meu pai. — E para meus filhos: — Oi, gente, vocês querem nadar antes do jantar? Alguma coisa me diz que vai ser uma farra. — Ela revira os olhos e me dá um abraço.

Meus filhos correm para se trocar e eu dou um gole no drinque. Está forte, e faço uma anotação mental para não beber até o fim.

— Então, conte. O encontro. Aonde vocês foram? Quero saber tudo — diz Frannie. Ela, Marco e Theo estavam dormindo profundamente quando cheguei, então os mandei para casa sem contar os detalhes.

— Foi bom. Talvez ótimo. Não sei. Ele só é um cara perfeito, como se tivesse saído de um filme. O tipo que sintoniza com você e não fala só de si mesmo. Aprofunda os assuntos fazendo mais perguntas.

— Está bem, então ele é um unicórnio. Ou é horrível. Homens atraentes não aprofundam os assuntos fazendo mais perguntas.

— Ele é muito atraente. Com aquele cabelo e aqueles olhos.

Eu, na verdade, não sei como descrevê-lo.

— Todo mundo tem cabelo e olhos, pelo menos durante algum tempo, Ali.

Eu a ignoro.

— Ele é sexy. Tem mãos bonitas, tipo um operário da construção civil que também é pianista de concerto. Mas tem algo estranho. Ele não me beijou, e senti que tinha alguma coisa que ele não estava me contando.

— Tipo, ele é casado?

— Eu ficaria chocada.

E, quando digo isso, fico realmente chocada, porque Ethan entra no pátio.

Devo estar imaginando isso. Torno a olhar para meu drinque, que, de fato, está forte, mas tomei só um gole. Com certeza é ele, e está parado junto às portas duplas de vidro, vestindo uma camiseta azul-marinho e bermuda branca, segurando um saco de gelo em uma das mãos e com Brenda aninhada em seu outro braço. Parece relaxado, nada como se tivesse invadido a casa dos Hogan sem ser convidado. Meu coração está acelerado, e tento respirar fundo, mas não consigo. Agora ele está dando um beijo no rosto da sra. Hogan.

— O que foi? — diz Frannie. Eu não tiro os olhos dele. — Ali, o que foi? É só o Scooter.

— Scooter — respondo.

Não, não, não, não, não, não. Não há como Scooter ser o cara com olhos sarapintados de ouro para os quais fiquei olhando na noite passada. Não há como Scooter ser o dono dos lindos dedos que se entrelaçaram nos meus e provocaram um calor na minha barriga. Scooter tem mullet e anda de skate. Scooter foi suspenso no primeiro ano do ensino médio por roubar um freezer cheio de sorvete da cafeteria. Ah, meu Deus. Claro que o primeiro cara com quem eu saio em catorze anos é o irmãozinho esquisito de Frannie. Achei que estava botando ordem na minha vida, riscando os itens da minha lista de reabilitação, mas cá estou: um desastre novinho em folha.

— É, ele só levou 45 minutos pra trazer um saco de gelo. A cara dele — diz Frannie.

Ethan ergue os olhos e me vê. Não é uma expressão "Ah, aí está a mulher para quem eu dei a mão na noite passada". É mais como a expressão que você faria se morcegos começassem a sair do seu vaso sanitário.

Não sei como organizar meu rosto nem para onde olhar enquanto ele caminha em nossa direção.

— Ali.

— Scooter.

Parece uma espécie de acusação. Estou olhando em seus olhos porque sinto um pouco de raiva, e não quero deixar que ele escape dessa. Era impossível ele não saber quem eu era ontem à noite. Mencionei Frannie, e ele se retraiu.

— Oi — ele diz.

Há um leve desconforto no jeito como ele olha para mim, como se estivesse envergonhado por ter sido pego se passando por um cara que não é irmão de Frannie.

Pela minha visão periférica, consigo ver Frannie olhando de um para o outro, como se estivesse esperando o desfecho daquilo. A sra. Hogan a chama até a churrasqueira, e ela hesita antes de se afastar.

— Você disse Connecticut — digo.

— Eu posso explicar — ele responde, bem quando meus filhos chegam correndo, encharcados.

Cliffy joga os braços molhados ao redor de mim com o entusiasmo desnecessário de um menino de seis anos.

— Cliffy — cumprimenta Ethan.

— Oi — Cliffy responde.

Frannie volta com uma expressão que diz "O que eu perdi?".

— Essas são minhas filhas, Greer e Iris — digo, tentando me recompor. — Este é Scooter, irmão mais novo de Frannie, e a cachorra dele, Brenda.

— Você conhece a Brenda? — Frannie pergunta.

Claro que conheço. Ele devia saber quem eu era o tempo todo. Achei que ele ia me beijar, e ele estava… o quê? Fazendo uma pegadinha? Eu precisava mudar o tom da conversa para não irromper em lágrimas nem quebrar alguma coisa.

— A gente se conheceu no parcão. Ferris meio que escolheu Scooter, se sabem o que eu quero dizer. — Lanço um olhar na direção de Iris.

— Ah, meu Deus, mãe. Diga que Ferris não fez xixi nele — diz Greer.

— É, ele foi o escolhido no meio da multidão. Molhou até as meias. Talvez ele merecesse isso.

Ethan está visivelmente desconfortável. Sua testa está franzida; seu rosto, fechado; e ele parece querer sair correndo. Ele se volta para o jardim, onde há um túnel de brinquedo de crianças e um monte de brinquedos de cachorro.

— Estou tentando treinar Brenda pra correr por aquele túnel — ele diz para meus filhos. — Supostamente é bom pro cérebro dela. Querem me ajudar?

— Quero! — Cliffy diz, correndo para os brinquedos.

Ethan vai atrás dele. "Covarde", penso. Greer e Iris olham uma para a outra e depois para mim.

— Podem ir — digo.

Precisava ficar longe das crianças nesse momento.

Quando eles atravessam o gramado correndo, falo para Frannie:

— Está bem, então, é estranho, o Scooter.

— Está falando que o Scooter é estranho?

— Não, que é estranho ele ter crescido e virado um homem.

— Acontece com a maioria dos garotos, acho. Mas, no fundo, ainda é o mesmo Scooter que ficou doidão e ateou fogo no tapete do porão.

— Ah, nunca o teria reconhecido. Eu achava…

Eu não sei o que quero dizer. Achei que esbarraria com ele outra vez naquela manhã, e por isso revirei o chão do meu closet para encontrar jeans brancos e uma blusa de linho amarela. Como se usar jeans brancos no parque de cães fosse uma coisa totalmente racional. Achei que todo esse esforço ia levar a um novo encontro e a um beijo de verdade. Claro que estou delirando.

— Ele não bate com a minha vaga lembrança de um garotinho em um skate.

— A gente foi pra faculdade quando ele tinha o que, dezesseis anos?

— Acho que sim. Ele não era um skatista meio esquisitão?

— Ele ainda é totalmente esquisito, e ainda anda de skate — ela diz. — Mas, por outro lado, ele provavelmente se lembra de você de calça jeans.

— Eu estava usando calça jeans quando o encontrei, e você não disse nada sobre isso. — Aponto para a camiseta amarela e para a saia que estou usando. Espero que ela mencione que a saia tem elástico na cintura, o que basicamente funciona como uma calça de moletom.

— Progresso — diz ela.

Ficamos em silêncio por algum tempo, observando Iris rastejar até a metade do túnel para persuadir Brenda a atravessá-lo enquanto Ethan coloca com cerimônia um chapéu na cabeça de Cliffy. Iris e Cliffy rastejam pelo túnel, e Greer acena com um coelho de pelúcia. Brenda não se move.

— É bom vê-los se divertindo — digo para mudar de assunto.

— Eu ia dizer isso sobre Scooter.

— Ele parece o tipo que está sempre se divertindo. Com essa aparência e andando de skate por aí.

Enganando mães solo e fazendo-as pensar que ele é outra pessoa. O que é o nível mais alto de não confiável.

Frannie me olha de soslaio.

— Ele tem 36 anos e é advogado, Ali. As pessoas até o chamam de Ethan, você acredita?

— Loucura — digo.

Eu o observo se agachar e dar um petisco a Brenda por não ter feito absolutamente nada.

— Ele veio porque meus pais o chamaram, mas acho que ele precisava mudar de ares.

— Por quê?

— Fim de relacionamento ruim.

Além do turbilhão de emoções que estou tentando conter — raiva, tristeza, vergonha —, odeio essa namorada que podia segurar a mão dele sempre que quisesse. E também sinto pena dela. Perto da piscina, Cliffy e Iris perseguem a pobre Brenda pelo jardim. Greer e Ethan estão observando e conversando, e eu daria qualquer coisa para saber sobre o que estão falando.

— Pobre mulher.

Não consigo imaginar ter aqueles olhos sobre você o tempo inteiro e depois não os ter mais. Bom, na verdade, consigo.

— Acho que ela terminou com ele. — Eu não esperava por essa. O que mais essa mulher podia querer? — Ela percebeu que ele não está pronto pra crescer.

Ah.

Meus filhos desistem de Brenda, entram novamente na piscina, e Ethan se junta a nós no pátio.

— Então — ele diz, pegando uma cerveja no *cooler* entre nós.

Examino seu rosto à procura dos vestígios daquele cara descontraído da noite anterior, mas ele está tenso. E deveria estar mesmo.

— Scooter — digo com ênfase.

— Como ele é estranho com essa cachorra — diz Frannie. — Quero dizer, quem adota uma cachorra com problemas de saúde mental e tenta dar um jeito nela com truques de circo?

— Eu, aparentemente — ele responde.

Sua mão livre está no bolso, e seus ombros estão curvados para a frente. Ele não está nem um pouco confortável com a situação.

A sra. Hogan chama Frannie da cozinha e ela nos deixa ali, olhando um para o outro.

— Sinto muito — ele diz.

À luz do dia, ainda há pequenos pontos dourados em seus olhos.

— O que foi aquilo a noite passada? Uma piada? — Estou sussurrando alto, mas meio que gostaria de estar gritando. — Você estava brincando comigo?

Esse pensamento me dá um aperto no peito.

— Sinto muito mesmo. Foi tão perfeito ontem, e eu sabia que tudo acabaria se soubesse quem eu era. Estive prestes a te contar várias vezes, mas não quis abrir mão da forma como você me olhava, acho que você nunca me olhou nos olhos no ensino médio. E eu queria que fizesse isso.

Ele dá um passo na minha direção, como se fosse segurar minha mão. É Ethan outra vez, todo confiante e no comando, e fico surpresa pelo fato de o tempo ser uma coisa poderosa. Ele o tornou muito forte e seguro, e me deixou instável. Deve ser isso o que querem dizer com a lei da conservação da matéria: talvez ele tenha encontrado tudo o que eu perdi.

— Bem, agora eu sei — digo, tomando um gole do meu drinque forte demais. — Scooter.

— Eu devia ter dito alguma coisa depois do jogo, e ia fazer isso quando estávamos no barco.

— Barco? — Frannie está de volta. — Quando vocês estiveram em um barco?

Ela olha para Ethan, e depois para mim. E eu vejo a compreensão tomar seu rosto.

— Você falou que ele era "sexy" — ela me diz.

— Ela falou? — Ethan pergunta com as sobrancelhas erguidas.

— Ah, meu Deus — diz Frannie.

Antes que eu possa me defender, Marco se junta a nós no pátio com Theo em um *sling*.

— Sou só eu, ou essa família está cada vez mais estranha?

Ele me dá um abraço, e enterro o nariz no alto da cabecinha quente de bebê de Theo. Ele cheira a cheesebúrguer.

O sr. e a sra. Hogan estão arrumando pratos na cozinha ao ar livre e nos chamam para nos sentarmos. Encontro o cartão de palmeira com meu nome indicando meu lugar e me acomodo ao lado do sr. Hogan, que encontrou o chapéu de frutas. Ethan está à minha frente, e tento não olhar para ele.

O sr. Hogan ergue seu coquetel.

— À Flórida!

Nós todos brindamos.

— E a Scooter aqui — diz a sra. Hogan. — É tão maravilhoso ter você de volta, querido.

— Obrigado, mãe. É sempre bom estar em casa.

— Então por que você nunca está? — Frannie pergunta.

É interessante ver essa dinâmica. Conheço Frannie como adulta, mãe e gerente de lanchonete, e não como a irmã mais velha um pouco implicante.

Ethan revira os olhos e toma um gole de sua cerveja.

— O trabalho dele é em Massachusetts — diz Marco. — Não dá pra ele aparecer pro jantar de domingo toda semana.

O sr. Hogan corta seu bife e admira o pedaço no garfo.

— Bem, era bom quando ele era advogado de verdade e morava em Manhattan. Nós o víamos mais naquela época.

— Eu sou um advogado de verdade, pai — diz Ethan de um só fôlego, como se já tivesse dito isso um milhão de vezes.

— Claro, eu sei. Estou falando do trabalho em um escritório de advocacia. Como antes.

O sr. Hogan estende o braço e dá um tapinha na mão de Ethan.

— É maravilhoso que tenha encontrado uma coisa que te mantenha ocupado, querido — diz a sra. Hogan. — É maravilhoso. Eu gostaria que fosse mais perto de casa, mas ninguém sabe como é bom recomeçar mais do que nós. Certo, Charlie?

O sr. Hogan concorda.

— Nós certamente nos divertimos muito na Flórida.

Olho para Ethan e vejo a tensão em seu rosto. É exatamente como ele descreveu, só que sem os dois filhos e meio. Desconfio de que seja uma conversa de uma década na família Hogan — Scooter, o filho problemático que não voltou para casa. Ethan se encosta e passa a mão pelo cabelo. Ele me vê olhando para ele e revira levemente os olhos. Isso parece estranhamente íntimo, como se ele e eu fôssemos as duas únicas pessoas da mesa que soubessem como ele se sente. Mas desvio os olhos porque não quero compartilhar intimidades com um cara que segurou minha mão sob falsos pretextos.

Cliffy sobe no meu colo e tira minha pulseira de pingentes. Ele a põe esticada sobre a mesa, como sempre faz, e passa os dedos pelos acontecimentos da minha vida, materializados pelos pequenos pingentes que minha mãe projetou para documentá-la: fada, navio, bola de futebol, chapéu de formatura, Universidade de Michigan, chapéu de formatura, terno, vestido de casamento, menininha, cachorro, menininha, casinha de tijolos, menininho.

Frannie diz:

— Bem, estamos felizes por você estar de volta. Não foi exatamente conveniente vocês terem viajado pela primeira vez no início da alta temporada no hotel.

A sra. Hogan sorri e agita sua fruta para o marido. Ele coloca o copo na mesa e diz:

— Bem, isso é algo que queremos conversar, e parte do motivo de querermos Scooter aqui.

Ele olha para a sra. Hogan em busca de encorajamento, e ela sorri. Sinto uma pressão no peito ao observar essa comunicação silenciosa. Pete e eu nunca fomos assim. Nem mesmo no começo. Na maioria das vezes, nossa comunicação ricocheteava em nossos filhos ou era redirecionada ou difundida pela minha mãe. Acho que nunca conversamos com os olhos. Isso é algo que eu devia conhecer o bastante para desejar. *A comparação é a ladra da alegria, querida.*

A sra. Hogan assume.

— A gente volta na segunda-feira.

E ela sorri com o brilho do sol tropical, juntando as mãos como se esperasse aplausos.

— Não entendi — diz Frannie.

— Ela disse que eles vão pra Flórida na segunda-feira — explica Iris.

— Sim, mas por quê?

— Nós conversamos sobre isso — diz o sr. Hogan. — A gente caiu na rotina. E essa viagem pras Keys fez com que nos sentíssemos jovens outra vez. Encontramos uma casinha bem de frente pro mar. Então estamos nos mudando pra lá. Vocês todos são bem-vindos pra nos visitar sempre que quiserem, inclusive vocês — ela diz com uma piscadela para os meus filhos.

— Ninguém se muda pra Flórida no verão — Ethan diz.

— A gente amou lá — a sra. Hogan fala.

— E vamos comprar um barco e aprender a pescar — completa o sr. Hogan. — Então não vamos ficar sem ter o que fazer.

Frannie põe o guardanapo em cima da mesa.

— Esperem só um segundo. Não entendo. Estão vendendo a casa? Nunca mais vão voltar? E o hotel? Vocês precisam estar aqui pra temporada. E Theo?

O sr. Hogan olha para a mulher, esperando permissão para continuar.

— Bem, essa é a outra coisa. Estamos nos aposentando. Harold Webster vai assumir como gerente-geral do hotel.

— E claro que vamos vir visitar o Theo — acrescenta a sra. Hogan.

— Harold Webster é um atendente de praia. Ele empilha cadeiras — diz Frannie. Sua voz é calculada, como se ela estivesse usando toda a sua energia para se conter.

— É — concorda o sr. Hogan. — Ele é um atendente de praia muito competente. E agora é gerente-geral. E você e Marco estão por aqui, podem ajudar a apagar incêndios.

— Marco e eu administramos a lanchonete sete dias por semana. E, se vocês não perceberam, temos um bebê.

Sua voz fica embargada, e acho que ela vai chorar.

— Querida, é possível. O hotel praticamente funciona sozinho — diz a sra. Hogan.

Greer olha para mim como se quisesse sair correndo. Esse é um momento familiar tenso, e as chances de haver lágrimas parecem muito altas. Não devíamos estar no meio disso.

Ethan torna a encher a taça de vinho de Frannie.

— É bastante mudança — ele diz. — Vou continuar com meu trabalho jurídico, e, só pra deixar claro, não vou estar aqui fisicamente pra ajudar.

— A gente sabe, Scooter. Você nos disse isso mil vezes. Você não vai ajudar — Frannie fala, bebendo um gole grande demais de vinho e limpando a boca com o dorso da mão. — E a casa? Vocês vão vender a casa?

O sr. Hogan diz:

— Estamos doando a casa pro Scooter.

— O quê?

Ethan se afasta da mesa com um empurrão.

— E estamos dando a lanchonete pra Frannie — o sr. Hogan continua. — A gente mandou avaliar os imóveis e eles têm mais ou menos o mesmo valor. Sua mãe e eu vamos manter o hotel, claro, e vamos ficar de olho em Harold da Flórida.

— Esperem. O que eu vou fazer com esta casa? — Ethan pergunta. — Não vou me mudar pra cá. — Isso soa mais como uma súplica que como uma afirmação, como se a próxima coisa que saísse de sua boca fosse: *Vocês não podem me obrigar.*

— Pode vender. Ou se casar e encher o lugar de filhos. Faça o que quiser. Ela é sua — o sr. Hogan responde.

— Acho que Scooter não está com nenhuma pressa pra se casar, querido — a sra. Hogan diz.

Frannie está olhando fixamente para o prato. Marco passa o braço ao seu redor. Quando ela ergue o rosto, há lágrimas em seus olhos.

— É muita generosidade, obrigada. Eu só não estou pronta pra perder vocês.

Essa foi a última coisa que eu disse para a minha mãe em um rompante egoísta. Como se seu sofrimento e sua morte iminente tivessem de algum modo relação comigo ou com o fato de eu não estar pronta. Mas era verdade: nunca estive menos pronta para qualquer coisa na vida. Envolvo Cliffy em meus braços.

— Meu Deus, Frannie, eles não estão morrendo — Ethan diz. — Só estão se aposentando e se mudando pra Flórida. É mais ou menos isso que as pessoas fazem.

— Então vocês deviam vender o hotel — ela fala. — Aceitem a proposta de Beekman. É muita coisa pra ser administrada sem vocês.

— Por que você não se casa? — Cliffy pergunta.

— Cliffy. — Greer dá um suspiro. — Limites.

Ethan olha ao redor da mesa e dá um sorriso de canto para Cliffy — sorriso que não chega a seus olhos.

— Aparentemente, não sou confiável. Pode perguntar a qualquer pessoa em Beechwood.

9

É SÁBADO, E PETE LEVOU AS CRIANÇAS PARA O FUTEBOL. FRANNIE ME ENVIA uma mensagem de texto: Sexy? Scooter???

Eu: Ele se apresentou como Ethan. Como eu poderia saber? Não vai acontecer de novo

Frannie: Está bem, porque é estranho. Mas fico feliz por você ter saído. A gente vai encontrar alguém normal pra você

Olho para o celular por alguns segundos, para a palavra "normal". Ela se transforma diante dos meus olhos em algo negativo. Normal é um homem entrando na minha cozinha e fazendo com que eu não sinta absolutamente nada. Normal é suportar uma conversa para que ela termine logo. Normal é alguém como Pete.

Volto da casa de Phyllis e decido não ir ao parcão. Não preciso caçar um homem que rapidamente inspirou fantasias na minha mente do tamanho de um buraco negro enquanto mentia sobre quem era. Estou terminando a segunda xícara de café e tirando as flores mortas dos gerânios ao lado da porta da frente quando a perua dele entra na minha garagem.

Ethan desce e deixa as janelas abertas para Brenda no banco de trás.

— Ei — ele diz da extremidade da calçada.

Ele está com as mãos nos bolsos, e fico um pouco aliviada por parecer nervoso. Não sei se está nervoso porque agora eu sei que ele é Scooter ou porque agora é ele quem está me perseguindo.

— Oi — respondo.

— Espero que não tenha problema aparecer assim. Minha mãe me disse onde você morava. Eu ia levar Brenda pra Beechwood Point e me perguntei se não queriam ir comigo.

— Meus filhos acabaram de sair com o pai — digo.

— Ah, está bem. — Mas ele não se vira para ir embora. — Você e Ferris estão livres?

Não há razão no mundo para eu sair em um segundo passeio com esse homem. Sinto-me humilhada ao pensar nisso. Mas ele tira uma das mãos do bolso e a passa pelo cabelo de um jeito que me faz pensar: "Sim". Sim para o jeito como ele passa a mão no cabelo. Sim para fazê-lo se explicar. Sim para provar de novo aquele jeito leve como me sinto quando estou com ele. Estou pegando Ferris e uma guia antes de ter a chance de pensar direito. Foi uma semana de pequenos passos adiante, embora eu agora desejasse que um desses passos tivesse sido lavar meu cabelo esta manhã. Paro no espelho ao lado da porta da frente e faço uma trança.

Entro no carro e digo:

— Pra onde estamos indo exatamente?

— Pra extremidade de Beechwood Point.

— É claro, você é daqui. A casa dos Fairlawn?

— À direita.

— A casa dos Schwartz?

— À esquerda.

— Não há nada entre essas casas.

Ele sorri.

— Você vai ver. Te devo mil desculpas, e acho que preciso de um cenário melhor que o banco da frente do meu carro.

— Concordo — digo olhando pela janela.

Seguimos margeando a água e passamos pelo parcão e pelo hotel. Depois do hotel, há mais praia, e depois cerca de vinte casas de frente para o mar que terminam em Beechwood Point. Tudo propriedade particular.

— Está bem, agora que conheceu meus filhos, você também sabe que eu não posso ser presa, certo?

— Não vamos ser presos.

— Porque não estamos desrespeitando a lei?

— Não, estamos desrespeitando totalmente a lei. Mas fiz isso um milhão de vezes. Ninguém é preso por invasão de propriedade nem em *um milhão* de vezes.

Eu me viro para a janela e aperto Ferris com mais força. Estou fora da minha zona de conforto desde o dia em que conheci Ethan, e sinto um pouco de excitação misturada com nervosismo.

— Você não é muito de quebrar regras? — ele pergunta.

— Exatamente nunca.

— Então hoje é seu dia. — Ele para em frente à mansão de pedra cinzenta dos Schwartz. — Chegamos. — Quando eu não me mexo, ele diz: — Se formos apanhados, eu assumo a culpa. Digo que raptei você.

Reviro os olhos e desço do carro. Nós passamos com nossos cachorros pela cerca viva e pelo portão de ferro preto da casa dos Schwartz. O ar está úmido e denso mais perto da água, e não há carros na estrada. Essa parte da cidade parece um romance gótico, com gigantescas casas antigas e um bando de corvos de vigia. Não sei para onde estamos indo, mas posso sentir a empolgação do risco subindo pela minha coluna. Ethan para no fim da cerca dos Schwartz. À direita, fica a casa dos Fairlawn. Ele vai até um muro coberto de hera entre as duas casas e se vira para mim.

— Por aqui.

Enquanto corta algumas trepadeiras com um canivete, percebo que estamos no Portão Fantasma. Ou pelo menos era assim que costumávamos chamá-lo quando éramos crianças. É um portão enferrujado entre as duas casas que leva para uma trilha de areia. Antes que aquelas trepadeiras crescessem, era possível ver os primeiros metros da passagem onde ela se transforma num bosque. No ensino médio, garotos costumavam falar sobre o que havia ali atrás, mas o único que tentou descobrir foi flagrado pelas câmeras de segurança e acabou preso. Mais ou menos do mesmo jeito que vamos ser presos hoje. Eu deveria voltar imediatamente, mas não faço isso.

Ethan empurra e abre o portão o suficiente para passarmos, e eu seguro seu braço.

— Repito: mãe solo. Não estou disposta a passar um tempo na prisão.

— A gente vai ficar bem.

Ele olha para mim e parece que está me desafiando a segui-lo. Me desafiando a fazer algo temerário que pode acabar de forma maravilhosa. Percebo que ainda estou segurando seu braço e o solto prontamente.

— Sério. Olhe. Tem duas câmeras de segurança, uma de cada lado. — Eu aceno para elas por garantia. — Vamos embora daqui.

— Quero muito que você venha comigo. Meu grande pedido de desculpas não vai funcionar direito se você não estiver lá. — Seu tom é leve, mas os olhos estão suplicantes. — Você se sentiria melhor se soubesse que quando eu tinha dezesseis anos reorientei essas câmeras pra não captarem esse ponto exato onde estamos?

— Você não fez isso.

— Olhe pra elas.

E eu olho. Elas estão apontadas para as extremidades do portão.

— Ninguém nunca percebeu?

— Bem, ninguém nunca as colocou novamente no lugar. Está vendo? Sou um solucionador de problemas. Vamos.

Empurramos o portão, o fechamos às nossas costas e deixamos que os cachorros saiam correndo pela passagem. Entramos em uma fileira de árvores de bordo cujos galhos se tocam no alto, de modo que a trilha fica mais escura, mas sarapintada de luz do sol. Paro e olho para o dossel. Tenho vontade de girar naquele espaço. Quero me deitar na passagem e ficar sarapintada. Eu me viro e ele está olhando para mim com um sorriso no rosto.

— Isso é incrível — digo.

Enquanto andamos pelo túnel de folhas verdes, a água aparece ao longe. Nossos cachorros saem correndo na frente e depois voltam. Eu achava que já tinha visto todos os cantos de Beechwood, como se tivesse vestido este lugar até desgastar tudo. Conheço todas as ruas e a maioria das pessoas. Nunca tinha visto esse pedaço de paraíso antes.

Quando deixamos as árvores para trás, estamos na beira da água. Há uma prainha em forma de lua crescente com talvez seis metros de largura, coberta de areia branca e conchas. Estamos abrigados pelo capim alto da praia. O céu é de um azul-escuro de julho, e à nossa frente há uma vista perfeita da silhueta de Manhattan.

— Uau — digo. Porque *uau*. — Que lindo. Nunca vi daqui. Sabia que a cidade ficava perto, mas nunca… uau.

Eu me viro para ele, que está me observando com atenção.

— É, é lindo — diz ele.

Nos sentamos no meio da praia em forma de lua crescente, e me sinto como se fôssemos duas pérolas no centro de uma ostra. Estamos perto o bastante das ondas quebrando suaves para que eu sinta o ar fresco da água nas pernas, mas não o suficiente para nos molharmos. O sol está quente em meu rosto, e os únicos sons que escuto são as gaivotas, as ondas e as patas dos cachorros na água.

— Você e seus amigos vinham aqui na época da escola? — pergunto.

— Eu normalmente vinha sozinho.

Ainda não consigo visualizar esse homem como um adolescente esquisito.

— E o que você fazia?

Ele aponta com a cabeça para a silhueta da cidade ao longe.

— Sonhava em sair daqui. Basicamente, alimentava minhas fantasias escapistas.

— Eu também tinha isso.

Ele se volta para mim como se quisesse ouvir minhas fantasias escapistas.

— Eu só queria ir embora e descobrir quem eu era.

Precisava sair e ver quem eu era longe da minha mãe. Queria saber que podia cuidar de mim mesma.

— Você sempre teve personalidade, Ali. — Ele está olhando para a água, então se vira para mim. — Eu me lembro de um Halloween em que você e suas amigas chegaram na lanchonete pra comer panquecas no fim da noite. Suas amigas estavam fantasiadas de enfermeira sexy, vampira sexy e gata sexy, e você de abóbora. Você se lembra disso?

— Lembro.

— E não era uma abóbora sexy. Era uma abóbora grande e laranja com um sorriso cheio de dentes pretos. Eu me lembro de te achar a garota mais legal de todas.

Adoro ouvir isso. Adoro ter sido essa pessoa e que alguém se lembre dela. Quero lhe contar como minha mãe convenceu o alfaiate da lavanderia da loja embaixo de casa a deixá-la usar a máquina de costura para fazer aquela abóbora, mas não faço isso. Não sou boa em mencionar minha mãe com naturalidade; minha voz sempre fica embargada.

— E aí, a cidade foi o que você esperava? — ele pergunta.

— Foi. Fui e arranjei um emprego de adulta e tudo mais. Contabilidade. Era como arrumar o closet de uma pessoa mil vezes. Eu adorava.

— Por que voltou?

— É uma longa história. Eu estava namorando Pete havia um ano e engravidei, então a gente se casou. Meio que entrei em pânico porque Greer nasceu prematura, e larguei o emprego. Um ano depois, eu tive Iris. Achei que voltar pra cá podia tornar minha vida mais fácil, com a ajuda da minha mãe.

— Não foi uma história tão longa — ele diz.

Sorrio para a água.

— Acho que não.

Ele apoia os antebraços nos joelhos e observa a água. Meus antebraços estão em cima dos joelhos do mesmo jeito, e, se eu me inclinasse um pouco para a direita, nossos ombros iam se tocar. Há um calor emanando dele, e imagino poder sentir os pelos loiros de seus braços roçando minha pele. A distância entre nós não parece nada além de um sussurro.

Ele fica em silêncio por um segundo quando uma gaivota mergulha, pega algo na praia e sai voando. Um grande barco a vela passa a distância, e momentaneamente encobre a silhueta da cidade.

— Eu queria te beijar — ele fala. — Na quinta à noite, e na pista de skate e no parcão. E, na verdade, um milhão de vezes antes disso.

— Ah? — Minha voz sai estridente. Fico surpresa com o que ele disse e com a facilidade com que o fez.

Ele ri.

— Não se sinta estranha, estou tentando me desculpar. Eu era um pouco obcecado por você quando era adolescente. E, quando te encontrei e você olhou pra mim como se eu não fosse Scooter, me senti muito bem. Eu devia ter te contado antes de sairmos, mas as coisas foram ficando cada vez melhores. Pareceu tão fácil.

— Foi muito fácil — digo para a água.

— Talvez tenha sido a primeira vez que eu realmente me senti eu mesmo aqui. O que é muita coisa, porque morei em Beechwood por dezoito anos. Toda vez que venho pra casa tenho a sensação desconfortável de que há algo pelo qual eu deveria me desculpar, mas esqueço o que é. Só que, com você, me senti bem. Não quis quebrar o feitiço. Mas também não podia te beijar enquanto estivesse mentindo. — Ele se volta novamente para a água. — Eu planejava pegar seu telefone com Frannie na sexta-feira de manhã pra explicar tudo, mas não tive coragem. Aí você apareceu no jantar.

Repasso aquela noite na cabeça, mas com ele me dizendo que era Scooter enquanto estávamos sentados no barco. Eu provavelmente o teria beijado mesmo assim.

— Está bem, Scooter — digo. — Eu te perdoo.

— Obrigado — ele fala.

Tornamos a olhar para a cidade e ficamos quietos por um tempo.

— Do que você esperava escapar? — pergunto.

— Acho que das pessoas me chamando de Scooter. — Ele se volta para mim, e seus olhos examinam meu rosto. — E, mesmo assim, aqui estamos nós.

— Eu te vi andando de skate, o nome combina com você.

— Não é por isso que me chamam assim. — Ele torna a olhar para a água e espera um pouco antes de continuar. — Eles me chamam de Scooter porque eu nunca aprendi a engatinhar.

Dou risada.

— Cliffy fez isso por um tempo. Ele se sentava e deslizava pra frente sobre o bumbum na direção do que queria. Depois de algum tempo, descobriu como fazer certo.

— Bem, eu não, aparentemente. Só rastejei até aprender a andar. E meus avós achavam hilário, então o apelido pegou. Sou uma pessoa que teve que ir embora de uma cidade onde era conhecida pelo seu primeiro fracasso. Isso meio que dá ao lugar uma sensação estranha. — Ele estica as pernas a sua frente e se reclina sobre os cotovelos. — Mas basicamente eu tive as mesmas razões. Queria descobrir quem eu era, arranjar um emprego de verdade, encontrar uma mulher.

— E você conseguiu?

— Eventualmente. Tudo, menos a mulher. É fácil encontrar uma mulher, quase impossível encontrar *a* mulher.

— Eu sempre quis alguém que pensasse em mim desse jeito, que eu fosse especial — digo.

— Ah, o que é isso, Ali? Tenho quase certeza de que todos os caras da escola achavam que você era especial.

— Nem perto disso.

— Talvez fosse só eu — ele diz e torna a olhar para a água.

Meu rosto fica quente e eu puxo os joelhos para mais perto do peito. Penso que ouvi errado, e agora não sei o que dizer.

Ele continua como se não tivesse dito nada.

— Você se casou. Deve ter sentido que era especial naquela época.

— Na verdade, não. Acho que Pete gostava da ideia de mim. Ele gostava de mim no trabalho. Gostava de mim de terno sendo boa nas coisas e no fim de semana participando de atividades de casal poderoso. Mas a vida não é só um emprego nem atividades planejadas. As coisas ficam confusas.

— Muito confusas — ele diz, e o calor e a diversão abandonam seu rosto. Eu os quero de volta. — É por isso que está se divorciando?

Eu não respondo. Não quero lhe contar que em todos aqueles anos infelizes nunca me ocorreu me divorciar. Eu sempre me ajustava e mudava de direção toda vez que as coisas pioravam. Meio que achava que fôssemos ficar assim para sempre.

— Estou me divorciando porque ele está se divorciando de mim — digo por fim. — Foi a primeira decisão que ele tomou em muito tempo que eu realmente respeitei.

— Acho que você deve deixar que Ferris escolha o próximo cara.

É uma coisa adorável de se dizer, e ele fala com leveza, como se fosse uma piada. Mas tudo o que consigo pensar é: "Está bem". Ele sorri, e tenho vontade de estender a mão e passar os dedos pelas rugas de seus olhos. Quero tocar o contorno definido de seu maxilar.

— Quanto tempo você vai ficar? — pergunto.

— Eu ia embora amanhã, mas agora, com toda essa história da Flórida, não sei. Preciso limpar aquela casa pra vendê-la, e isso pode levar o verão inteiro.

Ele vai ficar o verão inteiro, minha mãe diz. Não que eu precise desse esclarecimento. Ouvi a frase no meu estômago antes de ela realmente atingir meus ouvidos. Este homem de ombros, mãos e olhar firme vai ficar o verão inteiro aqui.

— E não sei como são seus horários, mas eu gostaria de sair com você. Talvez tentar um segundo encontro?

— Não tenho certeza — digo.

— Do quê? É só um segundo encontro, você ainda não precisa estar segura em relação a mim.

Sorrio para ele e torno a olhar para a água.

— Você não é uma pessoa com a qual eu deva sair. Você mora em outro estado, já me disse que não é confiável. Além disso, você é o Scooter.

— Lembra quando eu disse que me encontraria com você às sete e então cheguei às sete? Talvez eu seja totalmente confiável quando se trata de você.

Estamos olhando um para o outro, e sinto como se pudesse observá-lo me observando o dia inteiro. Talvez eu pudesse ter outro encontro.

— Vou pensar nisso — digo.

— Justo. Enquanto isso, se tiver tempo, preciso muito de ajuda com a casa. Uma especialista em organização me cairia bem.

— Claro, posso te ajudar.

— Está bem, diga seu preço, porque estou meio desesperado.

— Não posso te cobrar — digo quando uma mensagem de texto chega no meu celular. É Pete: Volto em 10. Perdi o início do jogo, comemos pizza.

E talvez seja a visão do nome de Pete no meu telefone, talvez seja a palavra "pizza", mas o feitiço se quebrou. Sou expulsa daquele paraíso secreto que Ethan criou para mim.

— Desculpe, pode me levar pra casa?

O carro de Pete está na entrada da garagem quando chegamos em casa. Ele ainda tem a chave, por isso na verdade não precisei correr de volta. Estou um pouco desorientada. Sinto como se tivesse atravessado um buraco de minhoca e voltado. Pego Ferris no banco traseiro e desço do carro.

— Obrigada pelo passeio — falo.

— Foi divertido.

Não quero fechar a porta.

— Vamos começar de novo — ele diz. — Posso te ligar amanhã?

Olho para a minha casa.

— Tenho meus filhos.

— Claro — ele fala. — Então você pode me ligar. — Ele pega o celular e espera que eu lhe dê meu número. Faço isso, e ele me envia uma mensagem enquanto estou parada ali: Me ligue.

— Onde você estava? — Pete pergunta, como se fosse da sua conta.

— Passeando com o cachorro — digo, pendurando a guia. — Como foi?

— Perdemos — responde Iris. — Os juízes eram completamente cegos.

— Também jogamos muito mal — diz Greer.

— As duas coisas são verdade — Pete comenta.

Ele pega Cliffy no colo para lhe dar um abraço e beija Greer e Iris no alto da cabeça. É tocante toda vez, esse ato de se despedir de pessoas com quem você costumava viver. Sempre havia um peso no ar depois que eu passava um dia com meu pai, como se fôssemos uma família, mas nem tanto quanto costumávamos ser.

— Obrigada pelo almoço — Iris diz.

— É, obrigada, pai — Greer fala.

Vejo o registro no seu rosto. Ele não é uma pessoa a quem elas costumavam agradecer. Comida e itens essenciais simplesmente aconteciam, como se tivessem nascido com aquele direito.

— É claro — ele responde. — Vejo vocês na terça à noite. Precisamos trabalhar no nosso ataque.

O ar fica estranho quando Pete vai embora. Todos ficam em silêncio, e podíamos muito bem usar uma dose da minha mãe. Tento imaginar o que ela faria para mudar a energia. "Bem", diria ela, e bateria palmas. "Sei exatamente o que devemos fazer." E todos nos aproximaríamos para ver que tipo de diversão ela estava prestes a sugerir.

Trabalho com o que tenho.

— Eu ia grelhar frango esta noite, mas que tal um piquenique na praia?

— Vamos de bicicleta — Cliffy diz.

— Devíamos fazer cookies — Iris acrescenta.

Greer está olhando para o celular.

— O que foi? — ela pergunta quando todos a encaramos.

— Piquenique na praia — Cliffy diz.

— Está bem — ela concorda.

Cliffy está no armário do corredor pegando um balde e uma pá já sujos de areia. Esse é o mesmo armário onde guardamos nossos casacos bons.

— Vou achar um caranguejo-ferradura — ele anuncia.

— Você não vai trazer isso pra casa — Iris fala. — Eles fedem.

Pego a manteiga para os nossos cookies e ligo o forno. Sei que eles vão discutir sobre isso por um tempo, mas pelo menos ninguém mais está pensando em Pete.

10

NA SEGUNDA-FEIRA, DEPOIS DE ORGANIZAR OS LIVROS DE FRANNIE, VOU direto para o hotel para pegar o único caiaque na garagem de barcos. Foi ideia de Linda que eu começasse a andar de caiaque com regularidade depois que Pete foi embora. Quando voltei do meu primeiro passeio com meus filhos em que remei sozinha, ela me disse que estava na hora de eu me reerguer.

Nós cinco costumávamos fazer isso aos domingos, e Pete e eu remávamos para dar a volta em Beechwood Point. Greer gritava:

— Mais rápido!

E avançávamos bem rápido. A primeira vez que fomos depois que Pete foi embora, senti a decepção deles por ser a única a estar remando. Eles gritavam:

— Mais rápido!

Até que meus músculos começaram a doer, e tive que reconhecer que aquilo era o melhor que eu podia fazer. Desde então, tenho pegado o caiaque individual sempre que posso, e não me sentia forte assim desde o ensino médio. É engraçado o que você faz pelos seus filhos, mas não por si mesma.

Linda me ensinou as técnicas básicas — a diferença entre trabalhar até beirar a exaustão e fazer isso poupando esforços. Costumava me perguntar se essa era a diferença entre meu casamento difícil e o casamento fácil de Frannie — talvez eu estivesse fazendo as coisas da maneira errada. Como se eu pudesse alterar minha técnica para as coisas ficarem bem. Eu, com certeza, deveria saber como remar um caiaque, porque passei a vida inteira na água. Minha mãe costumava me levar nos seus passeios nas tardes de domingo, e eu me sentava na frente e aproveitava a vista enquanto ela remava atrás de mim. Era divertido e fácil ser conduzida por ela. Mas ela fazia todo o trabalho, e me sinto estranhamente despreparada para ter 38 anos.

No ano que passou, estive na água regularmente, a menos que estivesse frio ou ventando muito. Em janeiro, o ar gelado parecia lâminas de vidro, e eu gostava de me mover através dele e imaginar que ele causava cortes diminutos em minha pele, perfurando a dormência.

Claro, em julho é mais confortável e mais fácil se vestir para isso. Lanço o caiaque no mar e subo a bordo com um short e blusa de alcinha. Hoje não tem brisa, mas crio uma ao remar cada vez mais rápido ao longo da costa. Amo a queimação que sinto no abdômen e nas costas e o som da esteira que deixo para trás. Minha lista de coisas a fazer evapora na água, sendo substituída por uma sensação forte que me move adiante, em pleno controle. É uma sensação que me lembra de ser jovem e sem limites, e isso me vem à mente enquanto remo, apenas para desaparecer quando estou novamente em terra seca. Tento me agarrar a isso do mesmo modo que alguém tenta se agarrar a um sonho ao amanhecer, mas a impressão se vai no segundo em que entro no meu carro sujo.

Hoje, enquanto corto a água, estou reprisando o encontro inusitado com Ethan banhado em xixi no parcão, a maneira como ele me olhava no estádio de beisebol. Tento escutá-lo dizer que sou especial, mas não consigo me lembrar das palavras exatas. Estou pegando no sono ao me imaginar me inclinando para beijá-lo. E o beijo que imagino é inédito, mas é como ele, fácil e quente. As palmas de minhas mãos parecem saber qual seria a sensação de tocar seu cabelo.

Acho difícil acreditar que aquele cara é Scooter, famoso por atear fogo em seu porão, autodiagnosticado como não confiável. Para uma mãe solo de três filhos, um homem não confiável é tão bem-vindo quanto uma infestação de piolhos. Mas havia um tempo em que não importava se um cara não fosse seu para sempre. Havia uma época em que eu podia fazer isso superficialmente e experimentar alguém por algum tempo. E se eu fosse o tipo de pessoa que pudesse apenas sair com alguém algumas vezes e talvez passar os dedos pelo seu cabelo só para saber a sensação, sem me preocupar com como aquilo terminaria? E se eu fosse uma pessoa que pudesse relaxar em relação às coisas só um pouco? *Que divertido*, sussurra minha mãe sobre o ruído das ondas. *Um amor de verão.*

Eu me lembro de um amor de verão que tive com Jimmy Craddock, no verão depois do meu segundo ano na faculdade. Estava em casa, trabalhando no acampamento do centro recreativo, e tinha dois meses antes de voltar para Michigan. Jimmy era bronzeado e beijava bem. Por dois meses, isso foi o bastante. Não havia planos para o futuro, não havia tentativa de consertá-lo. Podíamos apenas aproveitar, porque era só durante o verão.

Fico tão perdida nessa lembrança que remo até muito mais longe do que pretendia. Faço a volta e me dirijo novamente para o hotel, me concentrando na plataforma elevada sobre o telhado, uma espécie de mirante, a única parte visível acima da linha das árvores. Os Hogan nunca deixavam ninguém subir ali, porque, quando estávamos no ensino médio, descobriram os planos de Frannie de fazer uma festa fora de estação. Eles trancaram permanentemente a velha escadaria. Sempre quis saber como a vida seria lá de cima. Imagino que ela tenha seu próprio padrão climático, porque a bandeira do hotel tremula em uma brisa que não sinto daqui de baixo. Tento imaginar uma viúva quando passo, seu cabelo despenteado ao vento, o olhar saudoso para a água.

Eu mesma sou uma bola de desejos indefinidos. Quando estou em silêncio, posso ouvir meu coração ansiando por coisas impossíveis. Quero uma casa perfeitamente sem excessos, e quero me agarrar a cada fragmento do passado. Quero uma folga dos meus filhos sem perder um único minuto de suas vidas. Desejo uma parceria e desejo liberdade. Quero me entrelaçar com alguém sem me perder. Quero tudo.

Talvez essa seja a essência de um amor de verão: é a coisa impossível, um caso de amor sem lastro na realidade. Deixo essa sensação mais leve e fácil me atravessar enquanto remo. Jimmy Craddock tem entrado e saído do sistema penal há anos, mas ele era realmente muito bonito.

Quando paro no cais do hotel, meu corpo está cansado da melhor maneira possível.

— Como foi? — Linda pergunta.

Ela está parada diante dos armários com uma prancheta e um nariz coberto de pasta d'água.

— Ótimo, mas talvez eu tenha ido longe demais.

— Você merece — ela diz. Minha mãe teria dito a mesma coisa.

11

— Não há limões no hotel — Frannie diz quando atendo sua ligação.

— Isso soa meio bíblico demais pras onze da manhã de uma terça-feira.

Estou no parcão com Ferris, observando-o socializar. Ethan não está aqui, e sei disso porque circulei pelo lugar por trinta minutos procurando por ele. Sei que podia telefonar, mas acho um exagero, como se estivesse ligando para chamá-lo para um segundo encontro e consequentemente para um beijo. Penso que, se eu quisesse isso menos, já teria ligado.

— Harold não entende nada de organização. Meus pais que criaram o sistema. E honestamente, Ali, não é tão difícil. Ele não sabe nada porque não é um gerente-geral. É um atendente de praia.

Frannie parece um pouco desequilibrada.

— Quer que eu vá ao mercado ou alguma coisa assim?

— Preciso ir até lá e mostrar pra ele como as coisas funcionam, mas estou com Theo aqui, e Marco não pode cuidar do restaurante sozinho com um bebê no colo.

— Entendi. Estou livre. Quer que eu vá aí pra pegar Theo? Na verdade, estou ao lado do hotel. Venha me encontrar agora.

...

— Eu não sou burro — Harold diz enquanto esperamos na escada da entrada.

Ele mexe no colarinho duro da camisa, e não consigo deixar de pensar no quanto ele deseja estar de volta à praia, onde o trabalho é simples e o uniforme não é engomado.

— Ela não te acha burro. Eu não falo francês. Não porque sou burra, mas porque nunca aprendi. Você vai acabar pegando o jeito.

Ferris ergue a cabeça do meu colo e me alerta que algo emocionante está acontecendo pouco antes de Ethan aparecer. Ele está vindo do estacionamento com uma camiseta branca e bermuda vermelha e uma sacola gigante de limões em cada mão. Sorri quando me vê, como se eu fosse algo que ele estivesse procurando por toda a parte.

— Bonita — ele diz, depois se volta para Harold. Eu me examino para ver ao que ele poderia estar se referindo. — Recebi mensagens de texto frenéticas e levemente agressivas sobre limões... Fui ao supermercado. Frannie enlouqueceu?

Harold pega os limões.

— Não sei, cara. Acho que vai além de limões.

— Harold não teve oportunidade de aprender o sistema de pedidos, então Frannie está vindo pra cá. Vou cuidar de Theo.

Ethan se abaixa para fazer carinho em Ferris. Sua barba está começando a crescer no queixo. Ele olha para mim e diz:

— Um bebê, um cachorro e Ali Morris. Vou ficar pra ver isso.

Estou ali parada diante do homem para quem eu dei a mão e com quem quero viver um amor de verão, e não consigo dizer nada. Estou tentando dizer "tudo bem" quando Frannie chega. Ela deixa o carro bem na entrada, como se estivesse com um caminhão dos bombeiros e tempo fosse um elemento essencial.

— Desculpem pelos gritos — ela diz para todos nós enquanto pega Theo da cadeirinha. — É coisa demais. Não acho que mamãe e papai sabem o que estão pedindo pra gente.

— Pois é, espere até ver quanta coisa tem naquela casa — Ethan fala.

— Arrumei um único armário ontem e quase fugi pra Flórida também.

— Não pode ser tão ruim assim — Frannie diz. — Aqui, pegue o Theo. Mando mensagem quando terminarmos. — Ela coloca o bebê em meus braços, mas ele se dirige para Ethan.

Eu sei como Theo se sente, por isso o passo para Ethan. Frannie e Harold desaparecem nos escritórios dos fundos, deixando Ethan e eu ali na escada com nossos protegidos.

— Eles dão colo demais pra ele — ele diz.

— Não é? — concordo.

— Tento não ficar dando pitaco, afinal, o que eu sei?

— Bem, mas é verdade, ele parece um marsupial — digo.

— Vamos pra praia deixar que ele engatinhe um pouco.

— Estou com o cachorro — digo.

— Conheço os donos desse lugar.

Entramos no hotel e tenho a mesma sensação de assombro que sempre tive todas as vezes em que estive ali. É como se, ao atravessar as portas duplas de carvalho, estivesse resgatando um pedaço do meu coração. Minha mãe está do meu lado, e estamos comemorando alguma coisa — um aniversário, uma grande temporada de futebol, uma boa nota. Mesa para duas no pátio, por favor. Minha mãe pede uma torta de caranguejo e eu peço um bife. Foi quando ela me presenteou com a pulseira com meu primeiro pingente, que ela criou inspirada em minha peça do terceiro ano. Depois do jantar, guardamos os sapatos embaixo do deque e caminhamos pela praia enquanto o sol se punha. Coloquei o braço na água e observei o pequeno pingente de fada cintilar sob a luz. Ela segurou minha mão e falou sobre todas as performances na peça. Ela brilhava de empolgação, como se tivesse esperado a vida inteira para ter uma filha em uma peça escolar. O que, depois de perder sete bebês em doze anos, provavelmente era verdade.

Os Hogan tinham acabado de terminar uma grande reforma antes do último aniversário dela, então ela conseguiu vê-lo como está hoje. Eu me lembro do nosso alívio coletivo por terem feito apenas pequenos ajustes e atualizações. O espírito do lugar é o mesmo de sempre, e sou estranhamente possessiva em relação a ele. A recepção é um balcão comprido e branco que deve ter uns cem anos de idade. Atrás dele, as venezianas do chão ao teto ficam abertas, por isso conseguimos ver diretamente o mar. O piso é original, mas foi tingido de um tom cereja escuro, fazendo com que as paredes e as venezianas brancas pareçam uma explosão de luz. O lustre na entrada é feito de conchas, e elas balançam um pouco com o movimento dos ventiladores de teto.

Ethan carrega Theo até uma área nos fundos do deque. Eu carrego Ferris em respeito aos novos tapetes de sisal.

Ele me puxa pela escada onde minha mãe e eu costumávamos dar as boas-vindas ao verão. Andamos pela praia na direção da água. Ethan coloca Theo no chão e cada um de nós segura uma de suas mãos, e o deixamos chutar a areia quente.

— Isso é gostoso, não é? — pergunta ele.

— É muito gostoso — respondo.

Theo solta nossas mãos e se joga na areia. Nos sentamos de pernas cruzadas, um de cada lado do menino, formando dois semicírculos que deveriam se unir nos joelhos. Ferris sobe no meu colo. Ethan está com os olhos semicerrados por causa do sol e mostrando a Theo como cavar areia com a mão. Eu percorro os olhos pela sua testa e ao longo dos ângulos de suas maçãs do rosto. É um rosto inegavelmente bonito, mas, quando Theo o faz sorrir, vira outra coisa, algo claro e caloroso. Tento conectar isso a qualquer coisa que me lembre dele do ensino médio, mas não consigo.

— Como está indo a casa? — pergunto.

— Um pesadelo.

— Eu amo aquela casa.

— É uma boa casa. Mas a localização é maluca, bem no meio de tudo.

— Superconveniente pra ir à biblioteca — digo.

— É, isso foi importante pra mim quando eu era criança. — Ele está brincando.

Theo coloca um punhado de areia na boca.

— O que fazemos? — Ethan pergunta.

— Deixe — eu digo. Theo limpa a língua com uma mão cheia de areia e ri.

O vento sopra meu cabelo nos olhos. Pego um elástico do pulso e faço um rabo de cavalo. Acho que Ethan está me observando, e, quando olho para ele, ele desvia o olhar como se tivesse sido flagrado. Sinto algo que começa principalmente no peito e depois se espalha pelo corpo. É uma sensação desconhecida, e quase quero chamar isso de prazer. Gosto de estar com este homem. Não há nada de complicado nem confuso ali. É uma sensação boa. Sou encorajada por esse sentimento.

— Eu também gostaria de sair com você — digo, mas a frase não tem tanta ousadia quanto eu esperava. — Como você disse outro dia. Enquanto você estiver aqui.

Ele não pisca. Apenas mantém o olhar fixo no meu, como se pudesse me prender só com o poder do olhar.

— Que bom — ele diz.

Sorrimos um para o outro, e me sinto mais boba do que gostaria, então olho para a água e sorrio para ela.

— O que estão fazendo? — Frannie aparece do nada. E somos flagrados. Eu me sinto como uma adolescente que foi pega dando uns amassos num carro. Ela está com as mãos nos quadris feito a Mulher-Maravilha e parece imponente contra o céu limpo e a água.

— Cuidando do bebê — Ethan responde.

— Tudo bem? — ela pergunta.

Estamos sentados perto demais um do outro. Eu me inclino para trás e viro meu corpo em direção a Frannie, mas ainda sinto os olhos dele em mim.

— Conseguiu resolver tudo com o Harold? — pergunto.

— Mais ou menos — ela diz. — Acho que ele entendeu, mas não acho que queira entender. Acho que ele não quer esse emprego. — Ela estende os braços para pegar Theo. — Obrigada por cuidarem dele.

Nem Ethan nem eu fazemos qualquer movimento para ir embora. Levamos alguns segundos até percebermos que não temos motivo para continuar na praia.

12

CINCO HORAS DEPOIS, FUI ARREBATADA DE VOLTA PARA A MINHA REALIDADE levemente complicada. É terça-feira de futebol, e estou grelhando hambúrgueres para alimentar as crianças antes de Pete vir buscá-las. Afasto um devaneio de que Pete chegue cedo para levá-las para jantar, ou mesmo que apenas apareça com uma pizza.

Além de estar na água, acho que essa pausa de terça-feira à noite é o que me mantém sã. Pete treina o time de futebol das meninas (Iris é muito boa e joga em uma categoria acima), então ele na verdade não pode desistir. Há um milhão de coisas que eu poderia fazer com esse tempo, mas geralmente desabo no sofá com uma tigela de pipoca e maratono alguma série.

Tenho que ver Pete mais uma vez esta semana porque vamos nos encontrar com a mediadora na sexta-feira. Precisamos levar nossos registros financeiros e imposto de renda. Pete fez uma lista completa dos nossos bens. Temos uma conta poupança e uma conta de investimento com algumas ações, além de nosso fundo de aposentadoria. Temos dois carros e a propriedade parcial da casa. A situação está de cabeça para baixo. Estamos dividindo coisas que não importam. São as coisas que não estão na lista que contam a história do nosso casamento. Os guias de viagem que compramos e nunca usamos, a coleção de chuteiras pequeninas que eram fofas demais para serem doadas. A colcha de retalho que mandei fazer com as camisas de futebol das meninas. Ele ficou empolgado porque achou que eu a tinha feito, e eu ri, explicando o quanto foi trabalhoso apenas reunir os uniformes e enviá-los para a mulher no Oregon. Ele pareceu decepcionado por eu não ter me dado ao trabalho.

Estamos comendo na bancada da cozinha quando Pete aparece. Ele está com seu short de ciclismo e a camisa combinando, que aperta seu corpo de um jeito vagamente repulsivo. Ele beija as meninas na testa e dá um abraço em Cliffy.

— Preciso me trocar antes do futebol — ele explica para elas, não para mim. — Já volto.

E, com isso, ele sobe correndo a escada na direção do meu quarto, supostamente para se despir enquanto julga em silêncio minha cama desarrumada e as palavras cruzadas inacabadas de ontem na mesa ao lado. Ele vai usar meu banheiro e descer com uma observação sobre as velas de aromaterapia que enfileirei no pé da banheira.

Estou na defensiva, e sinto meu peito apertando e o calor subindo do estômago para o meu rosto. *Respire fundo*, minha mãe diz na minha cabeça, e eu respiro. Coloco a mão sobre meu coração acelerado e fico chocada pelo fato do alarme de raiva estar piscando com maior intensidade com ele no meu quarto do que quando ele foi embora há um ano. Eu me ajustei, e estou me saindo muito bem sozinha. Ele não sabe o que é isso.

Pete desce as escadas, agora com o short de academia e a camiseta do time de futebol de Beechwood, e está irritantemente menos repulsivo.

— Rúcula — ele diz para mim. — Seis letras na horizontal: é rúcula. Vi que você empacou nessa. — Ele põe as mãos na cabeça das meninas e fala:
— Prontas?

Elas ainda estão comendo, então a resposta é não. Fico irritada por ele apressá-las, e mais ainda por ter invadido minhas palavras cruzadas.

— Ontem isso meio que me escapou — digo. — Como teve tempo pra pedalar depois do trabalho?

— Tirei o dia de folga. Me encontrei com um corretor hoje. Aluguei um lugar maior.

Não revisei os números, mas tenho certeza de que não temos dinheiro sobrando. Não há como eu ficar aqui e ele conseguir pagar um lugar maior.

— Como isso vai funcionar? — pergunto, usando meu tom desinteressado para não alertar meus filhos de que estou superinteressada.

— Vamos reorganizar algumas despesas — ele diz, sem me olhar. — Vamos lá, meninas, coloquem as chuteiras.

E olha para mim por cima do ombro com o sorriso de boca fechada que já o vi usar com vendedores de carros e com seu pai. Ele está mentindo, e agora sei que preciso de um advogado.

13

ASSIM QUE ELES VÃO EMBORA, SUBO CORRENDO E VISTO UMA CAMISETA que não tem manchas de ketchup. Passo *gloss* nos lábios e reviro os olhos para mim mesma no espelho. Dirijo os oitocentos metros até a casa dos Hogan e estaciono na rua. A perua dele está na garagem, e percebo que não pensei nisso direito. Não tenho certeza de se eu e Ethan temos um tipo de relação em que simplesmente se aparece na casa um do outro sem avisar. Ele poderia estar no banho ou talvez fazendo um churrasco.

Envio uma mensagem para ele: Oi, é a Ali. Tenho uma pergunta rápida e queria saber se posso passar aí rapidinho

Ethan: Já que você está estacionada bem em frente à minha casa, é meio difícil dizer não

Eu não poderia parecer menos tranquila.

Respondo: Haha estou entrando

Ele abre a porta da frente antes mesmo de eu chegar na calçada, e está sorrindo daquele jeito satisfeito, o tipo de sorriso que você dá quando flagra alguém fazendo algo idiota. E também de puro prazer.

Ethan ainda está com a mesma bermuda vermelha e a mesma camiseta branca de mais cedo, e é injusto o quanto ele fica bem assim. Ele se afasta para o lado, e entro no vestíbulo e tiro os sapatos.

— Então, o que é isso? Um segundo encontro espontâneo? — ele pergunta com um meio-sorriso.

— Não — digo.

— Não?

— Bem, sim. Mas não hoje.

Ele cruza os braços sobre o peito. Seus antebraços são bronzeados e musculosos, com aquele leve toque dourado de pelos loiros. Tanta coisa em Ethan parece feita de ouro.

— Se veio aqui pra terminar comigo, este vai ser o quase relacionamento mais curto da minha vida.

— Não — digo. — Quer dizer, sei que está brincando. Sim pro encontro em outro momento, não pra terminar com você. Não que a gente esteja namorando. — Gostaria que alguém enfiasse um sanduíche na minha boca para me fazer parar de falar. Cheguei perturbada por causa de Pete, e agora estou presa no desconforto causado pela minha vontade de tocá-lo. Ele não parece sentir desconforto nenhum. Na verdade, parece estar se divertindo, como se soubesse que está em vantagem nessa situação.

— Entre — ele diz. — Você parece estar prestes a fugir, e isso é a última coisa que quero. — Ele me leva até a ampla sala de estar, com seus sofás de veludo cor de caramelo. As cortinas são de seda marfim com finas listras douradas, combinando com o tapete oriental.

— O lugar está ótimo — digo. — Parece que você está pronto pra vender a casa.

Ele atravessa a sala e começa a abrir os armários nas paredes revestidas de carvalho. Há caixas, caixotes e cestos cheios de flores secas. Um deles contém nada além de recordações de futebol do ensino médio do sr. Hogan. Depois de abrir seis armários, ele diz:

— É com isso que estou lidando, e, quando digo que é só a ponta do iceberg, você deve acreditar em mim.

— É verossímil. Eles querem guardar muita coisa?

— Eles não querem nada, estão dispostos a começar do zero, tipo organização minimalista sueca.

— Muito bom — comento.

Penso no processo excruciante de limpar o apartamento da minha mãe. Detesto a ideia de limpar a casa do meu pai e da Libby, e meio que espero que esse seja um problema dos filhos de Libby um dia. Penso nas filhas de Phyllis arrumando todos aqueles livros. E penso nos meus próprios filhos tentando percorrer o museu de chuteiras pequeninas que estou colecionando.

— É, achei que poderia jogar tudo fora, mas já passei por algumas caixas e em todas elas parece haver alguma coisa importante. Como mil lenços de mágico e a escritura original da casa. Ou uma caixa de revistas *People* com fotos dos meus avós quando bebês escondidas no fundo. Então vou precisar mexer em tudo. Só que me sinto completamente sobrecarregado — ele diz, olhando para os armários abertos, com pânico no rosto. — Podemos ir lá fora? — ele sugere.

Caminhamos até a cozinha e ele pega duas cervejas da geladeira.

— Castanhas?

— Um pouco — digo.

Ele sorri e despeja amêndoas de um pote em uma tigela. É um gesto simples, mas agradável.

Vamos até a área coberta do pátio e nos sentamos em duas poltronas de frente uma para a outra. Há um sofá combinando encostado na parede de hera, e uma parte de mim quer se deitar ali e ter toda essa conversa como se eu estivesse em uma sessão de terapia.

— É tão estranho que você seja o dono desta casa agora. Scooter Hogan, senhor da mansão.

Ele faz uma careta.

— As pessoas, por quase duas décadas, me chamam de Ethan. Te imploro.

Vejo Brenda deitada na grama, aproveitando o último raio de sol da tarde.

— Como ela está? — pergunto.

— Ela está bem. Mas e aí? Por que veio aqui? Você parece um pouco agitada — ele diz, inclinando-se para frente, com aqueles antebraços dourados sobre as coxas musculosas, segurando a cerveja com as duas mãos, os longos dedos brincando com o rótulo.

Tento me recompor.

— É sobre meu divórcio. — Só de dizer a palavra em voz alta, parece que joguei água fria sobre mim mesma.

— Sei. E sinto muito. Não acho que tenha dito isso antes. — Ele olha para mim, se afastando da cerveja. — Bem, nem conheço ele. Você está arrependida?

É uma pergunta maior do que eu esperava que ele fosse fazer. Simplesmente não suportei Pete esta noite. Mas eu amava nossa unidade familiar e o conforto de outro adulto entrando em casa no fim do dia, mesmo que, por muito tempo, esse adulto tivesse sido minha mãe. Gostava de acordar de manhã ouvindo o som de outra pessoa respirando. Mas, no último ano, não houve nada em Pete de que eu sentisse falta. Só senti falta dele ocupando um lugar. Então:

— Não.

— Ok, então eu também não sinto muito.

— A gente tem mediação na sexta-feira. Tem sido tudo bem fácil. Estamos separados há um ano, morando separados e pagando boletos com as mesmas contas que sempre usamos. Costumávamos colocar um dinheiro na poupança todo ano, mas agora, com o apartamento de Pete, não tem sobrado nada.

— Faz sentido.

— É. — Cruzo as pernas embaixo de mim, como se estivesse numa festa do pijama e tivesse acabado de chegar na parte assustadora da história. — Mas hoje à noite ele passou lá em casa e me disse que acabou de alugar um apartamento maior. E ele não estava realmente fazendo contato visual. Nós nunca conversamos sobre isso, e tenho certeza de que esse lugar custa muito mais, e ele disse que poderíamos "reorganizar algumas despesas", o que presumo serem as das crianças e as minhas. — Coloco a cerveja na mesa ao meu lado. — Scooter, eu sou contadora. Ou era. Eu usava terninhos e tinha uma assistente. Eu era boa. E entreguei completamente as rédeas pra ele. Nem sei o nome da mediadora. Ele ia me buscar e me levar. — E, com isso, minha voz fica embargada, e é muito provável que eu vá chorar. Eu me encosto na poltrona e observo Brenda respirar.

— Você precisa de um advogado.

— O problema é que já é na sexta-feira. Não tenho tempo pra contratar um advogado. — É uma afirmação que também é uma pergunta e um pedido de ajuda.

Ele não diz nada. Apenas acena com a cabeça e entra na casa. Então volta com lenços de papel e um bloco de notas amarelo. Isso tem o efeito de um médico entrando na sala de exame com um jaleco branco; de repente, ele parece legítimo.

Ele toma um gole de sua cerveja.

— Isso não é tão complicado, e posso pesquisar o que preciso saber até lá. Posso te dizer agora que Pete está tentando aumentar as despesas pessoais para que, na hora de discutir a pensão, ele fique com uma fatia maior do bolo. Sei disso por assistir TV, não pela faculdade de Direito.

Claro que é isso que ele está fazendo.

— Hoje à noite, senti como se estivesse vendo tudo pela primeira vez. Como se eu tivesse acabado de entrar na sala e pensasse: espere, esta é a minha vida? Como... e quando... eu entreguei o controle de tudo a esse homem?

— Você confiava nele, vocês eram uma família. Escute, eu vou com você na sexta-feira. Vou levar todo o meu conhecimento de TV para te apoiar. Ele vai precisar assinar alguma coisa dizendo que está tudo bem você levar um advogado.

— E o que ele vai dizer sobre seus honorários? Ele não vai aceitar. A primeira coisa que concordamos foi que não podemos pagar advogados.

— A gente vai fazer uma troca de serviços.

E, de repente, estou em um filme pornô. Meu rosto fica vermelho e tenho certeza de que Ethan, com suas pernas maravilhosas e seus ombros largos, está sugerindo que troquemos sexo por serviços jurídicos. Estou vinte por cento lisonjeada, vinte por cento intrigada e sessenta por cento horrorizada que minha vida tenha chegado a isso.

— Você tem que me ajudar a limpar esta casa. — Ah. — Eu não posso vendê-la com todas essas coisas, e não vou conseguir arrumar tudo sozinho. Isso me paralisa. E pode ser divertido. Vou ter mais tempo com você entre todos esses encontros que vamos ter.

Sou pega de surpresa, e sorrio.

— Isso não me paralisa — digo. — Eu posso te ajudar, com certeza.

— A ideia de limpar essa casa faz com que eu sinta uma confiança renovada, porque é algo que sei fazer. O que não é algo que eu possa dizer sobre sexo.

— Está bem, negócio fechado — ele diz, e estende a mão para apertar a minha, sorrindo com os olhos de um jeito que me faz pensar que ele viu quando fiquei corada. Sua mão está fria por causa da garrafa de cerveja, e ele me segura por um segundo a mais que o necessário. — Vou começar a pesquisar as leis de divórcio de Nova York, e você diz a Pete que vai levar um advogado pra te dar apoio moral. Você tem minha permissão pra falar que meu nome é Scooter. Nesse caso, acho que meu alter ego vai ajudar.

Não sei por que ele parece animado com isso, embora aparecer com um skatista na mediação possa ser divertido. Olho para minhas mãos e me sinto esmagada com a quantidade de coisas a fazer.

— Acho que sei do que você precisa.

E, mais uma vez, estou de volta ao filme pornô.

— Do quê?

— Andar de skate.

Errei de novo.

— Quando estou tenso ou ansioso, vou pra pista de skate. Vou te mostrar.

14

E LE PEGA DOIS SKATES NO PORTA-MALAS DO CARRO E CAMINHAMOS OS dois quarteirões entre sua casa e o centro recreativo. O sol está baixo, quase sumindo. Está muito úmido e os grilos estão cricrilando de um jeito que me lembra um verão de cem anos atrás, pedalando pela cidade até as luzes das ruas se acenderem. Era minha parte favorita do dia, a coisa com a qual você sempre podia contar.

Um casal com aproximadamente a idade do meu pai está andando em nossa direção.

— Ora, se não é Scooter Hogan. Continua longe de problemas? — pergunta o homem, rindo.

Sinto Ethan ficar tenso ao meu lado.

— Oi, sr. McDermott — diz ele. — Sra. McDermott. Vocês conhecem Ali Morris? — Eles não conhecem, e nos cumprimentamos.

— Soube que ainda está em Massachusetts tentando descobrir o que quer fazer.

Ethan dá uma risada forte, do tipo que guarda uma dor.

— Boa notícia: eu descobri — diz ele. — Tenham uma boa noite.

Seguimos para a pista de skate.

— Estou começando a entender o que você disse — comento.

Ele sacode a cabeça e passa a mão pelo cabelo. Andamos por meia quadra antes que ele comece a falar outra vez.

— O que quero que saiba sobre o skate é que ele é mais que um esporte.

— Mas é um esporte, é? — Olho de soslaio para ele.

Ele para, e fico feliz ao ver a leveza voltar a seu rosto.

— Claro que é um esporte. Mas também é um jeito de se movimentar pela vida. Um jeito de abordar as coisas.

— Espera, você vai me ensinar a técnica do sr. Miyagi e me fazer encerar seu carro?

— Provavelmente — ele diz, e sorri. Ele me olha por um segundo, e juro que posso ver pensamentos impuros passarem pela sua mente. Começamos a andar novamente. — É sobre encontrar equilíbrio e depois dominar um truque que você tem certeza de que é impossível. É sobre olhar pra algo que não pode ser feito e estar disposto a tentar mesmo assim. Sobre velocidade e perseverança, mas também graça e controle. — Ele para porque as luzes da rua se acendem. Olha para a luz e as partículas de verão que ela ilumina acima de nós. — Eu gosto tanto disso. — Então ele volta a se dirigir a mim. — Ali, sem brincadeira. Você foi feita pra andar de skate.

— Você me conhece há uma semana, Scooter. Não sabe para que fui feita.

— Eu te conheço há muito tempo — ele diz. Seu olhar pesa sobre mim, cheio de um milhão de coisas não ditas. É como se ele soubesse algo que eu não sei. Como se visse algo que eu não vejo. Ele pega minha mão e entrelaça nossos dedos. Sinto seu toque por todo o meu corpo e esqueço brevemente para onde estamos indo. Ele aperta minha mão e depois a solta. — Vamos — ele convida.

Continuamos caminhando até chegarmos ao portão da pista de skate, que, claro, está trancado. Ethan abre o cadeado com seu canivete, como se tivesse sido profissionalmente treinado, e entra, acendendo as luzes.

— Só pra ficar claro, a gente arrombou a porta e agora estamos acendendo as luzes? — Vou precisar de um mapa e uma bússola para encontrar o caminho de volta para a minha zona de conforto. Andar de skate, invadir propriedades alheias. A adrenalina borbulha no meu peito.

— É. Isso é importante.

O *half-pipe* fica no meio da pista de concreto, iluminado por luzes halógenas altas. Ao nosso redor, há escuridão total, como se estivéssemos no centro de um holofote em um palco vazio. Os grilos cricrilam logo depois do alambrado por todos os lados, e vaga-lumes piscam no canto dos meus olhos. O cheiro doce e melífluo de tuberosas e lírios paira no ar.

Ele me flagra absorvendo aquilo tudo.

— Admita que é muito legal.

— É — digo.

Caminhamos até o *half-pipe*, e Ethan coloca nossos skates no chão. Ele sobe no dele.

— É instável ficar em cima de rodinhas. Não faz sentido, certo?

Eu assinto.

— Faça mesmo assim — ele diz.

Subo no meu skate e ele parece uma casca de banana. Ele vai escapar de baixo de mim, e vou cair de bunda. Ethan segura minha mão e perco o foco enquanto fecho os dedos em torno dos dele outra vez. Eu os aperto involuntariamente, talvez para intensificar a sensação. Talvez para mantê-lo ali.

— Eu te seguro, dobre os joelhos — ele diz. Seu corpo está perto o bastante para que eu sinta o leve cheiro de pinho e protetor solar em sua pele. Ele me faz balançar para frente e para trás algumas vezes. — Viu? Você está indo muito bem. Agora desça e torne a subir, tentando manter os pés junto dos parafusos.

Descer é fácil, subir é aterrorizante, e seguro a sua outra mão.

— Nada mal — ele diz. — Agora deixa eu te levar um pouco. — Enquanto o seguro com as duas mãos, ele caminha de lado, deslizando meu skate. — Está tudo bem? — ele pergunta.

Aperto suas mãos em resposta. Não quero falar nada. Gosto do som das rodas no concreto e da sensação de Ethan tão perto, me segurando. Estou imersa em meus sentidos — a densidade do ar da noite, a eletricidade que vem das mãos de Ethan. O cheiro da grama e do asfalto no ar pesado. Ele me para e ficamos cara a cara. Com os poucos centímetros que o skate me dá, estamos na mesma altura, olhos nos olhos. E sei que vou beijar esse homem. Quantas vezes ele deixar.

— Quero te virar — ele diz.

— O quê? — Não sei por que tudo me soa safadeza.

— Desça do skate e olhe para o outro lado. — Certo.

Pulo para fora e me viro, subindo novamente no skate de frente para o *half-pipe*. Ethan está logo atrás de mim e segura minhas mãos de novo. Sinto seu peito contra minhas costas, e quero que ele passe as mãos em torno da minha cintura e as deixe ali. Ele fala diretamente no meu ouvido.

— Então, o objetivo do skate é fazer truques impossíveis. Você pode se machucar de inúmeros jeitos diferentes. Você precisa controlar o medo. Em algum momento, vou te mandar pro alto daquela rampa e você vai descer de skate, confiando que tudo vai dar certo.

Sinto sua respiração no meu rosto enquanto a sonoridade da sua voz atravessa meu corpo.

— Porque, se não der certo, vai ser só concreto e ossos quebrados. É por isso que você precisa praticar como louca e, em seguida, ser graciosa e presente.

Deixo escapar um suspiro. Não quero que ele se mexa.

— Me diga, Ali. Está pensando em Pete e no apartamento dele agora?

— De jeito nenhum.

— Esse é o segredo do skate. É uma descida tão aterrorizante que todas as outras coisas simplesmente desaparecem.

Viro-me num só movimento, sem cair do skate. Principalmente porque Ethan me segura por trás durante o giro. Ele diz:

— Então, de certa forma, isso é sobre consciência plena e progressão. Apenas passos pequeninos à frente.

Estamos com olhos nos olhos, nariz com nariz, e enfim seu peito se pressiona contra o meu. Entrei em algo completamente desconhecido e inesperado. E quero dar mais um passo à frente.

15

QUANDO CHEGO EM CASA, O CARRO DE PETE JÁ ESTÁ NA GARAGEM. ELE está bloqueando a entrada, e me ocorre que não é por descuido: nunca passaria pela cabeça dele que eu não estivesse em casa, exatamente onde ele me deixou.

Greer e Iris estão tirando meias e chuteiras enlameadas na cozinha. Cliffy está nos meus braços. Pete pegou um Gatorade da geladeira.

— Como foi? — pergunto.

— Foi bom — Iris diz. — A gente vai arrasar no jogo de sábado.

— Arrasar? Sério? — Greer fala, revirando os olhos.

— Por que não vão tomar um banho? — digo.

Quando elas sobem as escadas e Cliffy liga o Bob Esponja, finjo me ocupar limpando a cozinha. Basicamente fico movendo coisas de um lugar para outro, como truque para fingir estar ocupada.

— Então — começo —, queria te perguntar. Estou me sentindo um pouco sobrecarregada com todos os detalhes; você se importa se eu levar alguém comigo na sexta-feira? — Tiro os pratos da pia e os empilho na bancada. Coloco a panela de brócolis cozido na pia.

— Tipo um amigo? — ele pergunta. É realmente inacreditável o quão criança ele pensa que eu sou.

— Tipo um advogado — digo, e me viro.

— Ali, já falamos sobre isso. Não podemos pagar advogados e não há nada pra discutir.

— Não, é claro que não. Mas eu meio que me sinto como minha mãe quando ela tinha que ir ao médico o tempo todo: era bom pra ela ter uma segunda opinião. Vou administrar essa casa sozinha e realmente quero fazer isso direito. Tipo, garantir que eu entenda os detalhes. — Eu me odeio por soar tão incompetente, mas também gosto de me sentir um pouco subversiva. Como se eu tivesse metido a Velha Ali em seu terninho azul dentro de um cavalo de Troia.

— Como vai pagar um advogado? Eu não aprovei isso.

Hum, como você está alugando um apartamento mais caro? Eu não aprovei isso. Uma década de raiva fervilha por baixo do meu peito. É uma sensação familiar, como se algo quisesse sair, mas não soubesse como. Coloco minhas mãos na ilha da cozinha entre nós e respiro fundo. Quando olho para cima, faço a expressão mais suave que consigo.

— Não, não é assim. Ele nem é advogado de verdade. O irmão caçula da Frannie, Scooter, é advogado, e disse que iria comigo e tomaria notas se eu o ajudasse a organizar a casa dos pais.

Pete ri e bebe o resto do seu Gatorade.

— Scooter?

— É, esse é o nome dele. Você acredita?

16

IGO A ETHAN QUE VOU BUSCÁ-LO NA SEXTA-FEIRA PORQUE TENHO necessidade de dirigir. Sinto como se estivesse cansada de estar no banco do passageiro.

Entro na garagem dele bem quando ele sai vestindo um terno azul-claro e uma camisa branca com babados, direto de uma foto de baile de formatura dos anos 1970. Sua calça é dois centímetros mais curta do que deveria, e sua expressão está séria. Ele abre a porta do carro, respira fundo e diz:

— O que você acha?

Estou atônita. Tento imaginar a cara de Pete quando eu aparecer com ele no papel de meu advogado.

— Scooter, que merda é essa?

Caio na risada. É a última coisa que pensei que faria hoje, e a risada dissolve o nervosismo da manhã.

Um sorriso surge nos cantos de sua boca.

— Está bem, isso já valeu a pena. E ah, meu Deus, a expressão no seu rosto foi impagável. Eu não tenho roupas aqui, e todos os ternos do meu pai estão pequenos demais. Encontrei isso no armário dele, e chamou minha atenção. — Seu sorriso agora está enorme, como se tivesse executado com sucesso uma pegadinha. — Você contratou o Scooter, então pode muito bem ir até o fim.

— Pete não vai saber o que pensar — digo.

— Esse é o plano.

Seguimos pela cidade, e não consigo evitar me sentir um pouco envergonhada pelo jeito como estou vestida. Se Ethan está interpretando o papel de Burt Bacharach em Las Vegas, eu estou interpretando o de uma dona de casa oprimida. Estou usando saia jeans (uma saia de verdade) e camiseta, com um cardigã na bolsa, caso o ar-condicionado esteja ligado. Quero estar no meu terninho azul-marinho ou até mesmo na fantasia de Carmen Miranda da sra. Hogan. Só não quero parecer um capacho.

O nome da mediadora é Lacey. Ela é mais jovem que eu, o que é aceitável, exceto pelo fato de ela ser loira e charmosa. Ela cumprimenta Ethan com um sorriso que nos diz que entendeu a piada da roupa, e tenho a vontade louca de lhe dizer que não, essa piada é só nossa. Nos apresentamos, e ela nos leva para um escritório que parece mais um consultório de terapia do que um local para assinarmos um divórcio. Há vários quadros de pontes cobertas nas paredes, que com certeza são metáforas sutis para a nossa jornada para essa próxima etapa. Nos juntamos a Pete em uma mesa redonda, o que me faz sentir, incorretamente, que não há lados.

— Pete, este é Scooter — digo.

— Eu não sabia que Frannie tinha um irmão mais novo — Pete fala. Ele está usando calças cáqui e uma camisa polo branca, e olha para Ethan com desconfiança.

— Eu moro em Massachusetts — Ethan diz. — Não tenho vindo muito pra cá. Obrigado por me deixar participar da reunião.

Ele pega um bloco em sua pasta e cuidadosamente coloca uma caneta em cima. Ele alisa os babados de sua camisa e me lança um olhar sério, e mordo o interior da bochecha para evitar outra crise de riso.

Lacey começa explicando como tudo vai funcionar. Hoje é a primeira de três reuniões. Ela nos pede uma confirmação verbal de que vamos dividir todos os bens existentes e entrega a cada um de nós uma cópia da lista de bens que Pete fez para examinarmos: casa, conta bancária, poupança, conta de investimentos praticamente vazia, planos de previdência, dois carros e um pote cheio de moedas de ouro.

— Parece correto — Pete diz.

— Quando vocês compraram essas moedas de ouro? — Ethan pergunta. Pete ergue a cabeça do papel e estreita os olhos para ele.

— Por quê? — ele pergunta.

Ethan se vira para mim em busca de uma resposta. É um momento engraçado, porque faz tempo que alguém pediu minha participação. Ouço minha mãe respondendo por mim, e sinto uma dor no fundo do coração. Quando se tratava de Pete, eu ficava em silêncio.

— Nós não compramos, minha mãe deixou pra mim — eu digo.

Lembro de pegar o pote de biscoitos cheio de Krugerrands de ouro do apartamento e colocá-lo sobre a bancada da minha cozinha ao lado da cafeteira. É um tesouro em plena vista, do jeito que ela gostava. Elas valem cerca de 60 mil dólares. Uma herança da mãe dela que ela nunca tocou.

Ethan está olhando para mim.

— Sinto muito — ele diz. — Eu não sabia da sua mãe.

— Faz dois anos — Pete intervém, como se dois anos fossem uma eternidade. Como se ele não conseguisse acreditar que a morte da minha mãe ainda fosse um fato importante.

— Bem, sinto muito — Ethan fala, e volta para sua lista. — Então esse não é um bem comum. — Ele risca as moedas da lista. — O que mais?

Lacey assente e as risca de sua lista também. Pete solta um suspiro, e seguimos em frente.

— Vocês concordaram em dividir a casa. Quando vai ser isso? — Lacey pergunta.

— Concordei em deixar a Ali e as crianças ficarem lá até que Cliffy complete dezoito anos, depois vendemos e dividimos o dinheiro — Pete responde.

— Vinte e dois — diz Ethan.

Pete larga sua caneta na mesa e se recosta na cadeira.

— Vinte e dois o quê?

— Acho que vocês deveriam considerar manter a casa da família até Cliffy completar 22 anos. É perturbador voltar pra casa depois do primeiro ano da faculdade e encontrar um lugar novo. Pelo que sei, um garoto de dezoito anos ainda é praticamente uma criança.

Tirei e recoloquei a tampa da minha caneta cerca de mil vezes. Estou observando Pete observar Ethan. Também estou lendo sua mente. Pete não gosta de parecer um babaca. Às vezes, acho que a única razão pela qual ele treina a equipe de futebol das meninas é para que receba crédito pela sua participação e para distrair os espectadores do fato de que são literalmente as únicas horas que ele passa com elas agora. Também sei que os pais de Pete se divorciaram e venderam a casa assim que ele saiu para a faculdade, e que ele ficou completamente traumatizado com isso. Ele sabe que eu sei.

— Vinte — ele diz. — E temos um acordo.

Depois de uma hora revisando extratos bancários e preenchendo formulários, Ethan e eu apertamos as mãos de Lacey, cumprimentamos Pete com um aceno de cabeça e descemos a escada até a Delaney Street. É julho em Nova York, está quente e úmido, e eu paro por um segundo para deixar o sol aquecer o ar-condicionado que está na minha pele.

— Está se sentindo bem? — ele pergunta. Depois pega minha mão, dá um aperto rápido demais e a solta.

— Sim.

— Aquilo foi estranhamente satisfatório. — Ele sorri para mim. — Não sei por que, mas é superimportante pra mim que Pete ache que sou completamente louco.

— Bom, você está indo bem, e obrigada por salvar as moedas de ouro. Acho que ele sabia que eram minhas, mas não tenho certeza de que eu teria dito algo.

— Por que não?

É uma pergunta maior do que estou disposta a explorar ao meio-dia no meio da cidade.

— Não sei. Talvez eu tenha me silenciado.

— Sinto muito pela sua mãe. Eu me lembro dela. E de como vocês duas eram unidas.

— Lembra mesmo?

Olho para ele e tenho a sensação de que ela está ali conosco, como se ele a tivesse invocado. Espero que ela diga alguma coisa na minha cabeça, mas não diz. O que realmente quero, percebo, é ouvir alguém dizer o nome dela.

— Eu me lembro de vocês duas na lanchonete, e de ver vocês pela cidade. Sempre conversando sobre alguma coisa, e eu pensava: uau, quem conversa tanto assim com a mãe?

Sorrio. Eu sou essa pessoa. Nós éramos muito próximas.

— Tem sido bem difícil.

Pessoas estão passando por nós na calçada, e me afasto em direção à loja de ferragens para sair do caminho.

Ethan se apoia na parede ao meu lado.

— A gente morava bem ali — eu digo.

— Ali onde?

Aponto para a portinha amarela do outro lado da rua, ao lado da lavanderia.

— Eu não sabia disso — ele diz.

— É, meus pais se mudaram pra esse apartamento com a intenção de comprar uma casa e enchê-la de um milhão de filhos. No final das contas, só fui eu, e eles se divorciaram quando eu era pequena, então minha mãe e eu ficamos aí. — Não digo que ela "perdeu sete bebês" porque isso sempre deixa as pessoas desconfortáveis.

— Então éramos praticamente vizinhos, os dois morando na cidade.

Lanço um olhar na direção dele que diz *não exatamente*.

— É, eu gostava daqui. É por isso que estávamos sempre na lanchonete. Eu trabalhava na lavanderia às vezes. Ajudava o alfaiate. — Não digo o quanto eu gosto de passar roupa, porque isso sempre faz as pessoas acharem que sou maluca.

— E então você se mudou de volta pra cá, comprou uma casa e a encheu de um milhão de filhos.

— É — digo. — Eu fiz isso.

Olho para a janela panorâmica acima da porta amarela. Atrás dela ficava nossa pequena mesa de cozinha preta com duas cadeiras. Ela trabalhava naquela mesa, desenhando suas joias em cartões de dez por dez centímetros. No fim do dia, ela prendia a pilha com um clipe grande, e ou eu nunca via os designs novamente ou um deles virava a joia de destaque nas lojas de departamento naquela temporada. Ela nunca parecia se importar muito com quais designs vendiam; apenas adorava o processo e formava a própria opinião sobre o que era bom. "Alice!", ela chamava daquela mesinha. "Eu fiz um sapo! Ele não é simplesmente cintilante?"

Minha mãe acreditava que, quando algo saía do jeito certo, cintilava. Ela pensava isso de alguns de seus designs, da maioria de suas grandes ideias e de todos os meus filhos.

Quando não falo mais nada, ele muda de assunto:

— O que você quer fazer agora, além de esvaziar minha casa inteira? Agora eu te controlo.

Ele pega minhas mãos de leve, e passa a ponta dos dedos sobre os meus.

Isso me faz sorrir, porque na verdade estou louca para entrar naquela casa e deixá-la pronta para ser visitada. É meu tipo favorito de trabalho: tranquilo e satisfatório, onde você vê seu progresso à medida que avança e sabe quando termina. Meu chefe costumava me dizer que eu era a única pessoa que ele conhecia que via beleza na contabilidade, mas eu amava aquilo tanto pelo processo quanto pelo momento em que estava tudo no balanço. A questão com a maternidade é que você não vê no dia a dia um resultado mensurável. A marca de um dia bem--sucedido é apenas botar todo mundo novamente na cama.

Antes que eu consiga me deter, estendo a mão e toco os dedos dele outra vez. Amo o jeito como aquele sussurro de toque sobe pelo meu braço.

— Vamos começar pelo almoço — ele diz.

• • •

Nos sentamos no balcão da lanchonete e esperamos que Frannie apareça e nos veja com expressões sérias.

— Ah, ei, irmã — Ethan diz quando ela sai da cozinha.

— Santo Deus, Scooter — ela fala, colocando uma pilha de panquecas diante do homem na outra extremidade do balcão e em seguida andando em nossa direção. — Me diga que você não usou essa roupa na reunião. Por favor.

— Ele usou — digo. — E ele também é um advogado muito bom. Me poupou trinta mil dólares em moedas de ouro. E me conseguiu mais dois anos na minha casa.

Ethan parece satisfeito consigo mesmo.

— Quem sabe? Talvez eu use a fantasia de Carmen Miranda na próxima reunião.

Frannie ri.

— O que o Pete achou de você?

— Não tenho certeza se sou um de seus favoritos — ele diz.

— Ah, adorei isso — Frannie comenta.

— Quer entrar pra tomar uma cerveja e dar um mergulho? — Ethan pergunta quando paro na sua garagem. — Por mais divertido que tenha sido brincar com Pete hoje, acho que estou pronto pra tirar esse terno.

Isso soa tão adorável e indulgente. Como eu adoraria passar o resto do dia de verão flutuando em uma piscina com esse homem bonito. Quero tirar Pete da minha cabeça e apenas me entregar à conversa fácil e ao jeito como ele me faz sentir iluminada por dentro. *Isso* é que é fácil e divertido.

— Obrigada, mas preciso buscar meus filhos no acampamento.

— Tudo bem. O que rola amanhã?

— É sábado.

— Eu sei. Quero dizer, o que rola? O Pete pega as crianças? Você pode vir aqui?

— Não tenho certeza, vou perguntar. — Não sei se ele quer dizer que quer ajuda com a casa ou que apenas quer minha companhia. Essas palavras, "minha companhia", me fazem sentir como uma adolescente.

Ethan se vira para mim no carro ainda ligado e sua expressão é séria.

— Ali, em algum momento você vai ter que estabelecer um horário pra ele. Se vocês vão ter guarda compartilhada, vai precisar que ele seja responsável por certos dias pra que você possa fazer seus próprios planos.

Solto uma risada.

— Eu na verdade não tenho muitos planos. — Faço ovos. Ando de caiaque. Substituo os cabides de arame das pessoas por cabides de madeira.

Ele se inclina em minha direção apenas um centímetro, mas posso sentir a energia entre nós. O ronco do carro parado nos envolve, e estou com dificuldade para saber o que está vibrando. Ele está tão ridículo naquele terno, mas tenho vontade de saber qual seria a sensação de encostar a bochecha na dele. Eu só queria aproximar meu rosto para sentir sua pele contra a minha. Sentir suas mãos nas minhas outra vez, senti-las puxando minha cintura. Ele está olhando bem nos meus olhos, como se pudesse ouvir meus pensamentos, e preciso romper o contato visual. Eu me viro para o volante e digo:

— O que foi?

Ethan continua olhando para mim.

— Eu sei que você está aí, Ali Morris. Você é a garota mais confiante da sala.

— Você também está recebendo afirmações pelo Instagram? — Eu ainda estou olhando para o volante.

— É assim que eu me lembro de você. No controle total, porque você era completamente você mesma.

Sorrio para a alavanca de câmbio.

— Bem, isso foi há muito tempo.

Ele levanta a mão como se fosse me tocar, mas não faz isso.

— É assim que eu me lembro. Você era a garota que dizia o que queria, vestia o que queria. Vejo você pegando alguma coisa pra comer na cafeteria antes do futebol, passando por Jen Brizbane e suas amigas horrorosas sem nem notar a presença delas. E meus amigos terríveis diriam: "Mostre mais, Ali Morris".

Dou risada.

— E você ainda é assim. Eu vi isso na outra noite quando estava com seus filhos, e até quando estava tentando subir naquele skate. Você é tão natural e segura de si.

— Obrigada — digo.

— Quando eu era criança e não tinha ideia de quem eu era ou quem poderia ser no mundo, gostava de ver como você era confiante.

Olho nos olhos dele, e por um segundo me sinto como a garota de quem ele se lembra.

— O Cliffy com certeza acha você a garota mais legal da sala — ele diz.

Isso me faz sorrir.

— O Ferris também acha — digo.

— O Ferris tem um ótimo gosto. — Ele abre a porta do carro e o feitiço se rompe. Ele se debruça na janela aberta.

— Está bem, chega de conversa motivacional. Você me deve trinta mil dólares em arrumação e um segundo encontro. Mande uma mensagem com seus horários mais tarde. — E ele arruma a gola de seu terno ridículo e entra em casa.

17

ESTOU SENTADA COM AS CRIANÇAS NOS FUNDOS DE CASA DEPOIS DO JANtar, ouvindo o barulho suave do riacho. Temos um sofá de ferro com almofadas verdes na lateral da casa, e ele tem o tamanho exato para nós quatro. Phyllis acabou de me mandar uma mensagem com um emoji de lua, seguido de um emoji chorando de rir, então sei que ela foi dormir. Escrevo para Pete: O jogo é às duas em Greenville. Qual é o plano?

Pete: Seu advogado é uma figura

Eu: É. Então, que horas você vem buscar as crianças e quanto tempo vai ficar com elas? Preciso trabalhar amanhã, então seria bom saber

Pete: Posso te avisar de manhã? Talvez eu dê uma pedalada longa à tarde, mas não tenho certeza.

É assim que sempre foi. O fato de que vou ter que repetir essa conversa para Ethan me aflige. Meus horários/planos/desejos dependem totalmente de Pete estar satisfeito. Minha capacidade de pagar minha dívida com Ethan e, mais importante, conseguir meu segundo encontro depende de Pete decidir se vai ou não andar de bicicleta. A pior parte é que me sinto desconfortável ao pedir a ele essa pequena cortesia.

Eu: Me avise assim que decidir

Não pela primeira vez hoje, tento refazer meus passos para entender como fui de ser a garota que Ethan lembra à mulher sentada ali. A parte mais perturbadora do equilíbrio de forças em meu relacionamento com Pete é que fui cúmplice, cortando partes de mim mesma e as oferecendo a ele, até que tudo o que restou é quem sou agora. Porque, quando as coisas começaram a não parecer bem entre nós, entrei em pânico. Aquele pingente de vestido de noiva estava firmemente fixado na minha pulseira, e prometemos a todos aqueles convidados do casamento que ficaríamos juntos para sempre. Estava determinada a fazer dar certo.

Provavelmente não teria me casado com Pete se não tivesse engravidado de Greer. Estávamos juntos havia apenas um ano e ambos trabalhávamos tanto que ainda parecia só um encontro sempre que estávamos juntos. Eu tinha meu próprio apartamento no West Village e meu próprio dinheiro. Tinha amigos do trabalho e uma bolsa que comprei numa queima de estoque no centro da cidade. Eu adorava como Pete se envolvia com tudo — o trabalho, o ciclismo, a liga de futebol de fim de semana. Adorava como ele era focado no que queria e em como achava que as coisas deveriam ser. Adorava o jeito deliberado como ele pendurava o terno no final do dia, primeiro a calça dobrada no vinco, depois o paletó ajustado perfeitamente ao cabide de madeira projetado sob medida. Sempre pendurado, sempre virado para a esquerda. As coisas faziam sentido ao lado dele.

Mas então eu engravidei. Fiquei aterrorizada, e minha mãe ficou eufórica. Ela não podia acreditar na minha sorte por "conseguir" engravidar, como se fosse algo que simplesmente acontecesse em vez de algo que você buscasse com toda a força da sua vida. Depois que me acostumei com a ideia, também fiquei empolgada. Elaborei um novo plano em que estaria casada, com um bebê e ainda seria ótima no meu trabalho. Em casa, Pete e eu passaríamos por todo aquele caos feliz que você vê nas séries, mas com a tranquilidade e a ordem dos casais que aparecem nas revistas. Nos casamos, e só quando estava de resguardo e tive que pedir ajuda a Pete que percebi que ele estava totalmente envolvido com tudo, menos comigo. Era como se ele visse minha necessidade dele como uma fraqueza ou uma quebra de contrato, e ele ficava irritado. Quando minha licença-maternidade terminou, Greer tinha saído da UTI havia apenas uma semana, e tive um pequeno ataque de pânico na minha mesa, no meu primeiro dia de volta ao trabalho. Eu sabia que Pete nunca ia se comprometer quando precisássemos dele. Disse a mim mesma que tínhamos sorte por termos condições de eu largar meu trabalho, e larguei. Pete se afastou ainda mais.

Meu novo plano era ser uma ótima mãe e uma ótima dona de casa. Não faltava caos para ser resolvido em uma casa com um bebê. Eu passava macacões e os organizava em pilhas seguindo as cores do arco-íris. Preparava as hortaliças e as guardava em vidros por uma semana. Consolidei as finanças da nossa casa em uma planilha que podia ser baixada para o programa do imposto. Adotei Ferris por razões que nunca vou entender. Teve a ver com a primeira palavra de Greer ter sido "cão", e eu me sentir culpada por engravidar outra vez tão depressa. As coisas ainda não estavam nos eixos Então Iris nasceu apenas dezesseis meses depois de Greer, e veio ao mundo de um jeito mais fácil. Esperava que Pete percebesse como nossa família era bonita. Esperava que ele olhasse para as nossas filhas do jeito que olhava para sua nova bicicleta de estrada.

Minha mãe disse para irmos para Beechwood. Ela sempre dizia isso. Era o sonho dela me ter de volta em casa com minha família. Eu resistia porque voltar para casa parecia uma desistência, e sabia que seria mais difícil retomar o trabalho depois de deixar a cidade. Mas ela estava solitária, e no fim gostei da ideia de as garotas por lá catando carapaças de caranguejo na areia de Long Island e tomando milk-shake no balcão da lanchonete dos Hogan. Apreciava a ideia de que elas criariam com a avó um laço que só é possível entre pessoas que se veem todos os dias. Talvez até conhecessem meu pai. Achei que poderia encontrar um trabalho de meio período como escriturária, só para ganhar algum dinheiro e sentir que estava dando sentido a alguma coisa. Então nos mudamos, e minha mãe me deu o pingente de casinha de tijolos como presente de boas-vindas.

As coisas ainda não estavam nos eixos.

Na primeira vez que vi minha mãe perceber como as coisas estavam ruins no meu casamento, havia medo real no rosto dela. Minha vida com esse homem e essas crianças era seu sonho realizado. O oposto desse sonho era seu maior medo — eu ficar sozinha. Ela sempre se incomodou por eu ser filha única, mas isso nunca me aborreceu.

Ela me ajudava com Greer e Iris, e eu tentava organizar nossa casa. Depois de morar na cidade, eu não conseguia acreditar no tamanho da minha despensa — um metro de largura com cinco prateleiras. Minha mãe, as garotas e eu fomos pela primeira vez a uma loja especializada em material de armazenamento e passamos as mãos nos potes de vidro e nos forros de prateleira bege. Gastei 150 dólares em itens de organização, e tudo ficou guardado em duas sacolas idênticas na minha garagem por anos. Pete chegava em casa cansado do trem, perplexo com o barulho e a bagunça e com o fato de que teria que pegar aquele trem de novo na manhã seguinte. O que o deixava mais perplexo era que eu não estava perplexa. Eu via meu trabalho como manter as pessoas vivas. Ele via meu trabalho como ir ao parquinho e descansar na hora do cochilo, um trabalho de criança. Chegou um ponto em que Pete e eu paramos de conversar, exceto de formas pragmáticas. Havia muito silêncio em meio a todo aquele barulho.

Cliffy foi nossa última tentativa de fazer com que aquilo funcionasse. Talvez, se estivéssemos em menor número como pais, veríamos essa família como algo maior que nós mesmos. Algo grande o bastante ao que nos agarrarmos.

Mas um terceiro filho me deixou ainda mais esgotada, e Pete se ofereceu para cuidar das contas da família. Fiquei surpresa com essa oferta — a primeira em anos, pelo que me lembrava. Eu preferia que ele assumisse as compras, mas isso não estava em jogo. Então ele assumiu as finanças, e continuei com as crianças e a casa e o rio de roupa suja que corre agressivamente para o meu porão. E, quando minha mãe morreu, fiquei completamente entorpecida. Foi uma consequência inesperada e dolorosa de sua morte perceber que, em minha casa, minha mãe era como venezianas recém-pintadas que impediam que alguém notasse que os alicerces estavam podres.

Greer ri de uma coisa ao celular. Iris se levantou e está brincando com a bola de futebol perto do riacho. A cabeça de Cliffy está pesada no meu ombro. É tão pacífico aqui sem Pete. Fico me perguntando como minha mãe reagiria ao saber que seus piores medos tinham se concretizado, e que está tudo absolutamente bem.

Pete aparece para buscar as crianças à uma da tarde de sábado, sem mandar uma mensagem antes. É um ato de agressão, e sei disso porque conheço Pete há quinze anos. Pete é egoísta, mas gosta de se anunciar. *Estou no trem das 17h26. Saindo da academia agora. Chego em casa em vinte minutos.* Isso sempre pareceu um ato de quem se dava muita importância, como se ele quisesse ser precedido por um cara com uma trombeta para anunciar sua chegada. Greer e Iris correm para se arrumar, e Cliffy joga algumas canetinhas e um estojo de aquarela na mochila. Pergunto a Pete que horas eles vão voltar.

— Não tenho certeza, eu te escrevo. — Ele aponta com a cabeça em direção à ilha da cozinha, onde meu cesto de roupa quebrado repousa sobre a montanha de correspondências fechadas. — Adorei o que fez com o lugar.

Eu o encaro por um segundo. Há um casamento inteiro de coisas a serem faladas, mas digo:

— Vamos lá, gente, vamos indo.

Quando as crianças estão no carro, paro entre Pete e a porta do motorista. É como se meu corpo soubesse que tenho algo a dizer, e ele quisesse forçar a questão.

— Preciso saber quando eles vão voltar, porque tenho coisas pra fazer hoje.

Ele responde como se eu tivesse problemas auditivos.

— Entendi. Eu te escrevo quando estivermos a caminho.

— E se eu não estiver em casa?

— Onde você estaria? — ele pergunta.

A raiva começa a ferver. Não chega a transbordar, mas é uma ebulição forte. Eu meio que gosto do jeito como ela percorre minhas veias e transforma meu peito em uma explosão quente, pulsante e ardente.

— Trabalhando. — Ou com uma amiga. Poderia estar nadando, ou bêbada em um bar, ou deitada em uma mesa de massagem, ou servindo sopa para os sem-teto. Talvez estivesse andando na minha maldita bicicleta até onde o vento faz a curva. — Eu estaria fora, ou seja, não estaria aqui. — Minha voz está trêmula e denuncia o quão raramente eu me defendi nos últimos anos.

— Nossa, Ali. Relaxe. Eu te escrevo.

18

COM OS DEDOS TREMENDO, ESCREVO PARA ETHAN DIZENDO QUE TENHO algumas horas livres. Ele me diz para ir até lá. Não quero que ele me veja desse jeito. Quero que ele me paquere do outro lado de uma cerca e diga alguma coisa sobre eu ser especial. Quero que me olhe e me diga que estamos rindo da mesma piada. Mas talvez, agora que ele me viu perto de Pete, isso seja pedir demais. Eu não sou mais a Ali Morris que ele lembra.

Eu o encontro sentado em cima de uma caixa no meio da sala, cercado por outras caixas.

— Literalmente, não consigo começar — ele diz.

— É muita coisa — respondo, como faço com cada cliente quando eles travam. Valido os sentimentos deles e, em seguida, os inspiro a seguir em frente. Vi isso em um vídeo no YouTube sobre coaching pessoal.

— Você está bem? — ele pergunta, se levantando e vindo em minha direção. Tenho a sensação de que ele vai estender a mão para mim, mas ele não faz isso.

— Estou. O Pete é um babaca.

— Ele não levou as crianças?

— Levou, mas também fez seu showzinho de desdém. É difícil de explicar. — Ele franze os olhos para mim, preocupado. Sua expressão é muito franca, como se estivesse pronto para absorver qualquer coisa que eu queira lhe dizer. É quase hipnótico o modo como ele me atrai. Mas eu não quero ser essa Ali agora, a que acabou de ser inferiorizada na frente dos filhos. Endireito os ombros. — Vamos fazer quatro pilhas: uma de coisas pra guardar, outra pra jogar fora, outra pra doar e outra pra vender. — Ainda sinto a adrenalina de querer estrangular Pete com minhas próprias mãos, e dizer essas palavras que já repeti um milhão de vezes com uma voz calma me tranquiliza.

— Está bem — ele diz. — Por onde começamos?

— Que tal pela caixa em que estava sentado?

Ele estica os braços sobre a cabeça. Sua camiseta sobe e revela um pouco da sua barriga esculpida. Levo um pequeno susto ao ver aquilo e desvio minha atenção para a caixa.

— Quanto tempo você pode ficar? — ele pergunta.

— Não sei. Umas duas horas. Talvez mais.

— Ele não te disse quando vai trazer as crianças de volta?

— Não. — Arranco a fita da caixa e tiro de dentro uma tartaruga de cerâmica embrulhada em plástico-bolha. — E estou muito irritada. Com ele e comigo mesma.

Ele se vira para mim, e realmente não quero ouvir o que ele tem a dizer.

— Eu sei, Scooter. Eu costumava estar no controle. Já entendi. Agora, guardar, jogar fora, doar ou vender?

Trabalhamos em relativo silêncio (ele decidiu guardar a tartaruga de cerâmica, o que é adorável). No início, abro caixas e pergunto em qual pilha ele quer colocar as coisas. Depois, ele começa a abrir as próprias caixas e a tomar decisões sem mim. Ele recebe três ligações, que atende na cozinha. Não consigo ouvir o que está dizendo, mas, pelo tom de voz, sei que é algo pessoal, como se estivesse tentando acalmar alguém. Eu me pergunto se é a ex-namorada e penso que ele não deve ter sido nada confiável mesmo para que ela não quisesse ficar passando as mãos em seu abdômen o dia inteiro. Tenho certeza de que ela é loira, vive arrumada e veste roupas de seda, porque, claro, ela não sua. Ela compra papel higiênico de marca, dois rolos de cada vez, e nunca entrou em um supermercado popular. Só de pensar nela e no papel higiênico chique, tenho vontade de torcer o pescoço da tartaruga de cerâmica.

O telefone dele toca novamente, e ele atende na minha frente.

— Ei — ele diz. — É, está bem. Vou ver se o Vince pode consertar isso de manhã. Ok. Obrigado. — E desliga.

— Está tudo bem? — pergunto, porque sou enxerida e também porque fiquei aliviada de ver que aquilo não parecia algo romântico.

— Sim, tudo bem. Só uns caras que conheço do skate. O cadeado da cerca do parque está quebrado.

— Ah, e eu sei que você se opõe radicalmente a arrombamentos.

— Só os amadores quebram os cadeados — ele responde. — Eu sou profissional.

Ele abre uma caixa que contém uma máquina de calcular antiga, um chapéu de caubói e um conjunto de hashis de porcelana. Balança a cabeça e coloca a caixa inteira na pilha de doações.

— Mas por que estão te ligando por causa do cadeado? — Havia algo muito natural na maneira como ele tinha falado com quem quer que estivesse ligando.

— Eles me ligam pra tudo. Eu te disse, sou um solucionador de problemas. Sou como aquele tio que sabe fazer as coisas acontecerem.

— E você conhece esses caras do skate?

— Tudo o que eu conheço, aprendi com o skate.

Às cinco horas, ainda não tinha recebido notícias de Pete, e esvaziamos dois dos armários de carvalho da sala de estar. Encontramos apenas algumas poucas coisas que ele quer guardar. É uma regra crucial da organização que você faça uma pausa a cada poucas horas. Se continuar por muito tempo, para de prestar atenção ao que está separando e começa a jogar tudo fora. Chamo isso de Cansaço das Coisas™, e é um problema real.

Ethan parece estar concentrado, mas eu pego duas cervejas na cozinha e lhe digo que é hora de parar.

— Graças a Deus — ele diz, e me segue até o pátio. É um dia sem nuvens, e o sol do início da tarde faz a piscina brilhar. Ninguém deveria estar em um lugar fechado mexendo com caixas.

Nos sentamos em duas poltronas, uma de frente para a outra.

— Uma vida feliz acumula muitas coisas — ele comenta.

— Qualquer tipo de vida acumula coisas — digo, e brindamos a isso.

— Aposto que sua casa é organizada como um armário militar.

Eu quase engasgo com a cerveja.

— Não.

— Sério?

— Casa de ferreiro, espeto de pau — digo.

— Fascinante.

— É muito mais fácil resolver os problemas dos outros. Acho que devo estar apegada demais aos meus próprios problemas.

Ethan me olha como se esperasse que eu dissesse mais.

Ele tem um jeito agradável de saber quando insistir e quando dar um pouco de espaço. Eu me pergunto novamente o que há de errado com ele para que sua namorada tenha terminado a relação. Agora que vi cinco centímetros quadrados de seu abdômen, isso faz ainda menos sentido.

— Então, por que sua namorada terminou com você? — pergunto.

Ele dá de ombros.

— O motivo de sempre.

— Seu senso de moda? — digo.

Ele sorri, e adoro que tenhamos uma piada interna.

— Preciso amadurecer.

— Por causa do skate? — pergunto. Essa loira não sabe o que é sexy.

— Deve ter mais alguma coisa.

— Eu não priorizava o relacionamento.

Olho para ele por um minuto, registrando seu olhar firme e a dádiva de sua atenção completa. Ele parece ser uma pessoa que cuida das coisas que são importantes para ele: sua cachorra, seu carro, os pertences dos pais. Fico me perguntando o que era mais importante do que o relacionamento com essa mulher irritante.

Meu telefone apita, e é Pete: Grande jogo, Iris marcou dois gols. Vou levá-los pra jantar e depois pra dormir no meu apartamento. Te escrevo de manhã

Fico feliz que eles tenham tido um ótimo jogo e que eu não precise fazer o jantar.

— O Pete vai ficar com as crianças esta noite — digo. Olho nos olhos dele e vejo todas as possibilidades associadas com o que eu disse dançarem pelo seu rosto.

— Ah — ele finalmente diz, e depois entra.

Estou livre a noite toda. Sou uma mulher solteira, livre para a noite. Fico feliz que ele me deixou sozinha porque minha respiração está descompassada, e preciso andar um pouco. Dou uma volta na piscina enquanto Iris me escreve um relato detalhado da partida.

Ethan volta com um prato de tomates fatiados, muçarela fresca e salame. Embaixo de seu braço, há uma baguete.

— Olha, um piquenique — ele diz. E caminha até a cozinha externa, pega duas taças de vinho do armário, abre a adega, escolhe um branco e abre a garrafa com cuidado.

Meus sentidos estão em alerta máximo. Posso sentir meu coração batendo no peito. Minha mente analisa a situação à procura de pistas sobre o que vem a seguir. Cerveja, minha mente me diz, é para amigos. Vinho é para um encontro.

Preciso me controlar. Não há razão para temer o jeito como quero passar a ponta dos meus dedos pelo interior do seu antebraço. Faz tanto tempo que não me sinto atraída por um homem que estou ficando obcecada pelos antebraços desse cara. Rio um pouco disso. Devo estar perdendo a cabeça.

— O que foi?

Ele se senta e serve o vinho em duas taças, e eu arranco um pedaço da baguete.

— Isso é tão adorável.

— Obrigado — ele diz. — Por que seria engraçado?

Arranco outro pedaço de pão e faço um sanduíche com a muçarela e o salame. Ele está me observando e assumiu a pose que eu agora sei que comunica: "você tem toda a minha atenção". Inclinado para frente, com os antebraços dourados apoiados sobre as coxas. Parece um convite para eu me abrir completamente.

— É que você é esse homem com vinho e comida deliciosa, e também é o Scooter que roubava sorvete.

— Foi uma aposta. As pessoas precisam superar isso. Eu tinha catorze anos e paguei o preço.

Sorrio e olho para o meu vinho.

— Você realmente me ajudou ontem — digo. — E já faz muito tempo que eu não me sentia apoiada assim, como se alguém estivesse do meu lado.

— Fico feliz por ter estado lá, mas você com certeza poderia ter lidado com aquilo sozinha.

De jeito nenhum.

— Não tenho tanta certeza — respondo, e agora gostaria de não ter levado a conversa novamente nessa direção. Quero que ele se incline para frente de novo para que eu possa estudar seus cílios, que são mais escuros que seu cabelo.

— Claro que poderia — ele diz. — Você é a arquiteta da sua própria experiência.

Estreito os olhos para ele.

— Isso estava no meu discurso de formatura no ensino médio. "Eu sou a arquiteta da minha própria experiência." — Claro, ele devia estar na formatura da Frannie. — Não acredito que você se lembra disso.

Posso sentir todo o nervosismo outra vez e o modo como minha mãe arrumou meu chapéu e me abraçou antes que eu me juntasse aos meus colegas. Eu estava tão nervosa, e ela me disse que eu iria arrasar.

— Isso teve mesmo um impacto em mim. Eu estava começando o ensino médio e andando em má companhia porque não sabia mais o que fazer. E meus pais tinham expectativas bem baixas em relação a mim depois do incêndio no porão e, claro, do meu fracasso como estrela do futebol americano. Essas palavras meio que me fizeram perceber que eu não precisava continuar sendo quem todos pensavam que eu era pra sempre.

— Uau — digo. Tento lembrar qual tipo de experiência eu esperava criar quando escrevi aquele discurso.

— É engraçado como você está me conhecendo pela primeira vez, mas eu te conheço há muito tempo — ele diz.

Ele se inclina para frente de novo, então faço o mesmo. Ele está muito perto, e posso sentir a tensão entre nós, como se o ar de repente estivesse denso. Uma coisa que eu sei com certeza: não estou mais entorpecida. Posso sentir seus olhos nos meus. Posso sentir o espaço entre nossas bocas. Quanto mais tempo ficamos assim, mais intenso fica, e me vejo me movendo meio milímetro em direção a ele e então recuando, só para sentir essa energia contra meus lábios.

— Sabe — ele diz, e quase posso sentir sua boca se mexer —, eu tenho uma regra: não beijo alguém que se recuse a me chamar pelo meu nome verdadeiro.

Ele está me olhando nos olhos, esperando. Seus olhos vasculham os meus, procurando uma resposta, e tenho certeza de que ele a vê ali. Eu queria beijá-lo desde o momento em que meu cachorro fez xixi nele. Ele sorri muito de leve para mim, e retribuo.

— Ethan — digo.

Eu mal terminei de dizer a palavra e sua boca já está sobre a minha. Abro os lábios e me perco. Suas mãos se entrelaçam na parte de trás do meu cabelo e puxam meu pescoço para me levar para mais perto. Eu subestimei a emoção de beijar alguém pela primeira vez. Não levei em conta o gosto dele e o roçar da sua barba por fazer contra o meu rosto. Não levei em conta qual seria a sensação de inalar seu cheiro de perto, apertando seus ombros fortes. Acho que eu poderia devorar esse homem. Tudo ao nosso redor ficou em silêncio, aquele tipo de silêncio de quando o pino é retirado da granada. Pouco antes da explosão.

Ele aprofunda o beijo, e eu ouço um gemido sair de mim. Ele se afasta, segurando meu rosto em suas mãos, e me olha nos olhos. Sua respiração está curta.

— Uau — ele diz.

Ele passa o polegar sobre meus lábios inchados, e eu sinto seu toque por todo o meu corpo. Depois de alguns instantes, ele fala:

— Vou nadar.

É um desafio, e me pergunto se ele sabe que, agora, eu o seguiria para qualquer lugar.

Ele se levanta, tira a camisa e vai até a escada da piscina. Olho para seus ombros e seu peito, e sei que ele sabe que eu o estou observando. Seu olhar capta o meu, e nós dois sabemos que nunca mais vou chamá-lo de Scooter outra vez. Termino meu vinho e, sem pensar muito, tiro o short e a camiseta e mergulho na piscina de calcinha e sutiã. A água dá um choque em meus sentidos já aguçados, e adoro a sensação deliciosa dela se movendo pela minha pele. Quando chego perto do fundo da piscina e a água fria toca cada parte de mim, percebo que esqueci de me sentir constrangida com meu corpo, que é perfeitamente bom. Eu me esqueci de perceber que calcinha estava usando. A maior parte das minhas peças vem de um pacote de seis que eu compro no supermercado, de algodão em tons de bege, com um par azul especialmente deselegante. Em fevereiro e setembro, elas estão em promoção, então faço um estoque. Nesse momento, não me sinto como uma mulher que compra lingerie no mesmo lugar onde compra sabão para lavar roupa e pequenos pretzels com manteiga de amendoim.

Subo para respirar, e ele está entrando na piscina. Eu nado da parte mais funda, debaixo d'água, até onde ele está submerso até os ombros. É fundo demais para que eu fique em pé, por isso apoio as mãos em seus ombros para ficar boiando. Há uma realidade em que segurar nele é apenas uma brincadeira. Ou uma tentativa de não me afogar. Ele me olha como se pensasse que isso não é nenhuma das duas coisas e passa os braços em volta da minha cintura.

— Então — digo, e enlaço meus braços ao redor de seu pescoço.

— Sim?

Ele me puxa para perto, de modo que nossas barrigas se tocam. A coisa vai de zero a cem muito rápido. Meu corpo está gritando para eu me jogar de cabeça, mas preciso me conter.

— Isso — digo, gesticulando entre nós dois —, isso é um amor de verão. — Minha voz fica embargada quando ele desce com a boca pelo meu pescoço molhado.

— É o que você quiser que seja — ele diz, pouco antes de apertar os lábios nos meus, primeiro com a leveza de uma pluma, depois com intenção.

— Podemos ficar apenas nos beijos? — pergunto contra a boca dele.

— Podemos. O que você quiser, Ali Morris. Estou falando sério. — Ele me beija novamente.

— Senão vai ser muito complicado — explico, o que deveria nos fazer desacelerar, enquanto exploro o lábio inferior dele com minha boca.

Ele assente.

— E nada de afeto em público. Meus filhos.

— Está bem, vou manter você só aqui comigo — ele diz contra a minha pele, e eu estremeço. Deslizo a mão pelas suas costas, explorando seus músculos e sentindo sua respiração acelerar à medida que faço isso.

Ouço um bipe, o que me lembra o som do meu alarme durante um sonho muito bom. Ele não para de me beijar e eu não paro de me apertar contra ele. Então ouço o bipe outra vez, e é meu telefone.

Eu o beijo rapidamente e me viro para a escada. Ele pega minha mão e me puxa de volta.

— Você não precisa atender.

— Eu tenho filhos. Sempre preciso atender. — Aperto sua mão e saio da piscina.

É Pete, claro: Acabei de encontrar um grupo que vai pedalar muito cedo amanhã por Manhattan. Vou deixar as crianças aí depois do jantar.

Ethan saiu da piscina e está segurando uma toalha para mim.

— Pete quer trazer as crianças pra casa — digo.

— Arrumou coisa melhor?

— Basicamente — respondo.

— O que você disse?

— Ainda não respondi.

Olho para ele à procura de instruções. Em meu âmago, sou uma mãe, meu instinto é vestir minhas roupas e correr até onde meus filhos estão para envolvê-los em meus braços, caso eles tenham percebido que foram largados por causa de um passeio de bicicleta. Odeio a ideia de que se sintam como eu sempre me senti, como se fossem a segunda opção dele. E, mesmo assim, minha pele está molhada no ar noturno e quer se pressionar contra Ethan, sentir seu peito contra o meu. Quero os lábios dele no meu pescoço. Neste instante, entendo o desejo de um jeito que nunca entendi antes, um abandono irracional de todos os outros pensamentos além de: *quero essa sensação outra vez*. Estendo a mão e a coloco sobre o seu peito molhado.

Sinto sua respiração rápida.

— Preciso ir — digo.

— Não vá — ele diz, inclinando-se contra a minha mão, aumentando a pressão entre nós.

Ir embora é a última coisa que quero fazer, mas me afasto porque penso em Cliffy entrando na cozinha e esperando que eu esteja lá.

— Então esse foi nosso segundo encontro? As pessoas se beijam no segundo encontro?

— Sim, é uma regra — ele diz, passando a mão pela minha cintura, e eu sinto a vibração descer pelas minhas pernas. — Esse foi um grande encontro. Meu eu de catorze anos não consegue acreditar que levei Ali Morris seminua pra piscina. — Ele pega uma toalha e a enrola ao meu redor.

19

VOU PARA CASA ATÔNITA. É UM TRAJETO DE OITOCENTOS METROS, E EU ME pego levando os dedos aos lábios três vezes.

Entro em casa e eles já estão lá. Cliffy corre para os meus braços. Pete quer saber por que estou molhada. Digo algo sobre remar com Frannie e cair no mar, e eles me perguntam sobre como é remar à noite. Nada disso faz sentido, mas tudo bem.

Já é tarde, e meus filhos vão direto para o quarto. Eu vou para a cama, e ele me escreve: Quando podemos repetir a dose?

Meu sorriso toma meus olhos e vai até o alto da minha cabeça. Estou efervescente. Respondo: Logo?

Ethan: Agora seria bom

Sorrio para o telefone no escuro. Eu: Logo

Ethan: Boa noite, Ali

No domingo, levo meus filhos para a casa do meu pai e da Libby, em Twin Rivers, para almoçar.

Sempre compro flores para Libby, para compensar o fato de eu na verdade não ter nenhum relacionamento com ela. Dou flores em vez de um abraço, e, se houvesse cartão, ele poderia dizer: *Desculpe pelas coisas nunca terem sido naturais entre nós.* Libby é uma pessoa perfeitamente agradável. Ela ama meu pai. É doce com meus filhos. Eles se conheceram quando ele estava em uma viagem de vendas em Twin Rivers, eu tinha cinco anos. Ela tinha gêmeos de onze anos, Marky e Walt, e meu pai meio que entrou em uma nova família, como um personagem favorito de TV que aparece subitamente em um spin-off. Eles são os mesmos, mas tudo ao redor é diferente. Nunca soube como me aproximar desse pai de spin-off, de repente o pai de dois meninos, e parte de mim achava que ficar próxima demais dele seria desleal com minha mãe. Desconfio de que o que o atraiu em Libby foi o fato de ela adorá-lo da mesma forma que minha mãe me adorava.

Meu pai abre a porta, e meus filhos correm para os braços dele.

— Ora, se não são os Três Patetas! — ele diz todas as vezes.

Eu o abraço, e ele me abraça de volta. É um abraço mais longo do socialmente aceitável, mas é tudo o que temos. Eu, na verdade, não sei como conversar com ele. Mas, quando o vejo, conto com esse abraço demorado para dizer tudo o que precisamos dizer.

— São lindas — Libby diz, aceitando o vaso de hortênsias cor-de-rosa. Ela tem um cabelo loiro e um toque admiravelmente delicado de delineador líquido. — Vamos lá pro quintal. Estamos fazendo hambúrgueres na grelha.

Caminhamos pela sala de estar, e eu conto seis fotos dos netos de Libby ao lado de uma foto nossa. Olho para meus filhos para ver se eles estão prestando atenção nessa matemática particular e percebo que sou a única imatura ali.

— Tudo bem? — meu pai pergunta quando estamos limpando os pratos no lixo.

— Claro — respondo. Isso é o mais perto que meu pai chega de me perguntar como eu estou em muito tempo. Não sei qual de nós tem mais medo da resposta. — Bem, acho que não te contei que Pete e eu finalmente vamos assinar o divórcio. A segunda reunião de mediação é na semana que vem. Uma espécie de formalidade.

— Ah — ele diz. Coloca dois pratos na lava-louças e se volta para mim. — Você precisa de ajuda? De um advogado?

— Não. É tudo muito simples.

— Está bem, me avise se isso mudar — ele diz. — E não tem mais nada acontecendo?

— Não, por quê? — Faço uma rápida varredura na vida para ver o que ele poderia estar percebendo. Meus filhos estão bem. Lavei o cabelo, mas não é como se eu estivesse usando *gloss* de novo.

— Você olhou seu telefone seis vezes durante o almoço.

Eu coro, e ele percebe, o que faz com que eu core ainda mais.

— Ah — ele diz. — Entendi. — E torna a se afastar, sorrindo.

Vamos direto do almoço para o hotel e botamos um caiaque na água para o passeio de domingo à tarde. Nos últimos meses, tenho feito meus filhos remarem comigo, embora eu faça a maior parte do trabalho. Isso é algo que Phyllis me ensinou sobre a maternidade: a importância de fazer as crianças realizarem pequenas tarefas que você poderia fazer mais rápido e melhor sozinha. Basta pedir a uma criança pequena que arrume sua cama, e você vai entender o que ela quer dizer. Um ano, ela deixou Greer e Iris plantarem bulbos de tulipa por todo o jardim. Deu a elas pazinhas e nenhuma orientação artística. Na primavera, o desenho aleatório do jardim pareceu um milagre. Olho para meus filhos e os imagino crescidos e fortes. Imagino-os capazes de carregar um caiaque até a água sozinhos. Quero que estejam preparados para terem 38 anos.

Verifico meu telefone assim que voltamos ao carro. Ethan: Posso te ver amanhã?

Eu: Estou livre por volta das 12h.

E estou efervescente outra vez.

É segunda-feira de manhã e acabei de entender a contabilidade de Frannie. Peço ovos poché e um muffin inglês no balcão.

— Quem está cuidando da contabilidade do hotel agora?

— Harold, o atendente da praia — ela responde enfática.

— Uau, seus pais devem ter um sistema mais organizado que o seu.

— Eles não têm. E tudo está uma bagunça completa. Meus pais precisam saber disso. A única coisa que salva é que nossos fornecedores nos conhecem há tempo suficiente pra nos dar algum crédito antes de nos cortarem completamente.

— Vou dar uma passada lá esta semana e vejo se posso ajudar — digo. O hotel é como o hall de entrada de alguém, totalmente desorganizado, mas lindo, e eu adoraria pôr as mãos ali.

Frannie junta as mãos em oração e abaixa a cabeça.

— Obrigada. — Ela enche meu copo de água e me lança um olhar desconfiado. — E aí, quais as novidades?

Ela sabe. Eu beijei seu irmão e infestei o universo com pensamentos impuros sobre ele desde então. Na noite de sábado, estava deitada na cama e ainda podia sentir a pressão de seus lábios nos meus, sua mão na minha cintura. Ela precisa saber.

— Nenhuma. — Enfio os ovos na boca para impedir uma confissão.

— Ali. Calça jeans justa, cabelo limpo. Juro que quando você entrou aqui parecia estar usando *gloss*. O que está acontecendo?

Dou risada de alívio.

— É, hoje é um novo começo para mim. E a sensação é muito boa. Esse jeans ainda me serve. Você notou?

— Notei. E, se eu não soubesse mais, diria que você está se preparando pra sair com um homem de verdade.

— Ah, por favor — digo.

Ela se afasta, porque a pilha de panquecas de alguém ficou pronta. Não vou admitir para ela que vou vê-lo hoje ao meio-dia. Na noite de ontem, fui para a cama com Iris e Cliffy, um de cada lado, ouvindo-os discordar sobre o que íamos ler, e esfreguei os dedos para tentar recriar a sensação das suas mãos na minha pele. Gosto da maneira como contive as coisas. Nada em público, porque meus filhos não podem saber. Nem a Frannie. Nada de sexo, porque isso poderia me lançar em uma encosta emocionalmente escorregadia. Apenas um verão divertido e leve, onde o fim cuida de si mesmo. A magia de um amor de verão está nas limitações.

Meu celular apita, e é ele: Já é meio-dia?

Sorrio para o telefone e meu rosto fica quente.

— O que foi? — pergunta Frannie ao voltar.

— Nada. É só o Scooter. Ele quer que eu ajude com a casa.

Ocupo-me respondendo para não ter que olhar para ela: Chego aí em 15 minutos

20

FRANNIE PREPARA UM ALMOÇO PARA VIAGEM PARA MIM COM UM ENORME sanduíche de peru e uma salada verde, e vou para a casa de Ethan.

A porta está entreaberta, então entro. As quatro pilhas na sala de estar cresceram desde sábado, sugerindo um pequeno progresso.

— Ethan? — chamo.

— Aqui em cima — ele grita do segundo andar. Eu o encontro no quarto principal, deitado de costas na cama *king-size*.

— Você está bem?

Ele sorri ao me ver, então aponta para o closet.

— Não consigo fazer isso.

Sento-me ao seu lado na cama como se fosse a coisa mais natural do mundo.

Ele segura minha mão, e sinto alívio. Como se tivesse me conectado a uma fonte de energia. O calor se espalha pelo meu corpo enquanto nossos dedos se entrelaçam.

— Então, o que vamos fazer? — ele pergunta.

— Vamos arrumar este lugar. Frannie fez nosso almoço, e podemos comer depois de trabalhar por uma hora. Vou colocar um timer no meu celular.

Ele geme e aperta minha mão.

— Estou dentro desse closet desde as oito da manhã. Cada peça de roupa parece uma relíquia, um pedaço da história. É como se elas estivessem vivas e alguém me pedisse pra matá-las.

É hora de eu usar minha energia positiva. Tenho um arsenal de perguntas que podem ajudar este homem a relaxar: Você planeja usar esses itens no futuro? Seria suficiente fotografá-los e colocar as fotos em um álbum para honrar a memória dos antigos proprietários? Me sinto exatamente assim toda vez que tento arrumar nosso porão para liberar espaço em torno da máquina de lavar. Calças de veludo infantis que rastejaram na caixa de areia. Sapatinhos de boneca que passearam pelo parquinho do jardim de infância. Não consigo me desfazer de nada.

Fico de pé.

— Vamos entrar nesse closet e escolher as dez melhores fantasias, depois vamos encaixotá-las respeitosamente e guardá-las. Dez é um bom número? Você consegue se comprometer com apenas dez?

— Não consigo me lembrar de ter me sentido tão sobrecarregado.

— Acontece — digo. Sei disso porque me sinto assim em todos os cômodos da minha casa.

— Podemos ir pro porão? — ele sugere.

— Não. Uma hora no closet — falo, soltando sua mão e ativando o timer no celular. — Começando agora.

Entro no closet e sou atingida por uma parede de vestidos longos. Alguns são hilários, outros são exuberantes. Ele fica ao meu lado enquanto retiro um a um.

— Doação? — ele pergunta.

— Certo, faça uma pilha ali.

Pego um vestido de melindrosa cintilante e o ergo junto ao meu corpo.

— E este?

Ele se vira e me olha de cima a baixo, até focar no meu rosto com aquela expressão que definitivamente não é como Cliffy olha para mim.

— Vou guardar — ele diz, e o pega de mim.

• • •

Fazemos isso por uma hora, até um quarto do closet estar vazio e haver uma modesta pilha de doações no chão. Ele é incapaz de se desfazer de qualquer uma das fantasias boas, e não o culpo. Eles têm o elenco completo de *Alice no País das Maravilhas* e figurinos de qualidade teatral de *O Mágico de Oz*. Há um vestido e uma peruca da Mortícia Addams que estou louca para experimentar.

Desligo o alarme do meu celular e digo:

— Não foi tão ruim, foi?

— Foi horrível, preciso de um cochilo.

Meio que me sinto do mesmo jeito, e não sei por quê. Não são minhas coisas, mas há algo no jeito cuidadoso como as roupas foram escolhidas e guardadas que faz tudo parecer importante.

Ethan se joga na cama dos pais, que agora é dele, suponho. Ele estende a mão para mim, e eu a seguro. Ele me puxa e eu me deito ao seu lado. Ficamos de costas, olhando para o lustre âmbar sobre a cama, e ele continua segurando minha mão.

— É como se eles estivessem mortos — ele diz. — É estranho fazer isso. E se eles voltarem? E se se cansarem da Flórida e voltarem pra acender as lanternas de abóbora e não encontrarem a calça laranja? Onde vão achar outra?

— Por um ano depois que minha mãe morreu, eu sonhava que ela voltava e ficava com raiva de mim por ter me livrado de todas as suas coisas. Ela ia a uma festa e não tinha nada pra vestir. — Eu rio um pouco para amenizar o peso da conversa. Já se passaram dois anos e ainda não consigo ter pensamentos leves sobre minha mãe. *Com o tempo, querida.*

Ethan se vira para mim.

— Você conseguiu arrumar as coisas da sua mãe, mas não consegue arrumar as suas? Isso parece bem mais difícil.

— Foi horrível. Havia tanta coisa, tanto da vida dela quanto da minha infância. Mas não havia mais ninguém pra fazer isso. Levei o Cliffy comigo na maioria dos dias, enquanto as meninas estavam na escola, pra impedir que eu ficasse muito deprimida em relação à coisa toda. E na verdade encontrei vários tesouros lá dentro.

— Como o quê?

Balanço a pulseira em meu pulso.

— Ela fez isso pra mim quando eu tinha oito anos. Era designer de joias. Não sei se você sabia.

Ele estende a mão e toca a bolinha prateada de futebol, e seus dedos roçam o interior do meu pulso.

— Eu não sabia. Então você encontrou joias?

— Não, apenas ganchinhos. Como os que ela usava pra prender um pingente à pulseira. — Ele está esperando que eu continue. — Não sei, me deu uma esperança ou algo assim, como se ela achasse que mais coisas pudessem acontecer comigo.

— É claro que mais coisas vão acontecer com você.

Assim que ele repete isso para mim, tomo consciência da voz passiva que usei. Quero me corrigir: que eu podia fazer mais coisas.

— Talvez. Então, guardei os ganchos, centenas deles, e os pequeninos alicates que ela usava para prendê-los.

Ela deu pulseiras para as minhas filhas também, mas só viveu o suficiente para lhes presentear com alguns pingentes. Bolas de futebol. Um raio quando Iris terminou Harry Potter. Um brinco de ouro quando Greer furou as orelhas. Tive a intenção de continuar, porque agora isso é minha responsabilidade, mas não sou designer de joias, e, quando tento encontrar pingentes parecidos na internet, é meio deprimente.

— Provavelmente guardei coisas demais dela, mas o processo foi bom pra mim. Acho que foi um jeito de honrá-la. Arrumar sua vida.

— E isso não é algo que faria por você mesma? — ele pergunta.

Aparentemente, não. Penso nas compras parcialmente desembaladas me esperando em casa. Não quero falar sobre isso.

— Me honro o bastante. Tenho velas suficientes pra incendiar a casa inteira.

Ele se vira de lado para olhar para mim, então faço o mesmo.

— E agora? — ele pergunta. Sua boca está tão perto da minha que consigo sentir sua respiração nos meus lábios.

— O que você quer dizer?

Ele passa um dedo pelo meu pescoço, me deixando arrepiada.

— Por favor, não me faça voltar praquele pesadelo de closet.

— Mais quinze minutos — digo. — Depois, talvez a gente possa ter nosso terceiro encontro.

21

VEJO ETHAN NA QUARTA E NA QUINTA-FEIRA ENQUANTO MEUS FILHOS ESTÃO no acampamento. "Arrumar a casa" se tornou um código para "andar de skate e nos pegarmos". Sinto como se tivesse dezesseis anos e estivesse surfando uma onda maior que eu. Estendo a mão para pegar um rolo de fita adesiva, e o roçar de um braço me leva a agarrar um pescoço e, antes que eu perceba, sou pressionada contra a geladeira por vinte minutos. Ou talvez cinco. Tenho vários alarmes programados no celular porque perdi a noção do tempo. Parar está ficando cada vez mais difícil, e a regra de ficarmos só nos beijos foi afrouxada.

— Qualquer Ali é melhor que Ali nenhuma — ele sussurra no meu pescoço.

Eu não deveria me surpreender por haver uma pequena pista de skate no porão que ele quase incendiou. Ele me explica os fundamentos do skate enquanto me incentiva a deixar o medo de lado. Ele quer que eu suba até o topo e depois desça de skate. É só física e gravidade, mas preciso abrir mão de muita coisa e mudar de rumo, o que, para mim, acontece em doses muito pequenas.

Sexta-feira é nossa sessão de mediação, e acidentalmente passo a manhã com Harold no hotel. Tinha percebido no parcão que a bandeira não havia sido hasteada e, ao examinar mais de perto, o lixo também não havia sido recolhido. Ele meio que não me deixou escolha. Fiquei preocupada em estar me metendo demais, mas, quando entrei em seu escritório, ele puxou a cadeira de sua mesa para mim e disse:

— Vá em frente.

Faço uma lista detalhada de tarefas: o que encomendar e quando, e uma lista das coisas mais importantes para serem administradas. Garantir que o lixo seja colocado para fora a tempo é a prioridade.

Quando chego em casa, estou animada com o progresso no hotel, então coloco um alarme no celular e passo dez minutos enchendo a lava-louças e esfregando as panelas na pia. Isso me parece um pequeno gesto de autocuidado.

Recebo uma mensagem de Ethan: Te encontro às onze. Ainda estou trabalhando na minha fantasia

Eu: Mal posso esperar pra ver. O que devo vestir?

Ethan: Suas roupas normais de dona de casa exausta são perfeitas

Eu: Ai

Entro no estacionamento atrás do escritório de Lacey, e Pete está saindo do banco do passageiro de um Toyota branco. Ele se debruça sobre a porta e dá ao motorista o seu melhor e mais nauseante sorriso antes de fechá-la. O sorriso desaparece quando ele se vira e me vê parada ali.

— O que foi isso? — pergunto.

— Estou saindo com alguém — ele diz.

— Uma mulher? — Meu cérebro tenta entender a situação, e não faz isso rapidamente.

— Ali.

— Está tudo bem — digo, e examino o estacionamento à procura de Ethan. Só preciso sobreviver a essa reunião.

— Você também poderia namorar — ele diz.

E, antes que eu possa responder sarcasticamente sobre o quanto uma mãe pode namorar entre o meio-dia e as duas da tarde aos sábados, Ethan entra no estacionamento. Ele sai do carro usando um agasalho de veludo marrom. Agora tenho certeza de que estou perdendo a cabeça, porque gosto de como aquilo fica nele.

— Oi, gente — ele diz. — Espero não estar atrasado.

Pete balança a cabeça e entra no prédio.

Ethan me dá seu sorriso conspiratório, como se tudo no mundo fosse engraçado, e me oferece o braço marrom para me acompanhar até o andar de cima.

— Bela roupa — diz Lacey.

— É casual e esportivo — ele responde. — Do meu pai.

Nos sentamos à mesa redonda, e Lacey diz:

— Vamos pegar um calendário mensal e começar a definir nossas expectativas.

Pete diz:

— Bem, o que temos feito é que as crianças ficam na casa. Eu as levo pro futebol nas noites de terça-feira; os dias mudam conforme a temporada e a liga. Depois eu as pego no sábado, quando temos treino ou jogo. E geralmente fico com elas por um tempo depois. Sou o treinador.

— O que queremos estabelecer aqui é a linguagem — Ethan diz. — Vamos eliminar a palavra "geralmente" e nos comprometer com períodos definidos.

— Com todo o respeito, Scooter, "geralmente" funciona pra gente. Às vezes coisas surgem e preciso mudar os planos.

Pete já está pronto para uma briga.

— Coisas surgem pra você, Ali? — Ethan pergunta, virando todo o corpo para mim, como se sugerisse que agora eu tenho a palavra. Devia estar acostumada com isso, porque Ethan sempre me dá a palavra. Ele me escuta de um jeito que me faz querer lhe contar tudo.

Endireito-me um pouco mais.

— Não, sou capaz de planejar minha semana e manter meus compromissos se Pete fizer o mesmo.

Pete solta um suspiro dramático e se encosta na cadeira, como se agora tivesse escutado tudo.

— Essa é a Ali. Uma grande planejadora. Ela é a única pessoa que conheço que se surpreende por ter de fazer o jantar a cada 24 horas. — E ri de sua piadinha.

Abro a boca para falar, mas não sai nada. Já tive pesadelos assim, em que estou tentando gritar, mas não consigo. Há muita raiva por trás de cada palavra. Mantive a boca fechada por tanto tempo que é como se meu corpo soubesse que, se eu começar, não vou parar.

Ethan intervém:

— Lacey, suponho que você trabalha com famílias há um bom tempo. Você acha emocionalmente saudável pros filhos de Pete pensarem que vão passar a noite de sábado com ele e depois serem mandados de volta pra casa porque surgiu um passeio de bicicleta?

— Bobagem — Pete diz.

— Na verdade, não é, não. Tenho isso nas minhas anotações. — Ethan folheia as páginas de seu bloco em um ritmo deliberadamente lento, apenas para irritar Pete. Ele passa a caneta por cada página, assentindo, antes de ir para a seguinte. — Aqui está. Justamente no sábado passado. Você resolveu passar a noite com as crianças, mas então as devolveu imediatamente após o jantar?

— Isso não é da sua maldita conta.

Ethan olha para o agasalho de veludo, como se a peça pudesse lhe provar que ele está, sim, no controle da situação.

— Tenho quase certeza de que é, Pete.

Quero estender a mão até o outro lado da mesa e dar um tapa em Pete. Por ser arrogante, presunçoso e totalmente sem consideração. Há algo aterrorizante por trás de toda essa raiva. É como se o comportamento de Pete, agindo como um idiota, me fizesse sentir falta da minha mãe. E eu a visualizo com seu grande sorriso, dizendo: "Ah, está tudo bem. Deixe que ele faça seu passeio de bicicleta. Você sabe o que seria divertido?". Eu deixaria aquilo para lá. Sinto um nó de raiva de Pete no peito, mas também um desconforto desconhecido de estar com raiva da minha mãe. Ela deveria ter deixado que eu me posicionasse. É como se ela tivesse me treinado para ficar muda perto de Pete.

Lacey fala antes que eu consiga dizer algo.

— Achamos que, quanto mais consistente for o cronograma, mais fácil vai ser para as crianças. Elas ficam ansiosas se não têm certeza sobre coisas básicas, como onde vão acordar. — Lacey está olhando para Ethan como se quisesse lambê-lo. Isso é um pouco irritante, mas é bom ter outra pessoa do meu lado.

Pete me encara com raiva, com os braços cruzados sobre o peito.

— Você vai dizer alguma coisa?

— Sim. — Minha voz sai mais forte do que eu esperava, como se minha raiva fosse uma arma que eu tivesse acabado de encontrar na bolsa, e fosse experimentá-la. Olho diretamente para ele porque quero que veja o que está fervilhando por trás dos meus olhos. — Acho que podemos ser flexíveis durante a semana, porque o cronograma de futebol muda. Mas os fins de semana precisam ser consistentes.

— Você poderia se comprometer a ficar com seus filhos das dez da manhã de sábado às dez da manhã de domingo todas as semanas? — pergunta Ethan. Suas mãos estão entrelaçadas, seu olhar está firme.

Pete solta um suspiro.

— Isso são 24 horas.

E eu sei o que ele quer dizer. Ele quer dizer que isso é tempo demais sem poder fazer o que quiser.

Acho que Ethan sabe disso também, mas ele insiste, anotando alguns números em seu bloco.

— Certo, se deixarmos você com eles até as quatro de domingo, seriam trinta horas. Ali, tudo bem pra você?

Ele deve ser o melhor jogador de pôquer do mundo. Não há nenhum indício de sorriso no rosto que o entregue. Lacey está sentada com a caneta pronta para registrar a decisão.

— Onde você arranjou esse agasalho? — Pete pergunta. Acho que nunca o vi com tanta raiva.

Ethan passa a mão pelo tecido.

— É do meu pai. Acho que atualmente seria difícil encontrar um igual. Mas obrigado. — Ele se vira para Lacey. — Então, está combinado trinta horas?

— Vinte e quatro está bom — Pete diz.

— Vamos cair na farra esta noite — Ethan diz quando saímos.

Pete disparou furioso do escritório à nossa frente, então estamos sozinhos no estacionamento.

— Bem, obrigada por hoje — digo.

Não é o suficiente, mas preciso entrar no meu carro e conversar com minha mãe. Não foi legal ela não me deixar resolver os problemas do meu casamento. Eu deveria ter enfrentado Pete desde sempre. Sinto lágrimas brotando, e não quero estragar o clima de vitória. Viro-me para ir embora e ele segura meu braço.

— Espere, não vamos comemorar? Nós vencemos. Ele se comprometeu com o cronograma e você tem um dia inteiro livre. Toda semana.

— Sua expressão está cheia de expectativa. Como se ele estivesse esperando que eu entendesse a piada e risse.

— Eu sei, é ótimo — digo, e minha voz sai embargada. Não quero chorar no estacionamento.

— Venha comigo. — Ethan me leva até o seu carro. Ele abre a porta do passageiro e eu entro.

— Sério, estou bem — digo quando ele se acomoda no banco do motorista.

— Você não está bem. Nós vencemos e você está prestes a chorar. — Ele está virado para mim, esperando que eu explique.

— É tudo isso. O fato de ter sido necessário forçar Pete a passar 24 horas com os filhos. O fato de que meus filhos nunca ficaram com ele por tanto tempo, inclusive quando éramos casados. O fato de que eu não tive 24 horas pra mim mesma desde que minha mãe morreu. Tudo isso.

— Ele é meio que um idiota.

— Talvez eu tenha contribuído para ele ficar assim. Parei de pedir que ele se esforçasse faz muito tempo. Minha mãe… ela meio que o acobertava. Eu me transformei nisto. — Faço um gesto apontando para mim.

— O que você quer dizer com "nisto"?

— Uma dona de casa cansada. Isso não é uma fantasia. — Estou chorando agora e procuro na minha bolsa um lenço que não está ali. Encontro a faixa antitranspiração de arco-íris de Cliffy e a uso para enxugar os olhos. — E também estou com um pouco de medo do tempo livre. E se você acabou de me comprar 24 horas por semana e agora eu não tiver mais desculpas?

Ethan coloca a chave na ignição.

— Precisamos de cachorros e um pouco de ar fresco.

22

ETHAN DIRIGE ATÉ MINHA CASA, E EU ENTRO PARA VESTIR UM SHORT E PEGAR Ferris. Ele quer entrar, mas já viu o bastante do estrago que estou hoje, e tenho certeza de que, embora eu tenha enchido a lava-louças, há dois pares de chuteiras enlameadas e a carapaça fedorenta de um caranguejo-eremita na pia.

Voltamos para a casa dele para buscar Brenda, e ele sai com uma bermuda de natação vermelha e uma camiseta branca, com uma mochila pendurada no ombro. É a roupa de um salva-vidas adolescente, mas estou tendo dificuldade em ver Ethan como qualquer outra coisa que não o homem que está me mantendo inteira.

Dirigimos em silêncio até o parcão, o que, sinceramente, não seria minha primeira escolha. Não estou com vontade de bater papo-furado com as amigas da minha mãe. Quando saímos do carro, há uma brisa soprando nuvens iluminadas no céu. Ela faz as folhas gigantes do sicômoro farfalharem de uma maneira que soa como um aplauso distante. Como se, a cinquenta quilômetros, alguém finalmente tivesse feito as coisas do jeito certo. Há um toque de lavanda no ar. "Lavanda", penso, "é uma fragrância sinistra — ela relaxa enquanto atrai abelhas".

Ethan me guia além do parcão, na direção do estreito. É maré baixa, e parece que se pode andar por quase todo o caminho até Long Island.

Crianças pequenas estão na água em frente ao hotel, com baldes e pás, a água mal cobrindo seus tornozelos, e eu imagino como deve ser a sensação de liberdade em todo aquele espaço. Como se estivessem caminhando sobre a água.

Há uma trilha junto a um muro de contenção que percorre toda a extensão do parque, mas que eventualmente termina em uma propriedade particular. Começamos a caminhar para o sul em silêncio, e estou adorando a sensação da brisa úmida no meu rosto. Estou adorando o fato de ele não esperar que eu explique por que estava chorando.

Quando chegamos ao fim da trilha, estamos diante de um portão de ferro em torno do jardim de uma casa à beira-mar. Os Litchfield costumavam morar ali, mas acho que se mudaram para a Flórida também.

Ethan olha através do portão e diz:

— Os Litchfield costumavam morar aqui.

— Eu lembro — digo. — O Sammy costumava dar as melhores festas. Ninguém nunca reclamava do barulho.

Ethan aponta para uma pequena ilha a cerca de cem metros de distância. Está coberta por algumas árvores robustas que se inclinam para o norte, como se tivessem sido captadas numa fotografia de tempestade.

— Aquela é a Ilha dos Pelicanos, ou pelo menos era assim que chamávamos quando fingíamos ser piratas. O irmão de Sammy, Jason, nadava até lá comigo e a gente construía fortes nas árvores quando éramos pequenos. No ensino médio, escondíamos cerveja atrás daquelas árvores.

— Espertos.

— Bem, só em dias como hoje. Mas diversas vezes a maré subia, e ficávamos esperando que uma caixa de cerveja viesse parar na praia. — Ethan está sorrindo para a Ilha dos Pelicanos, e quero me sentir tão leve quanto ele. — Vamos pegar os cachorros.

Ethan pula o muro de contenção para a praia e alcança Brenda e depois Ferris.

— Venha — ele diz. — Vamos nos sentar lá um pouco pra ter uma nova perspectiva. — Ele ergue a mochila. — Trouxe até bebidas.

Deixamos os celulares dentro dos sapatos no muro e começamos a caminhar pela água. A maré está tão baixa que a água mal cobre meus pés. Tiramos a guia de Ferris e Brenda, e eles correm soltos, farejando e indo de um lado para outro da praia. A areia se esfarela sob meus pés, e eu volto toda minha atenção para essa sensação. Ela se acumula entre meus dedos e é lavada a cada passo. O som dos meus pés chapinhando em direção à ilha tem um ritmo agradável.

Ethan está à minha frente e para quando estamos a uns três metros da ilha. Ele chama os cachorros e pega os dois nos braços conforme a água fica um pouco mais funda. Os cães molhados encharcam sua camiseta, e ele fica submerso até a altura das coxas quando chega lá. Ele coloca os cachorros e depois a mochila na praia rochosa.

— Quer que eu volte pra te buscar? Você vai ficar ensopada.

Posso ver que vou me molhar até a cintura se continuar, mas não estou querendo ser resgatada de novo hoje. O sol está me dando as boas-vindas na água.

— Estou bem — digo e continuo andando.

A Ilha dos Pelicanos é maior do que parece da costa. Provavelmente caberia minha casa nela, mas nada mais. Em torno das duas árvores, há areia, rochas e conchas trazidas pelo mar.

— Vire-se — ele diz.

E eu me viro. Lá está Beechwood. Onde se passou a maior parte da minha vida. A cidade parece diferente quando estou de pé em outra faixa de terra seca. O hotel, a clareira do parcão, a casa dos Litchfield. Escondidas atrás do dossel das árvores estão a escola onde fui a oradora da formatura, a igreja onde me casei, a casa onde tentei ser uma esposa. A distância, há apenas verde. Sinto-me aliviada por não ter que olhar para todos os detalhes, para a confusão.

Nos sentamos embaixo das árvores, ele abre a mochila e me passa uma cerveja.

— Você é mesmo um ótimo advogado — digo, e ele ri.

— Também trouxe pretzels, sem custo adicional.

— Parece que estamos assistindo à cena de abertura de um filme sobre nossa cidade, onde fazem uma panorâmica de tudo antes de começar a ação.

Ele assente.

— E depois, o que acontece?

Fico um pouco em silêncio, porque não sei. A mulher se divorcia. As crianças crescem. O cachorro morre.

— Estou com dificuldade de ver o final feliz.

— Não há final feliz pra uma história infeliz.

Dou-lhe um leve empurrão e tomo um gole da minha cerveja.

— Isso é tão irritante. Você não pode ficar citando minhas próprias falas pra mim. — Estico as pernas molhadas à minha frente e fecho os olhos enquanto o sol as seca.

— Mas é verdade — ele diz. — Você não pode simplesmente continuar fazendo o que está fazendo e esperar que isso se transforme em alguém feliz. Você meio que tem que procurar as coisas felizes ao longo do caminho.

— Acho que você tem razão.

Brenda se aproxima e se senta no colo de Ethan, como se concordasse. Viro-me para ele e observo seu perfil enquanto ele se concentra em passar a mão pelas costas da cachorra. Ele está tão entregue ao momento.

— Estou encharcado — ele diz, tirando a camiseta.

A visão repentina de tanta pele dourada faz com que eu me engasgue em seco. Quero estender as mãos e passá-las por seus ombros, mas agora estou vulnerável demais. Gostaria que essa coisa com Ethan continuasse divertida, e nesse momento sinto como se pudesse me apegar com força demais e estragar tudo.

— Então, é essa sua busca zen pela felicidade que te torna tão indigno de confiança?

— Talvez. Eu meio que sigo na direção do que parece bom.

— Como o quê?

Estou olhando diretamente para Beechwood, e posso senti-lo olhando para mim. Minha pergunta é capciosa, porque seria bom tê-lo deitado em cima de mim nesta ilha pequenina.

— Enfrentar o Pete hoje foi bem bom — ele diz.

Dou risada.

— Foi mesmo.

— Houve alguma razão em especial pra você ter um dia namorado com esse cara?

Dou uma risadinha.

— Pete simplesmente fazia sentido. Parecia que ele ia ser um parceiro. Eu adorava o quanto ele estava envolvido em tudo o que fazia. Sempre havia um frenesi de atividades, e isso era empolgante. — Viro-me para ele, e seus olhos estão sobre mim, como se estivesse gravando minhas palavras para poder repeti-las para si mesmo mais tarde. — Mas então tivemos filhos e meus dias ficaram cheios de coisas bagunçadas e surpresas alegres, e a vida de Pete girava inteiramente em torno de todas as suas atividades. Achei que mudar pra Beechwood poderia ajudar, pra que minha mãe pudesse dar uma mão.

— E ajudou?

— Mais ou menos. Ela meio que encheu o vazio, e isso funcionou por um tempo.

— E então ela morreu.

— E então ela morreu.

— E Pete foi embora — ele diz.

— E agora estou realmente me divorciando, e está tudo bem. Eu gostaria que tivéssemos nos separado anos atrás. — Olho para meus pés, agora cobertos de areia mais uma vez. — Estou muito agradecida por você ter me ajudado hoje. Mas não posso acreditar que levei tanto tempo pra falar por mim mesma. Na noite em que foi embora, Pete disse que eu desapareci. E senti isso hoje, o quanto estive ausente.

Ethan passa o braço ao meu redor e me puxa em sua direção. O calor de seu braço nu e de sua mão no meu ombro se espalha por todo o meu corpo. Eu me aproximo um pouco mais e apoio a cabeça no seu ombro.

— Você é a arquiteta da sua própria experiência, Ali. Você tem que sair de baixo disso — ele diz.

— De baixo de quê?

— Não tenho certeza. Mas tem alguma coisa esmagando você. Roupa suja. Uma montanha de correspondências. Luto. Eu me encosto um pouco mais nele.

— Você está bem? — ele pergunta para o meu cabelo.

— É só muito bom estar com você. — Espero para me sentir envergonhada por ter dito isso, mas não me sinto. Ethan já me viu com minha calcinha de supermercado; me viu ser repreendida pelo meu marido. Ele me viu chorar. E todas as vezes me fez sentir segura.

— Viu? Você está seguindo na direção do que parece bom. — Ele me aperta e me abraça mais enquanto olhamos para a água. Concentro-me na sensação de seus dedos em meu braço. No ruído branco da brisa marinha misturado com o som muito próximo de sua respiração.

— Infelizmente você não é nada confiável — digo, porque, honestamente, eu adoraria apenas me enroscar nesse homem feliz e ficar ali para sempre.

— Acho que sim. — Ele fica em silêncio por um tempo antes de continuar. — Catherine me deixou principalmente por causa das coisas que me fazem feliz.

Ele me solta e deita de costas na areia. Não estou pronta para que ele pare de me abraçar, isso é a única coisa de que tenho certeza absoluta. Eu me deito ao lado dele para poder pelo menos sentir seu braço junto do meu. O céu está impressionantemente azul por trás das folhas da árvore.

— Explique — digo.

— Eu odiava esse lugar, como você sabe. Sempre me senti muito perdido, como se não soubesse quem eu era ou como ser eu mesmo. Em Manhattan, quando era um advogado corporativo com um ótimo salário, eu também não sabia... era como se estivesse interpretando um papel. Depois que me mudei pra Devon, comecei a sentir que sou importante para as pessoas. Os garotos na pista de skate contam comigo pra muitas coisas. Alguns dos mais velhos fugiram de lares temporários, e tento ajudá-los a arranjar emprego e lugares pra ficar. Fico de olho neles. Faço o trabalho jurídico pra Rose no abrigo de animais e cuido dos cachorros que precisam de mim. Minha vizinha de baixo, Barb, me chama toda vez que vê uma aranha. Muitas coisas assim. E eu adoro isso. Lá sou essa pessoa diferente. Como se eu não fosse inútil. Como se finalmente estivesse tudo bem eu não jogar futebol americano. — Ele ri um pouco. — Enfim, fico feliz de ser o cara com quem as pessoas podem contar, e isso a deixava nervosa. Cancelei muitos fins de semana com ela. O último foi uma viagem às Bermudas que íamos fazer com alguns amigos dela. Um dos garotos do skate se envolveu em uma briga e quebrou quatro costelas na noite anterior à nossa partida. Eu não podia ir.

Ele se vira para mim e estamos nariz com nariz. Há um pouco de areia embaixo de seu olho, e eu a limpo. Adoro poder tocá-lo naturalmente. Ele nem pisca.

— Esses garotos acham que sou superconfiável, o que é irônico, acho.

— Eles devem achar — digo, e sinto um aperto no coração.

— Catherine dizia que eu tenho complexo de herói. E eu nunca entendi isso. Quero dizer, que tipo de complexo eu teria se simplesmente abandonasse esses garotos? — Ele balança a cabeça, como se estivesse se livrando desse pensamento. — De qualquer forma, lá é bom pra mim também, porque os meninos ajudam a organizar eventos na pista de skate. — Quando meu rosto não registra entendimento, ele prossegue. — A pista de skate é minha. É só um terreno vazio com algumas rampas que construímos, mas agora os garotos vêm, e a coisa cresceu. Fiz isso porque não conseguia encontrar nenhum lugar pra andar de skate por lá.

Estendo a mão e a fecho em concha em torno de seu rosto, sentindo a aspereza de sua barba por fazer.

— Você é um cara bom, Ethan.

— Não sei se sou. Mas tudo isso me faz bem. É bom finalmente estar feliz. — Seus olhos se intensificam, como se ele quisesse dizer algo. Ele estende a mão, afasta meu cabelo para trás do meu ombro e desce os dedos pelo meu pescoço. Vejo-o decidir não dizer o que queria e, em vez disso, ele me beija. É um beijo suave, mais repleto de reverência que de desejo. Tenho a sensação de que ele me contou alguma coisa. Ficamos assim, deitados de lado, olhando um para o outro enquanto a água quebra na praia e uma brisa suave beija nossa pele. Passo os dedos pelas maçãs de seu rosto, depois por seu lábio inferior. Estou memorizando tudo. A trilha sonora desse momento é uma gaivota piando acima e o barulho cada vez mais intenso das ondas.

Ethan olha para trás.

— A maré está subindo.

Eu pulo e pego Ferris. Ficar preso em uma ilha deserta com um homem atraente só funciona se houver um banheiro.

Ele coloca a mochila nas costas e segura Brenda.

— Me siga, acho que vai estar só um pouco mais fundo do que quando viemos. Não vamos ter que carregar os cachorros muito tempo.

A água só chega até a minha cintura, mas tenho que segurar Ferris bem alto para que ele não fique encharcado. Gosto de atravessar a água atrás de Ethan e do jeito que ele sempre verifica se estou bem.

Quando a água fica rasa o suficiente, coloco Ferris no chão e o deixo correr. Ele e Brenda vão à nossa frente e eu caminho ao lado de Ethan. Não falamos nada enquanto voltamos até nossos tênis, celulares e coleiras. Ambos perdemos uma ligação de Frannie, e fico chocada ao ver que são 14h55.

— Uau, realmente perdi a noção do tempo.

— Sim — ele responde, sem tirar os olhos do telefone.

— Está tudo bem? — pergunto.

— É, mais ou menos. Os garotos têm um evento na pista de skate amanhã e a prefeitura cancelou a autorização. Eles podem fazer o evento, desde que não ultrapassem trinta pessoas por vez. Vou ter que ir lá amanhã pra atuar como leão de chácara.

Ele joga o celular na mochila e saímos na direção do carro.

— Então, você vai toda vez que eles precisam de alguma coisa? — pergunto.

— Bem, normalmente estou lá quando eles precisam de alguma coisa, então é mais fácil.

— Que bom. Outra pessoa teria apenas dito pra eles cancelarem.

Ele para e sorri para mim como se eu tivesse acabado de dizer algo fofo.

— Quer ir comigo?

— Pra Devon?

— É, mudança completa de cenário. Pego você às 10h05.

23

ETHAN PARA NA MINHA GARAGEM JUSTO QUANDO PETE E AS CRIANÇAS desaparecem na esquina. Estou parada em frente à casa porque estava observando-os. Foi tão estranho ajudá-los a arrumar as coisas e vê-los guardar no carro de Pete bolsas para passar a noite. Não consigo lembrar da última vez que fiquei longe dos meus filhos por 24 horas.

— Pronta pra viajar? — ele pergunta.

Há certo nervosismo nele; se estivesse de pé, estaria com as mãos nos bolsos estudando os sapatos. Quero que tudo seja como na Ilha dos Pelicanos, onde ele me olhava direto nos olhos. Quero que ele toque meu cabelo.

— Pronta — respondo.

Ferris pula para o banco de trás com Brenda. Saímos de Beechwood e pegamos a estrada, e ficamos quietos enquanto seguimos para o norte. Estamos relaxados, e o silêncio parece tão natural quanto nossas conversas. As árvores de ambos os lados têm um verde-escuro de verão, e me sinto como se estivesse atravessando um túnel, uma linha reta para fora da minha vida. É estranho ter um dia inteiro sem precisar levar nem buscar ninguém. Olho meu celular para ver se as meninas mandaram mensagem. Não mandaram.

O telefone de Ethan toca e ele atende no viva-voz. Sinto como se de algum modo eu estivesse invadindo sua privacidade, então viro o corpo para a janela.

— E aí?

— Que horas você vai chegar? As pessoas estão começando a aparecer e queremos começar em uma hora. — É um cara jovem.

— Vocês têm que esperar até eu chegar, provavelmente por volta das 14h30. Prometa que vão me esperar. Não quero de jeito nenhum que a pista seja fechada permanentemente.

— Tá bom. Prometo. Valeu.

Ele desliga.

— Pensei em pararmos pra almoçar perto de Devon. Deixar os cachorros saírem um pouco.

— Não tem problema? Ele parecia querer que a gente se apressasse.

— Eles podem andar de skate a tarde inteira. E é bom pra eles às vezes terem que lidar com as coisas e esperar.

— Eles são realmente como seus filhos — digo.

Ele sorri.

— Acho que sim.

— Isso deve ser absolutamente exaustivo — digo. — Por que você assumiria essa responsabilidade?

— Você vai ver — ele responde.

Saímos da estrada e paramos no estacionamento de um café. Há uma plantação de trigo nos fundos que acena para que entremos. Fico do lado de fora com os cachorros enquanto Ethan pede nosso lanche.

Encontramos duas cadeiras Adirondack no deque dos fundos, e soltamos os cachorros das coleiras. Estou comendo um sanduíche de frango e olhando para a plantação de trigo. Ethan me olha como se fosse dizer algo. Depois, olha para os campos. Ele vira o corpo em minha direção e em seguida se volta para frente de novo.

— O que você tem? — pergunto.

— Não sei. Não tenho muita certeza sobre isso.

— Sobre o quê? Seu sanduíche? O meu está ótimo — digo, terminando a primeira metade.

Ele balança a cabeça para mim como se eu fosse um caso perdido.

— Não tem certeza sobre o quê?

— Acho que sobre trazer você comigo. É meio como se você estivesse prestes a me ver nu.

Fico vermelha como se tivesse doze anos de idade. Sinto minhas bochechas formigarem.

— Meu Deus, Ali, pare com isso. Não estou falando literalmente. Conheço as regras. — Ele agora está sorrindo. — Só que você vai ver minha vida de verdade, quem eu sou. Não sei o que vai pensar.

Quando saímos da estrada em Devon, passamos pela cidade. Ethan mostra os diferentes bairros, o prédio onde fica seu escritório. Passamos por sua barraca favorita de cachorro-quente, e o proprietário acena com tanto entusiasmo que paramos.

— Isso vai levar só um segundo — Ethan diz. — Não podemos passar direto por Mort.

Desço do carro e vou atrás dele até a barraca. O cheiro delicioso de salsichas enche o ar. Isso me lembra do estádio de beisebol no nosso primeiro encontro.

— Achei que você tinha ido embora de vez — Mort diz. Ele segura o rosto de Ethan como se fosse lhe dar um grande beijo.

— Nunca. — Ethan ri.

— Em seis anos, não passei uma semana sem vender um cachorro-quente pra esse homem — ele diz para mim. Depois, para Ethan: — Você perdeu os dois últimos jogos. Lyle disse que você ia deixar o time. Mas eu disse: "Lyle, você é um idiota. Ethan nunca abandonaria os Red Hot Pokers. Não enquanto ainda devo quarenta dólares pra ele".

Ethan dá risada.

— Acho que são sessenta.

Ele me apresenta e compra dois cachorros-quentes, aparentemente por hábito.

Quando voltamos para o carro, ele divide os cachorros-quentes entre Brenda e Ferris.

— Red Hot Pokers? — pergunto.

— É só um jogo de pôquer. Mas com certeza somos um time.

— Com camisetas combinando e tudo?

— Viseiras — ele diz com um sorriso, e liga o carro.

Estacionamos na rua em uma área pobre, onde há uma multidão na frente de um terreno vazio. Luzes halógenas, idênticas às da pista de skate de Beechwood, marcam cada canto.

Ethan dá a volta para me ajudar a sair do carro e segura minha mão por um segundo.

— É tão estranho você estar aqui — ele diz.

— Estou empolgada pra ver isso — falo.

— Vamos ver.

Caminhamos em direção à multidão, na maioria adolescentes, e um com cabelo escuro e comprido grita:

— Ethan!

Ele se aproxima, e eles se cumprimentam com um soquinho.

— Ei. Obrigado por esperar. Justin, essa é Ali.

— Ah, oi — ele diz e aperta minha mão. — Eu mantive o portão trancado e estou tentando fazer as pessoas formarem uma fila. Está tudo bem, acho, mas eles estão esperando há muito tempo.

— Ok, chame o Louie e o Michael, e vou deixar vocês entrarem primeiro. Depois lidamos com a fila.

Sigo Ethan na multidão, onde todos o conhecem.

— Cara, por onde você andou? — perguntam.

— Finalmente — diz outra pessoa.

Eles estão todos gritando para passar pelo portão e entrar na pista. Há um *half-pipe* no centro, e sobre ele está pintada o que pode ser uma vista aérea da vizinhança. Quero chegar mais perto para ver os detalhes, mas Ethan e eu estamos cuidando do portão.

Quando ele permite a entrada de exatamente trinta garotos, começa a organizar a fila. Fico surpresa ao ver como ele interage com esses garotos. Ele é ao mesmo tempo um diretor de escola dizendo onde todo mundo deve ficar e um irmão um pouco mais velho brincando com eles. Paro na frente da fila e observo. Ele conhece todo mundo, inclusive os policiais uniformizados. Conversa com dois adolescentes, e ri de algo que disseram. Não consigo realmente ouvir sua risada, mas eu o vejo e o escuto totalmente em minha cabeça — é aquela risada gostosa e profunda que ele usa quando estamos só nós dois e ele é completamente ele mesmo.

Ele parece muito distante, mergulhado nessa multidão, e tenho vontade de chamá-lo para trazê-lo de volta para mim. Fico aliviada toda vez que ele me procura para ver se ainda estou ali. Meu trabalho é ficar ao lado do portão e avisar se alguém sair, para que ele possa deixar os próximos garotos entrarem. A primeira menina da fila parece ter catorze anos. Tento começar uma conversa.

— Gostei do seu skate.

Curiosidade: eu não sei conversar com adolescentes.

— Obrigada — ela responde.

— Você fez essa pintura ou ele veio assim?

— Eu que fiz.

— Uau, isso é bacana. — "Bacana" não é o comentário adequado. Nunca diga "bacana". Cruzo os braços sobre o peito para me proteger da reação que mereço.

— Obrigada — ela diz. — Você é namorada do Ethan?

— Hum, não... — respondo, e torço para não estar corando outra vez. — Ele é irmão de uma amiga, eu só estou aqui pra ver a pista de skate.

— Ele foi ver meu irmão arremessar em Connecticut, porque meu pai não pôde ir e é supersticioso quanto a perder jogos.

— Eu também estava lá — digo, ligando os pontos. — Foi divertido.

— Foi um fiasco total. Agora meu pai está mais supersticioso que nunca. Você anda de skate?

Dou risada.

— Tive algumas aulas, mas ainda tenho muito o que aprender. Estou aqui só pra assistir.

— Ethan ensinou a mim e minhas amigas no ano passado. Era só tipo nós seis, agora virou uma coisa enorme.

— Dá pra perceber — digo.

Ethan está vindo em nossa direção com um menininho nos ombros. O menino está com as mãos no cabelo dele, puxando-o. Quando chegam até nós, o cabelo de Ethan está todo arrepiado. Se ele percebe, não se importa.

— Oi, Caitlin. Você conheceu a Ali?

— Conheci. Acho que você deveria ensiná-la a andar de skate.

— Estou trabalhando nisso. Vamos ver se consigo botar você lá dentro.

Não há menção da criança nos ombros dele, como se fosse apenas uma extensão do seu corpo. Ethan chama Justin.

— Tudo bem aí?

— Sim, a primeira rodada terminou, então alguns garotos devem estar de saída — Justin responde.

— Certo. Com os policiais está tudo bem, acho que você lidou muito bem com a coisa.

Justin sorri radiante, e tenho que desviar o olhar dessa intimidade. Tenho a sensação de que Ethan acabou de lhe dar um presente que eu não compreendo. Esse é seu superpoder, acho. Sua habilidade de encontrar as pessoas onde elas estão e simplesmente criar o espaço para que se tornem suas melhores versões, sem qualquer expectativa de como isso deve acontecer.

Observo enquanto Ethan devolve o menino em seus ombros para a mãe. Ele diz algo que a faz rir. Imagino que ser esse homem o tempo todo deve ser muito, muito bom.

Há uma sensação no meu peito, especificamente no meu coração. É um pouco como descer pela rampa de skate depois de se permitir subir. É ao mesmo tempo um pavor e uma emoção saber que você pode cair.

— Está com fome? — ele pergunta quando trancamos a pista às sete.

Agora estamos sozinhos na rua, e me sinto aliviada por não ter que dividi-lo com todas aquelas pessoas.

— Estou.

— Que bom — ele diz. E conduz Brenda, Ferris e eu pela rua, e pega minha mão. Gosto de estar fora de Beechwood e em um lugar onde não há problema em parecermos um casal. Gosto de experimentar isso, de me exibir para qualquer um que passe: olhem para mim com esse homem maravilhoso.

— Isso está indo muito bem — ele diz.

Aperto sua mão.

— Eu diria que sim. Gosto da sua vida.

— Isso foi só a ponta do iceberg.

— O que mais você faz?

— Bem, eu organizo o desfile de Halloween dos cachorros nesta rua todos os anos. — Ele olha para mim de canto de olho.

— Desfile de cachorros? — pergunto.

— É um caos completo, mas é ótimo. A Barb está fazendo uma fantasia de bruxa pra Brenda. Ferris adoraria. Você deveria vir. — *Você deveria vir.*

— Claro — digo.

Paramos em um restaurantezinho com uma porta vermelha e duas mesas do lado de fora. A fachada é de pedra, e ele ocupa a esquina de um prédio de tijolos mais moderno. Ethan abre a porta e eu me sinto transportada no tempo. É o menor restaurante em que já estive, com apenas seis mesas — três estão ocupadas — e um antigo balcão de madeira com quatro banquetas. Um garçom parece estar cuidando de tudo. Seu rosto se ilumina quando vê Ethan, uma reação que estou começando a esperar em Devon.

— Ethan! Você não me avisou que vinha. — Ele coloca a bandeja que está carregando no balcão e começa a alisar vincos imaginários em sua camisa.

— Esta é a Ali — Ethan diz. — Ali, este é o Jamey. Ele faz tudo por aqui, menos cozinhar.

— É um lugar lindo — digo. — Nunca vi nada parecido. — E realmente não vi. Parece um pouco com a casa dos Hogan. Algo cuidadosamente feito à mão e fora de moda que ninguém se daria ao trabalho de construir hoje em dia.

— É único — Jamey fala. — E está aqui pra sempre, graças ao Ethan.

Viro-me para Ethan em busca de uma explicação. Não recebo nenhuma.

— Você arranjaria uma mesa pra um jantar rápido? Do lado de fora? — Ele aponta para os cachorros.

— Claro. Mas dizem que vai chover.

— Sempre dizem isso — Ethan comenta. — Vamos arriscar.

Jamey nos leva para fora, e nos sentamos em uma mesinha de bistrô. Peço uma taça de *pinot noir*, e Ethan diz:

— Água pra mim, por favor. Sou o motorista dela na volta pra Beechwood.

— Então — Ethan diz quando estou com meu vinho —, essa é minha vida.

— Você tem uma vida bem cheia.

— É. — Ele me olha por alguns instantes, como se não tivesse certeza de se deveria continuar. — Tem muita coisa a fazer por aqui, pelos garotos. Na verdade, por todo mundo. Não há limite pros problemas que precisam ser resolvidos.

— E você salvou este restaurante?

— Na realidade, não. Eu só preenchi a papelada pra torná-lo um lugar histórico.

— Claro que você fez isso.

— Levou apenas uma hora.

Ele se inclina e acaricia Brenda embaixo da mesa, como se quisesse mudar de assunto. Um táxi passa. Um casal idoso para e nos cumprimenta. Eles nos mostram fotos de seus netos no celular e pedem para ver fotos novas de Theo.

— Você conhece todo mundo nesta cidade? — pergunto depois que eles vão embora.

— Conheço muita gente. Esses dois são clientes. Ajudei com o contrato de aluguel deles. Tem um proprietário em Devon que morre de medo de mim, então todo mundo que mora nos prédios me procura com os contratos e coisas assim. — Ele sorri. Não há sinal de Scooter aqui; não há ruga em sua testa. Todos em Devon olham para ele do mesmo jeito que eu.

— E como você veio parar aqui?

— Fui incumbido de defender uma grande empresa imobiliária que estava sendo acusada de colocar os inquilinos de Devon em risco. Eu estava ganhando muito dinheiro na cidade, meus pais estavam muito felizes. Eu já trabalhava no escritório de advocacia em Manhattan fazia cinco anos. Estava tudo bem, mas esse caso meio que me fez parar para pensar. — Ele toma um gole do meu vinho. — Eu estava prestes a fazer trinta anos, saindo com um monte de gente com quem eu não tinha nenhuma conexão. Eu estava questionando as coisas, sabe?

— Com trinta anos, eu já tinha duas filhas pequenas e estava prestes a engravidar de novo.

Pego meu vinho de volta.

— Pelo menos há significado nisso. Criar pessoas.

— É — digo.

— Enfim, tive que vir aqui algumas vezes pra pegar depoimentos, e ficou bem claro que meu cliente estava totalmente errado. — Ele se recosta na cadeira, e eu quero que ele se aproxime outra vez. — Resumindo, ganhamos o caso e eu pedi demissão. Me mudei pra cá e abri um escritório, e finalmente me senti em casa. Pela primeira vez na vida, senti que estava sendo eu mesmo.

— E você deu uma pista de skate pros garotos.

— Eu dei uma pista de skate pra mim. Foi muito barato. Ninguém queria um terreno vazio nessa área. Agora, é apenas uma questão de tempo conseguir o apoio da polícia e envolver o centro recreativo.

— E valeu a pena? Quero dizer, todo o tempo que você passa dedicado a essas coisas acabou com seu último relacionamento. — Quero retirar a palavra "último" no segundo em que a digo. Fiz parecer que estamos em um relacionamento, o que, claro, não é verdade.

— Valeu totalmente a pena. Sou alguém que as pessoas procuram. É uma sensação boa. Saber quem eu sou é uma sensação boa. Isso pode parecer meio louco. — Ele respira fundo e desvia o olhar. Fica em silêncio por mais um instante, como se estivesse tomando uma decisão. — Ali, acho que você não entende o quanto eu era confuso no ensino médio.

Não sei o que dizer diante disso, então seguro sua mão.

— Eu andava com um grupo de garotos que ficavam chapados o tempo todo, e estava tudo bem. Não gostava de esportes e não conseguia ver nenhum outro lugar onde eu poderia me encaixar. Acho que já tinha resolvido passar o ensino médio em um torpor. Mas, quando tínhamos uns quinze anos, eles começaram a usar coisas mais pesadas, e fiquei dividido entre mergulhar com eles ou ficar completamente sozinho. Parece loucura agora, mas na época essas pareciam as únicas opções.

Penso em Greer, tão perto dessa fase da adolescência.

— Deve ter sido assustador.

— Foi. Eu era só um garoto e queria fazer parte de alguma coisa. Sentia que não me encaixava em casa. Estava perdido. Um dia de abril, eu deveria me encontrar com eles no centro recreativo, e íamos de carro procurar um cara do qual um deles tinha começado a comprar. Cheguei cedo, e tinha um grupo de garotos na pista de skate. Observei por um tempo, e sabia que havia algo ali que eu queria. Lembro de pensar que eles não pareciam presos, sabe? A cena toda era totalmente intimidadora, e eu jamais teria entrado nela, mas o sr. Kennedy estava lá. Você se lembra dele? O professor de música?

— Lembro, sim.

— Ele acenou me chamando. Me pediu pra ajudá-lo a mover um *cooler* de água. — Ele balança a cabeça. — Se ele tivesse me perguntado se eu queria experimentar o skate, eu teria dito não, e minha vida teria seguido uma direção completamente diferente. Penso nisso o tempo todo. Pra encurtar a história, entrei na pista de skate. Meus amigos apareceram e foram embora sem mim. Nicky Bowler morreu oito meses depois.

— Eu me lembro disso — digo. — Era o irmão mais novo do Ryan.

— Sim, ele era meu amigo. Foi horrível, e poderia ter sido eu. Tive muita sorte. Quais eram as chances de o sr. Kennedy me ver e me chamar? — Seu olhar é intenso enquanto olha para mim.

— Os garotos da pista de skate se tornaram seus amigos?

— Na verdade, eu também não me encaixava muito lá. Mas uma coisa do skate é que ele exige tanta concentração que eu esquecia que não sabia o que dizer ou como agir. E finalmente eu era bom em alguma coisa. Isso ajudou. Aí fui pra faculdade cursar Direito, e tentei descobrir como me transformar em um sucesso pra que meus pais me vissem como um adulto. E você viu como as coisas estão indo bem com eles. — Ele ri um pouco, depois me encara. — Vim pra cá e pareceu que isso poderia ser um recomeço. Eu decidi ser o arquiteto da minha própria experiência.

Sinto a primeira gota de chuva no meu pulso, e, antes que eu tenha a chance de enxugá-la, o céu desaba. Pegamos nossos cachorros pelas coleiras e corremos para debaixo do pequeno toldo acima da porta vermelha. Estamos cercados por três paredes de água, e adoro o som. Adoro como a chuva de verão chega do nada e te atinge com a força de um caso de amor. Uma chuva assim não poderia durar mais que alguns minutos.

— Acho que eles tinham razão sobre a chuva — Ethan grita.

Dou risada, puxo meu cabelo para o ombro e torço as pontas. Minha camiseta está encharcada, e cruzo os braços sobre o peito. Ethan também está encharcado e sorri para mim. Gosto de estar presa nesse espaço minúsculo com ele.

— Escute, sei que você gosta de meias molhadas, meio que são a nossa marca registrada — diz ele. — Mas não acho que estou disposto a dirigir por quatro horas totalmente encharcado. Vamos pegar algumas roupas secas no meu apartamento.

— Você quer passar a noite aqui? — pergunto. Ele me olha nos olhos, como se eu o tivesse surpreendido.

— Podíamos fazer isso. Depende de você.

Ele revelou uma parte de sua vida, e eu quero ver mais. Quero ver sua casa, seus livros, seu coração.

— Vamos ficar — digo.

24

O APARTAMENTO DE ETHAN FICA NO TERCEIRO ANDAR DE UM PRÉDIO industrial em uma rua ladeada por árvores. Há uma pilha de correspondência esperando por ele na mesa ao lado da porta, porque, da última vez que saiu, ele achava que só ia visitar seus pais por alguns dias. Ele abre a porta e nós entramos em uma grande cozinha com bancadas de aço inoxidável. Há uma única caneca de café na pia, e resisto à tentação de sair correndo à procura de sua bagunça.

Seu telefone toca assim que fechamos a porta.

— Oi, Barb — ele diz. — É, eu estava em Beechwood. Só vou passar uma noite aqui. — Ele pega um pano de prato e começa a secar os cachorros. — Por quanto tempo? Não. Barb, não suba na escada. Eu já estou indo.

Ele desliga e pega uma bateria de nove volts de uma gaveta organizada da cozinha.

— Preciso trocar a bateria do alarme de fumaça da Barb. Está apitando há dois dias, e ela só estava me esperando chegar. — Ele balança a cabeça. — Vou pegar algo seco pra você.

— Tudo bem, obrigada — digo, percebendo que estou apertando as mãos. Não sei como agir, sozinha neste apartamento com esse homem por quem tenho sentimentos demais.

Ele solta os cachorros, e Brenda o segue até o quarto. As paredes internas do apartamento são de tijolos aparentes, e as janelas dão para a rua. O gosto dele é simples: um sofá cor de ferrugem, uma mesa de centro de acrílico transparente, um tapete felpudo de cor creme. Mais uma vez, tento imaginar como é que essa tal de Catherine decidiu que não queria acordar aqui com esse homem todos os dias.

Ele volta vestindo uma calça de moletom e uma camiseta seca, com o topo do cabelo ainda um pouco úmido. Ele me entrega uma pilha de roupas — calça de pijama xadrez, camiseta azul e meias grossas.

— Pode se trocar ali. Já volto. Separe suas roupas, vou botar na secadora. — Ele se inclina como se fosse me dar um beijo de despedida, mas não faz isso.

Vou até seu quarto e respiro fundo contra a porta fechada. A cama está coberta com um edredom cinza-escuro e há uma cadeira de couro marrom no canto, sem nenhuma roupa suja em cima dela. Tiro as roupas no banheiro da suíte e coloco as peças confortáveis que ele me deu. Seco o cabelo com a toalha, enrolo a calça do pijama na cintura para não cair e aceito o fato de que não vou conseguir transformar esse visual em algo atraente.

Dou as costas para o meu reflexo e sussurro:

— Mãe. Vou dormir aqui. Com ele. Você está acompanhando isso? — Ela não responde. Começo a andar de um lado para o outro, um passo em cada direção. — Estou tendo sentimentos, mãe. Sentimentos! — O mínimo que ela poderia fazer é intervir me encorajando um pouco. Mas nada. — Tudo bem, não responda. Não sei o que vai acontecer, mas não assista. — E ela dá aquela risada reservada para as fofuras de Cliffy, e isso me faz rir também. Enrolo minhas roupas molhadas em uma pilha organizada e escondo cuidadosamente minha calcinha de supermercado e meu sutiã bege entre meu short e minha camiseta. Ele não precisa ver isso de novo.

Ethan já voltou da casa de Barb quando entro na sala de estar.

— Linda — ele diz. Faço uma reverência e lhe entrego as roupas.

Ele desaparece pela cozinha. Sento-me no sofá e puxo os joelhos contra o peito. Respiro fundo novamente. Não há nada a temer em Ethan. É o jeito como estou me sentindo que me apavora. Estou como um fio desencapado. Quero pegar minha regra de "somente beijos" e jogá-la no lixo.

Observo as copas das árvores secarem do lado de fora da janela. Ferris está farejando cada centímetro do apartamento, como se também estivesse procurando bagunça. Brenda se enrola em uma caminha de cachorro felpuda, e Ferris se junta a ela, preenchendo todo o espaço disponível. Como tudo é simples com os cães. Eles gostam do cheiro um do outro. Não percebem ameaça alguma. Para cachorros, cada momento é apenas aquele momento.

Ouço a secadora ser acionada, e Ethan está na cozinha.

— Acho que vou tomar uma taça de vinho, já que não vamos a lugar nenhum — ele diz. — Quer uma?

— Tudo bem, obrigada.

Ele me entrega uma taça de vinho tinto e se senta ao meu lado. A ponta dos meus pés com meias está embaixo de sua coxa com o pijama.

— Tudo isso parece tão adulto — eu digo.

— Ah, meu Deus, você também, não, Ali. Tenho 36 anos. É claro que tenho um sofá.

— Eu sei. Não quis dizer isso. É só que este lugar passa uma espécie de vibe solteirão disponível.

— Acho que sim — ele diz.

— As mulheres costumam gostar daqui?

— Você gosta? — Ele se vira para mim, e seu rosto está sério.

— Gosto. Me passa uma sensação boa, como se você estivesse totalmente no controle.

— Não estou — ele diz, e me olha nos olhos.

Eu mesma estou me sentindo um pouco fora de controle, e seguro minha taça de vinho para ter algo para fazer com as mãos.

— Se aquela mulher do são-bernardo te visse aqui, ela enlouqueceria.

— Eu nunca deixaria aquele cachorro dormir com a Brenda.

Dou um gole no meu vinho e olho para as meias de Ethan nos meus pés.

— É estranho pensar em namorar de verdade — digo.

— O que tem de estranho nisso?

— A ideia de estar em um relacionamento de novo. De fazer sexo. Faz muito tempo.

Acabei de dizer "sexo". Eu me ouvi dizer isso. Essa é a palavra que está ecoando nas paredes da minha mente, e simplesmente escapou da minha boca sem que eu percebesse.

— É você quem tem regras, Ali. — Ele está olhando diretamente para mim, com o braço apoiado no encosto do sofá. Sua linguagem corporal é natural, mas o que ele está dizendo não é.

— Sim — digo.

Ele sorri de lado e olha para sua taça por um segundo. Ele a gira algumas vezes antes de falar.

— Eu quero isso há muito tempo. Desde que eu tinha catorze anos, na verdade. Desde a primeira vez que lavei seu prato na lanchonete. Você estava no último banco com sua mãe bebendo um milk-shake de baunilha de canudinho, e eu pensei: meu Deus, que sorte daquele canudo. Pra você ver há quanto tempo eu te quero.

Ele afasta os olhos e olha para a janela. Quando se vira de novo para mim, não sei o que dizer. Coloco a taça na mesa de centro e pego a taça dele, colocando-a ali também. Acolho uma das mãos dele na minha.

Ethan aperta meus dedos.

— Mas preciso que você decida o que quer.

Seus olhos estão intensos, cheios de sentimento, e tenho a sensação de que estou olhando diretamente para dentro dele, como se ele estivesse me mostrando seu coração. Ele se expôs mais do que se estivesse nu, e não está com vergonha disso. Ele espera, e eu olho para as nossas mãos. Aproveito a sensação da sua mão na minha e o som da chuva leve do lado de fora. Aprecio o silêncio desta sala e o espaço que ele está me dando para decidir o que sinto. Faz muito tempo que um homem não se preocupa com o que eu quero. E faz muito tempo que eu não desejo tanto alguma coisa.

Estico as pernas sobre as dele e me aproximo o suficiente para apoiar a cabeça em seu ombro. Respiro seu cheiro delicioso, agora misturado com chuva de verão. Ele me abraça e passa a mão pelo meu cabelo. Acho que eu deveria dizer alguma coisa, ou ele deveria dizer algo, mas só quero sentir o movimento da sua mão no meu cabelo, ouvir o som da respiração dele quando meus lábios roçam seu pescoço.

— Ali — ele diz. Levanto a cabeça, e seu rosto está a centímetros do meu. Ele coloca a mão no meu rosto e passa o polegar sobre minha bochecha. — Você ainda não respondeu à minha pergunta.

— Eu quero — sussurro em seus lábios. — Eu quero muito isso.

Ele me puxa para o colo dele, e suas mãos apertam meus quadris para me manter ali. Ele me beija, e dessa vez é diferente. É um tipo de beijo desgovernado, e todo o meu discurso interior sobre ir devagar se dissipou. Já não consigo mais ouvir a chuva lá fora nem sentir o sofá abaixo de mim. O mundo exterior se dissolveu em partículas tão pequenas que se tornaram insignificantes.

Quando sua boca desce pelo meu pescoço e estou agarrando a parte de cima da sua calça de moletom, ele diz:

— Você tem certeza?

— Tudo bem — respondo, e me movimento para beijá-lo outra vez.

— "Tudo bem" não é sim — ele diz, se afastando.

— Do que está falando?

Ele segura minhas mãos nas suas.

— Eu só… não quero que você acorde arrependida, como se tivéssemos ido depressa demais, e então as coisas fiquem estranhas. Eu realmente quero isso, mas não vou recuar depois daqui. — Ele aperta minha mão. Como se nossas mãos entrelaçadas fossem o "daqui" ao qual ele se refere. Um novo lugar.

Meu corpo está a mil, mas ele está falando sério. Olho para as nossas mãos unidas e depois novamente para seus olhos. Eu o vi hoje, e ele é muito mais do que eu pensava.

— Eu não vou me arrepender — digo.

Não há nenhuma parte do meu corpo que concorde em parar.

— Você não tem como saber. — Ele se inclina para trás e passa as mãos pelo cabelo de um jeito que definitivamente não me ajuda a desejá-lo menos. Coloco a mão em seu peito, e ele a segura. — Estamos meio que vivendo uma espécie de fantasia aqui. Essa não é sua vida, estamos a quatrocentos quilômetros da sua realidade. Você bebeu duas taças de vinho. — Ele leva minha mão aos seus lábios. — Se ainda quiser isso amanhã, quando estivermos de volta a Beechwood, à luz do dia, então eu topo.

— Tenho certeza absoluta de que vou querer.

Negociar para transar não estava nos meus planos nesta viagem para Devon.

Ele balança a cabeça, como se tivesse mais a dizer, mas desiste. Ele fica de pé e me oferece a mão.

— Meu eu adolescente está literalmente gritando comigo, mas vou te colocar na cama e depois levar os cachorros pra passear pela última vez.

— Na chuva? — Eu me levanto a contragosto. Não acredito que isso está acontecendo.

— Sim, este é meu último gesto de cavalheirismo do dia — ele diz, me conduzindo pela mão até seu quarto.

Ele puxa os cobertores da cama, e eu me deito. Ele me cobre e se inclina para me beijar novamente. Seus lábios são macios, como se estivessem me prometendo alguma coisa. Eu quero o que quer que essa promessa me reserva, e, quando sinto que ele está se afastando, me levanto para prolongar o momento.

Ele encosta a testa na minha.

— Eu devo gostar muito, muito mesmo de você — ele diz. "Espero que goste", penso.

— Você poderia ficar aqui comigo — digo, em um último apelo. Seria delicioso passar a noite em seus braços e acordar com seu cheiro caloroso já por perto.

— Eu não tenho todo esse autocontrole — ele fala, apertando minhas mãos.

Ele se levanta, apaga a luz e fecha a porta. Eu o ouço sair com os cachorros. Coloco os dedos sobre os lábios e repriso o dia, lembrando o rosto dele na chuva, e então repasso minha vida inteira desde quando eu tinha dezesseis anos e bebia milk-shake sem ter a menor ideia de que estava preparando a Eu do Futuro para como estou me sentindo agora. Eu o ouço voltar e ir para a sala. Ele não mudou de ideia. Viro-me de lado e imagino o amanhã, a possibilidade de nós dois retomarmos essa história em Beechwood.

Ah, meu Deus, meus filhos. Eu me sento rapidamente. Esse é outro pesadelo que tenho, claro, no qual estou longe e não consigo chegar até eles. O carro não liga, não consigo fazer o telefone funcionar. Mas isso é real. Estou a quatro horas de casa, em outro estado, e Pete vai trazê-los para casa às dez da manhã. Mando uma mensagem para Ethan: Ainda está acordado?

Ethan: Estou

Eu: Acabei de me lembrar que sou uma pessoa. Qual é o plano pra viagem de volta pra Beechwood?

Ethan: Coloquei o despertador pras 4h30, vamos sair às 5h, e eu te deixo lá às 9h.

Não acredito que já tentaram me dizer que esse homem não é confiável.

Eu: Está bem, obrigada

Ethan: Você já está surtando?

Sorrio para o meu celular.

Eu: Só pelos meus filhos

Ethan: Vou te deixar lá a tempo. Boa noite

Contra todas as expectativas, pego no sono.

25

TAMBÉM COLOQUEI MEU DESPERTADOR PARA ÀS 4H30, PORQUE SOU A MÃE e a pessoa que carrega a responsabilidade de voltar para casa. Quando ele toca, ainda está escuro lá fora, e, por um breve momento, não sei onde estou. Levanto-me e encontro o caminho até o banheiro. Lavo o rosto e penteio o cabelo com os dedos.

Quando saio do banheiro, minhas roupas secas estão me esperando, dobradas na cama feita. Ele me deixou uma escova de dentes, e fico estranhamente emocionada com isso, com outro adulto pensando nas minhas necessidades e no meu conforto. Seguro a escova como se fosse um anel de noivado.

Eu me visto e encontro Ethan na cozinha. Ele está sentado à bancada, tomando café e abrindo sua correspondência, e não sei como abordá-lo. Posso simplesmente jogar meus braços ao seu redor, no embalo da noite passada? Ele levanta os olhos da correspondência e sorri.

— Oi — diz, e eu me derreto toda.

— Oi — respondo sem me mover.

— Tem café, mas não tem leite — ele fala.

— Não tem problema. — O café me dá um motivo para me mexer.

Eu me sirvo de meia xícara e fico do outro lado da ilha da cozinha. Há quase um metro entre nós, mas parece muito mais.

— Obrigada pelas roupas — digo, por fim. — Deixei as suas na cama.

Ele sorri para mim, completamente à vontade em seu corpo, em sua casa, em sua cidade.

— Vem cá.

Não sei por que preciso do convite, mas preciso. Ele me puxa para um abraço, e a sensação de perigo me faz bem. Ele beija minha cabeça, então inspira fundo.

— Preciso te levar pra casa e, por algum motivo, estou superpreocupado que seus filhos me vejam te deixando lá, no estilo "caminhada da vergonha". Então, vamos andando.

— Pode dormir — ele diz quando pegamos a estrada.

— Eu nunca faria isso. Vai contra as regras de etiqueta para uma carona.

— Ok, então me conte alguma coisa.

— Sinto como se você soubesse de todas as minhas coisas. Você é meu advogado de mentirinha, e eu choro na sua frente o tempo todo.

— Verdade. — Ele fica em silêncio, e eu o observo enquanto ele dirige. Ele percebe que estou olhando e sorri. — Prometo que vou te levar pra casa a tempo.

Gosto de que ele se preocupe com isso. Não há trânsito, e devemos chegar com tempo de sobra para eu tomar banho, trocar de roupa e voltar ao normal. Mas tenho a sensação de que não dá para voltar ao normal.

Enquanto dirigimos no escuro, com os cachorros roncando no banco de trás, o sol nasce lentamente sobre a longa faixa de asfalto da estrada. É como se estivéssemos encerrados em nosso próprio mundo, e as coisas estão fáceis entre nós outra vez. Do mesmo jeito que converso com minha mãe, eu simplesmente conto coisas para Ethan. Conto sobre a doença dela e como lidei mal com tudo. Conto que sabia que meu casamento tinha terminado antes mesmo de eu engravidar de Cliffy, mas que não estava pronta para admitir isso. Conversamos sobre Frannie. Ele diz que é grato por ela querer administrar a lanchonete, porque ele nunca faria isso. Confessa que nunca gostou do sanduíche que é a especialidade dela, presunto no pãozinho. Não falamos sobre a noite passada. Algo monumental dentro de mim se quebrou, e ele é a única pessoa que sabe disso. Quero dizer "Uau, então, a noite passada foi meio intensa, né?" e vê-lo concordar comigo que levar isso para o próximo nível é uma ótima ideia. Quero que ele segure minha mão enquanto dirige.

Em vez disso, digo:

— Você vai mesmo vender a casa?

— Vou — ele responde.

— Você nunca sentiu vontade de ser um Hogan e viver no centro da cidade, assumindo o lugar que seus pais deixaram?

Ontem à noite, adormeci imaginando acordar naquela casa com Ethan. E ir para a cama naquela casa com Ethan.

— Exatamente nunca.

— Hum. — Viro o corpo totalmente na direção dele. — Por que não? Você agora é adulto, e sabe quem é.

Ele hesita antes de falar, concentrado na estrada.

— Devon me faz sentir em terra firme. Em Beechwood, sinto como se estivesse em areia movediça.

— Você me parece bem sólido.

— Com você, sim. Com certeza. — Ele pega minha mão e volta a olhar para a estrada. — Mas finalmente tenho uma vida na qual eu me sinto bem. Não vou abandoná-la pra cuidar do hotel ou de qualquer outra coisa.

— Eles querem que você administre o hotel?

— Ah, meu Deus, você está brincando? Além de eu ser o quarterback da escola, isso basicamente sempre foi o grande sonho deles. Maior que o emprego como advogado corporativo e os dois filhos e meio. Frannie na lanchonete, eu no hotel. Essa ideia me faz sentir como se eu estivesse desaparecendo. — Ele ri.

Fico pensando nisso por um segundo. Tento imaginar como seria ser Ethan, viver em Beechwood e por fim ceder à expectativa que seus pais têm da vida dele.

— Isso é tão estranho que te deixou sem palavras? — ele pergunta.

— Não. Eu entendo. Você tem uma vida que é só sua. E, se ficasse em Beechwood, perderia essa parte de você.

São 9h15 quando paramos na minha garagem. Quero convidá-lo para entrar, o que é ridículo, porque meus filhos podem chegar a qualquer momento. Viro-me para ele e tento pensar em algo para dizer, porque não quero sair do carro.

— Você deveria entrar — ele diz.

— Acho que sim. — Ele deveria me beijar agora. Estamos naquela parte do filme. Depois de uma noite juntos, tem um beijo de despedida. Não gosto de pensar que talvez ele esteja assistindo a um filme diferente do meu.

— Obrigado por vir comigo — ele diz.

— Você tem uma vida boa lá.

— Fico feliz que tenha percebido isso, obrigado. Às vezes acho que minha família pensa que sou louco.

— Eles com certeza pensam que você é louco.

Ele ri, e ficamos sentados apenas olhando um para o outro. É como quando você é adolescente e está conversando no telefone com seu namorado no escuro, e nenhum dos dois quer desligar.

— Você deveria entrar — ele repete, se inclinando para me beijar suavemente, apenas tocando os lábios nos meus. É um beijo do tipo "temos todo o tempo do mundo", mas eu estou ávida por todo o resto agora.

— Claro — digo, soltando o cinto de segurança. — Obrigada de novo. Pelo jantar também. — Estendo o braço para o banco de trás para pegar Ferris, e Ethan dá a volta para abrir minha porta e nos ajudar a sair.

Enquanto entro em casa, uma certeza me invade de uma vez só, e eu realmente não quero absorvê-la. Esse não vai ser um amor de verão descomplicado em que andamos de bicicleta com casquinhas de sorvete nas mãos. Vai ser do tipo em que as ondas quebram sobre nós enquanto fazemos amor febrilmente na areia. A trilha sonora é diferente, mas termina do mesmo jeito.

26

FICO TÃO FELIZ QUANDO PETE DEIXA MEUS FILHOS ÀS 9H50 QUE ATÉ ESQUEÇO do cansaço. Tento controlar meu entusiasmo para que eles saibam que senti saudade, mas que não fiquei infeliz sem eles. E, claro, não fiquei. Deixando de lado esse lance com Ethan, gostei da folga e da chance de andar pelo mundo sendo eu mesma. Adorei caminhar no mundo dele e receber uma credencial para o seu coração. Ferris, é claro, não consegue se conter e corre desavergonhadamente ao redor dos três.

Eles têm muito a dizer sobre o novo apartamento de Pete e seus quartos. Greer e Iris têm camas iguais e pufes, e o quarto de Cliffy tem vista para a estação de trem.

Pete os abraça ao se despedir e faz um estardalhaço para que eles prometam não me contar o que comeram no jantar de ontem. Deixo que ele tenha seu segredo.

— Posso comer cereal? — Cliffy pergunta quando Pete já foi embora.

— Vocês não tomaram café da manhã? — pergunto.

Iris é a primeira a defender o pai:

— A gente foi dormir meio tarde, e papai disse que você nos queria de volta às dez.

— Tudo bem — digo, olhando para a geladeira enquanto descubro que o leite acabou. — Querem ir comer panquecas na lanchonete?

Eles ficam eufóricos, o que é divertido. Digo:

— Está bem, cinco minutos. Vou só me trocar e ver como Phyllis está rapidinho.

— Vai se trocar pra ir à lanchonete? — Iris pergunta.

— Prometi à Frannie que ela nunca mais me veria com esse moletom de novo — minto. — Vou ser rápida.

Encontro uma camiseta preta que uso como vestido e que vai muito bem com sandálias. Escovo o cabelo e passo *gloss* nos lábios. Nunca vou admitir para Frannie, mas isso levou menos tempo do que ficar de moletom e procurar minhas papetes.

— Você está com uma aparência melhor — Phyllis diz quando estou levando os copos de ontem para a cozinha.

— Obrigada — respondo.

— Achei bonito o homem que trouxe você em casa hoje de manhã. Fico vermelha e me viro em direção à cozinha.

— Ele é — digo.

— Não te mataria viver um romance — ela grita por sobre o barulho da água correndo.

— Pode me matar — grito de volta. Preparo os ovos mexidos dela e mentalmente revivo toda a noite com Ethan. Deixo-me voltar para ontem.

— De que você tem tanto medo? — Phyllis pergunta quando os ovos estão em sua bandeja.

— Ele vai embora no fim do verão.

— Esses são os melhores casos de amor. O grande amor da minha vida foi um amor de verão.

— E o que aconteceu depois?

— Ele voltou no verão seguinte, nos casamos e compramos uma casa de conto de fadas. — O brilho nos seus olhos me faz sentir como se ele ainda estivesse aqui.

— Bom, isso é um caso em um milhão.

Phyllis balança a cabeça.

— Bobagem. Acontece o tempo inteiro.

— Eu já tive um amor de verão. Mas ele é… mais que isso. Se você realmente se apaixonar por alguém que está indo embora, é uma loucura tão grande quanto arrumar um cachorro.

Phyllis parece confusa.

Explico:

— Você adota um cachorro sabendo de duas coisas: você vai se apaixonar por ele e, um dia, ele vai morrer. Você conscientemente caminha direto para uma dor no coração. Essa é a loucura básica de ter um cachorro.

— Você é jovem demais pra ser tão sombria — ela diz.

Eu não respondo.

— Alice, além de você e minhas meninas, todos que conheço estão mortos. Enterrei todos eles. Você acha que eu desejaria nunca ter conhecido ninguém? — Ela se concentra em pegar um pedaço de ovo no garfo e, sem erguer os olhos, diz: — Você gostaria de nunca ter me conhecido?

— Claro que não. — Fico extremamente desconfortável em falar sobre isso. Não quero conversar a respeito da morte dela. Não quero me envolver com a ideia da morte de jeito nenhum. Não acredito que trouxe isso à tona.

Ela sorri para mim.

— Você adotou um cachorro. Você comprovadamente gosta de correr riscos.

Quando entramos na lanchonete, ele está no balcão, exatamente como em meus devaneios. Ele ergue os olhos de seu café e sorri para mim e depois para todos nós.

— Vieram comer rabanada?

— Panquecas — digo, colocando o cabelo atrás da orelha de um jeito que acho que não faço desde a faculdade.

— Ali! — Frannie grita ao trazer a omelete de Ethan. — Vocês querem se sentar no balcão ou na mesa?

Quero me sentar na banqueta bem ao lado de Ethan, mas Greer diz:

— Mesa, por favor.

— Está bem. Peguem aquele último canto nos fundos — ela diz, e Ethan me lança um olhar que me derrete. Frannie me entrega uma pilha de cardápios. — Vocês estão livres pro jantar esta noite? Na casa do Scooter?

— Vai ser uma farra? — pergunta Cliffy.

— Claro — Ethan responde. — Venham às seis. Frannie não sugeriu nenhum tema, o que não é legal. E eu sou o responsável pelas carnes. Algum pedido? De carnes ou temas?

— Que tal um luau? — Iris sugere. — Você pode cozinhar o que quiser e a gente usa saias de ráfia. Minha mãe tem tochas de jardim.

— Eu tenho — digo, encontrando o olhar dele. Há tanto nos seus olhos que tenho que desviar o rosto.

— Perfeito — ele responde. — E eu tenho muitas saias de ráfia. De plástico, prateadas, algumas de ráfia de verdade. Podemos esvaziar um armário inteiro.

Voltamos para casa e a cozinha parece feliz. Não fizemos bagunça no café da manhã e, antes de sair, cortei umas margaridas-amarelas do meu jardim e as coloquei em um pote de geleia ao lado da pia. A sensação que tenho ao voltar para essa cozinha meio arrumada me faz pensar que colher flores pode ser uma maneira de autocuidado.

Greer coloca o braço ao redor da minha cintura. Não é nada de mais minha própria filha me dando metade de um abraço. Mas, nesse momento, é tudo. Houve uma época em que Greer vivia grudada em mim. Ela chorava quando eu a deixava na pré-escola, e eu prometia que ficaria sentada do lado de fora o tempo inteiro. Durante algum tempo, ela queria dormir na nossa cama, o que, curiosamente, era um limite para mim. Eu deixava que ela dormisse no chão do quarto, em um saco de dormir, até que superasse isso. O que eu não daria para tê-la adormecendo em meus braços enquanto lhe digo que tudo vai ficar bem. Que ela vai entender álgebra, que suas amigas vão ser cruéis e depois não vão mais. Que ela vai se apaixonar e vai durar, e que eu nunca vou deixá-la.

Saímos em nossa aventura dominical de caiaque e falamos sobre o luau o tempo inteiro.

— As tochas de jardim estão na garagem? — pergunta Greer por sobre as ondas.

— Acho que sim. O que mais devemos levar?

— O que é luau? — Cliffy pergunta.

— Uma festa havaiana. Com flores e abacaxis, acho — Iris responde. — Devíamos colocar flores no cabelo.

— Isso! — Cliffy grita.

— Na verdade, deveria ser hibisco — digo. — Mas as gérberas do jardim também seriam boas. Vamos de rosa.

— Que farra! — diz Cliffy.

27

HEGAMOS À CASA DE ETHAN E SAÍMOS DO CARRO COM TOCHAS DE jardim, biscoitos de aveia e Ferris. Cliffy teve um breve surto quando Iris lhe disse que só precisávamos levar flores suficientes para as meninas, mas eu lhe assegurei que os meninos também iriam querê-las. Tocamos a campainha e ele agarra a sacola na qual elas provavelmente estão murchando. Isso foi motivo de briga no carro pelo trajeto de menos de um quilômetro. Greer defende com firmeza que Cliffy as está matando na sacola, enquanto eu insisto que gérberas são flores resistentes.

Ethan abre a porta e eu esqueço de que lado dessa briga estou. Ele está vestindo uma camisa havaiana verde e branca que valoriza os pontos verdes no dourado de seus olhos. Mas não é só isso, é o jeito como ele está olhando para mim.

— Trouxemos flores — Cliffy diz, e eu volto à realidade.

— Sim, pro cabelo de todo mundo — falo.

— Ótimo — Ethan diz. — Deixe essas tochas comigo. As saias de ráfia estão nos fundos.

Iris as entrega para ele, e seguimos até o quintal, passando pela sala com sua enorme pilha de doações no centro, e pela cozinha, onde nem começamos os preparativos ainda.

Frannie e Marco já estão lá com Theo, e Cliffy dá a cada um deles uma flor para o cabelo. Ethan se agacha para que Cliffy possa colocar a dele exatamente atrás da orelha. Ethan olha para mim e me pergunto se todos os homens não deveriam sempre usar uma grande flor rosa.

— Achei umas músicas de luau — Ethan diz para meus filhos.

Eles o seguem até o bar, onde ele montou uma vitrola de verdade e há uma pilha de discos. Realmente há muitas coisas para limpar nesta casa. Cliffy escolhe um álbum de Don Ho, e Ethan lhe mostra como usar o aparelho. Ele dá a cada um uma saia de ráfia, e Cliffy arrisca alguns movimentos de hula. Greer abriu o que deve ser um vídeo de hula no celular dela, e todos tentam manter a expressão séria enquanto ele dança. Eu quero que Ethan continue conversando com meus filhos para sempre, para que eu possa continuar olhando para ele. Ele é bonito, percebi isso no primeiro dia, mas agora há algo que me faz sentir como se meu coração estivesse saltando para fora do meu corpo para chegar até ele.

As crianças estão na piscina, as tochas estão acesas, e os cachorros estão perseguindo um ao outro pelo jardim. Frannie e eu nos sentamos em poltronas opostas. Eu me delicio com a sensação de segurar Theo enquanto ele dorme. Dois dias atrás, eu estava soterrada pelos erros do meu casamento. Mergulhada nisso. Ontem, Ethan acendeu um fogo em mim que ainda não foi apagado. No momento, estou usando uma saia de ráfia por cima do short, e tenho a sensação de que passei por toda a gama de emoções humanas.

— O que você tem? — Frannie pergunta.

— Foram dias agitados.

— Parece que as coisas correram bem com Pete.

— Bem, ontem ele realmente ficou com as crianças por 24 horas seguidas.

— Isso é ótimo pra todos vocês — ela diz. — Até mesmo pro Pete. Ele pode se superar, e você conseguiu uma folga.

— Parece que eles se divertiram bastante. Eu passei o dia em Devon com Ethan.

— No seu primeiro dia de folga você foi até Devon e voltou?

— Eu sei, não é exatamente um dia de spa. Mas foi divertido.

Eu me ocupo ajeitando a meia de Theo, porque não quero olhar para ela.

— Cuidado.

— Com o quê?

— Você sabe com o quê. — Ela aponta para Ethan com os olhos. — Por mais que isso me incomode, é claro que tem algo rolando. Marco acha que já aconteceu.

— Ah, meu Deus, pare com isso.

— Está bem, está bem.

Ethan olha para mim por cima do ombro. Ele ainda está conversando com Marco, mas é como se estivesse me acompanhando com os olhos.

— Ele é um cara muito legal — digo.

— Ele pode ser — ela responde. — Mas ele nunca, jamais, vai deixar Devon.

— Claro — digo, e minha voz sai aguda demais. Felizmente, Theo acorda e começa a chorar.

Ethan a chama.

— Frannie, pode me trazer papel-alumínio?

— Eu pego — digo, entregando o bebê para Frannie.

A cozinha foi reformada para parecer original, se as pessoas tivessem ilhas enormes com tampo de mármore e despensas grandes cem anos atrás. A porta da despensa está aberta. Ela é do tamanho de um closet pequeno com prateleiras pintadas de azul-cobalto brilhante. Decido que vamos começar por ali amanhã. As coisas estão dispostas aleatoriamente nas prateleiras, e coloco a aveia ao lado da massa pronta de pão. Depois, alinho uma caixa de cereal junto a um pote de granola. Agora parece uma seção de café da manhã, mas quero mover tudo para a esquerda, para que seja a primeira coisa que você veja ao entrar. Eu gosto de uma despensa que se movimenta com o dia. No meio devem ficar a manteiga de amendoim, a geleia e, talvez, latas de atum.

— O que está fazendo? — Ethan pergunta logo atrás de mim.

Eu me viro, e a visão dele com aquela flor rosa atrás da orelha me faz sorrir.

— Não consegui evitar. Podemos começar por aqui amanhã?

— Claro — ele diz, dando um passo em minha direção. Ele tira a flor da minha orelha e ajeita meu cabelo para trás dos ombros, colocando a flor atrás da minha outra orelha. — Perfeito.

Não consigo tirar os olhos dele enquanto ele se inclina e seus lábios quase tocam os meus.

— Isso é tão complicado — sussurro.

— Estou morrendo de medo — ele diz, e beija apenas o meu lábio inferior.

Envolvo meus braços em seu pescoço e retribuo o beijo.

— Eu quero isso — digo. — Pra constar, à luz do dia. Não vou me arrepender.

Ele chuta a porta da despensa, fechando-a, e sua boca me toma por completo. Suas mãos estão nos meus quadris, me puxando para si, e sinto tanto desejo que me assusta.

A um milhão de quilômetros de distância, escuto a voz de Frannie.

— Scooter?

Ethan dá um gemido.

— Esqueci onde a gente estava.

Eu o beijo novamente porque não consigo evitar. Estamos nos beijando há semanas, mas agora é diferente, cheio de significado e intenção.

— Está bem, vá.

— Aqui dentro — ele diz, abrindo a porta. — Onde a mamãe guarda mesmo o papel-alumínio?

Frannie está parada, de braços cruzados, nos encarando.

— Sabia — ela diz.

Ela estende a mão para pegar o papel-alumínio da prateleira, evitando me olhar, e sai.

— Desculpe por isso — Ethan fala. — Quer dizer, na verdade, estou muito feliz.

Ele passa os dedos pelo cabelo, como se isso fosse colocar seus pensamentos em ordem.

— A gente precisa voltar, você vai primeiro — digo.

— Ok — ele fala, mas não se mexe.

— Vai — insisto, empurrando seu peito. Ele segura minha mão e a mantém ali.

— Amanhã vamos começar pela despensa — ele declara.

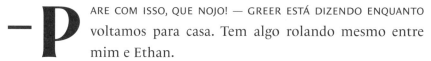

28

— PARE COM ISSO, QUE NOJO! — GREER ESTÁ DIZENDO ENQUANTO voltamos para casa. Tem algo rolando mesmo entre mim e Ethan.

— Mãe, faça ele parar — Iris reclama. Cliffy ri. O gosto de Ethan é narcótico, e me pergunto se isso é real, se as pessoas realmente podem ficar viciadas em alguém. — Mãe! — Iris grita e me dá um tapa no ombro.

— O quê? Desculpe, estava pensando em outra coisa — digo.

— Cliffy está sendo nojento — Iris fala. — Ele fica tentando lamber meu cotovelo.

— Pare com isso, Cliffy — digo, estacionando o carro na garagem. Coloco o câmbio no ponto morto e me viro para eles, quase surpresa por vê-los sentados ali comigo. — Esta noite foi divertida, não foi?

— Foi uma farra! — Cliffy exclama, e Iris o manda calar a boca.

Ele me manda uma mensagem uma hora depois: Tenho muita coisa pra te dizer, mas não vou falar por mensagem, caso eu precise negar mais tarde

Sorrio para o celular. Uma onda de euforia toma conta de mim. Eu: É, eu também

Ethan: Vamos começar pela despensa às 9h

Ele é a primeira coisa em que penso quando abro os olhos. Fecho-os outra vez e invoco o seu cheiro. Torno a abri-los — isso não é normal. Não é o desejo que eu sinto de comprar um suéter. É como se eu não soubesse como vou sobreviver pelas próximas três horas até vê-lo outra vez. Pego o telefone para reler a mensagem de ontem à noite. Ele disse nove horas. Só preciso levar meus filhos para o acampamento, passear com Ferris e passar na casa de Phyllis.

Tomo um banho e depilo minhas pernas com meus óculos de leitura para garantir que não deixei passar nada. Experimento uma saia branca com uma blusa azul-marinho e decido que estou parecendo uma comissária de bordo. Então experimento um vestido florido que fez sentido no batizado de Theo, mas não faz sentido para fingir que estou organizando uma despensa. Estou ficando desesperada e desabo sobre a cama. Eu não preciso fingir nada para esse homem. Ele é aquela coisa inacreditável que me quer mais quando sou eu mesma.

Visto meu short amarelo favorito e uma camiseta branca. Deixo meus filhos no acampamento, passeio rapidamente com Ferris e paro na casa de Phyllis. Sua filha Sandy está lá, e finjo lembrar que hoje é segunda-feira e que ela viria. Normalmente, ela vem de Manhattan aos sábados, mas esta semana mudou para segunda-feira por causa de uma tosse. Tivemos uma longa conversa sobre isso. Finjo que estou lá para pegar *O complexo de Portnoy* emprestado, pois é o primeiro livro que vejo. Claro que é segunda-feira. Mando uma mensagem para Frannie: Desculpe, não vou conseguir ir hoje. Passo aí amanhã

Frannie: Nunca imaginei que encontraria alguém se agarrando com meu irmão caçula na despensa

É uma afirmação, não uma pergunta. Não quero entrar nesse assunto com ela. Basicamente, quero apenas estar onde ele está. Eu: E, mesmo assim, aqui estamos nós. Vejo você amanhã

Depois de enviar a mensagem, vejo o carro dele na minha garagem.

Ele está ali parado com Brenda na janela. Não quero ir ao parque para cães. Quero estar na despensa apertada com ele. Quando me aproximo, vejo que ele não parece tranquilo.

— Oi — digo. — Não era pra gente se encontrar na sua casa?

Ele segura minha mão.

— Era. Mas recebi uma ligação; tenho que estar no tribunal amanhã de manhã para um caso em que estou trabalhando há séculos. Preciso voltar pra Devon e preparar meu cliente.

— Hoje? — pergunto baixinho, como se tivesse engasgado com essa palavra pequena e triste.

Ele olha para a casa de Phyllis por cima do meu ombro.

— Podemos entrar?

— Claro — respondo. — Não.

— Não?

— Está meio bagunçado. — Eu estou meio bagunçada. É estranho que eu queira ficar completamente nua com esse homem, mas não consiga lidar com a ideia de ele ver minha cozinha. — Quando você volta?

— Assim que eu puder. No máximo na sexta-feira.

São quatro dias inteiros.

— Ah, certo — digo. Não quero que ele veja o quanto estou desapontada. Ele está segurando minhas duas mãos agora.

— Então, te ligo mais tarde?

— Claro — digo.

— "Claro" não é "sim".

Olho para ele e sorrio.

— Sim — digo. — Me ligue.

Ele olha novamente por cima do meu ombro, e tenho certeza absoluta de que Phyllis está nos observando pela janela. Não me importo muito; isso provavelmente está fazendo o dia dela valer a pena. Levo-o pela mão até a lateral da minha casa, passando pelas janelas da cozinha e chegando no quintal. E, antes que eu tenha chance de pensar de novo em Phyllis, estou encostada na porta dos fundos, com a boca dele na minha e suas mãos em meus cabelos. Depois de receber beijos suficientes de despedida, ele aperta minhas mãos.

— Que tortura — ele diz.

29

PETE ENTRA PELA PORTA DA FRENTE NA TERÇA-FEIRA, ÀS 18H, E PARA NA sala de jantar para admirar a montanha de correspondências não lidas que eu coloquei ali.

— Você realmente mantém tudo muito organizado — ele diz.

Acabei de atuar como juíza em uma briga entre Greer e Iris sobre quem é a dona do violão que meu pai deu para elas de Natal. A briga se deteriorou com uma delas dizendo que a outra tinha mãos feias, e tudo terminou em lágrimas. Não estou no clima para lidar com Pete.

— Bem, essa é a minha casa pelos próximos catorze anos — digo. — Então, por favor, toque a campainha quando chegar.

Não levantei a voz, apenas disse as palavras. Palavras verdadeiras que refletem perfeitamente minha reação a ele nesse momento. Eu deveria ter feito isso há muito tempo, o que me deixa mais irritada.

— Meu Deus, Ali. Qual é o seu problema?

— Estou com raiva — digo. Mais uma vez, é totalmente verdade.

— Isso é novidade — ele fala.

Eu paro e o encaro. Novidade? Ele deveria saber, já que ele é a outra pessoa do nosso casamento quase encerrado. Bem, além da minha mãe.

— Acho que eu sempre senti um pouco de raiva, Pete. Ela só nunca teve oportunidade de transbordar — digo. — Talvez hoje eu tenha ficado com raiva o suficiente.

Agora que eu disse isso, sei que é verdade. Quando estávamos casados, nunca me permiti sentir raiva o suficiente. Eu era apaziguada e distraída, e sempre era mais fácil deixar para lá. Mas agora estamos aqui, só nós dois, e eu estou com raiva.

Ele não se desculpa. Não muda o tom. Revira os olhos e passa por mim em direção à cozinha. Agarro o braço dele e o viro de volta para mim.

— Não quero mais que você fale comigo assim. Estou cansada de ouvir essas coisas. Então, a partir de agora, escolha suas palavras com cuidado ou vai ter que buscar as crianças na rua. Esta casa é minha.

Quando eles saem, sinto que enfrentar Pete desanuviou minha visão. Eu me sento à bancada da cozinha em meio aos destroços do dia, da semana, talvez de vários anos. É como se eu tivesse acordado um dia e percebido que estava me afogando em dívidas de cartão de crédito. Como deixei isso acontecer?

— Mãe — digo para a poça de xarope ao lado da minha mão esquerda.

É impossível que esta seja a minha casa.

Ah, Alice.

Há tanto para ser feito. Não consigo me levantar para lavar roupa.

— Mãe, gostaria que você me deixasse entender as coisas sozinha.

Ela não me responde.

A asa vermelha brilhante de um cardeal passa na minha visão periférica, como tantas vezes acontece quando penso na minha mãe. Eu me viro para olhar, mas não é um cardeal. É apenas mais da minha bagunça. Deixei o armário perto da janela aberto, e o que chamou minha atenção foi uma papoula-vermelha pintada na lateral da sopeira que minha mãe me deu no meu chá de panela. É enorme e ocupa uma prateleira inteira. Eu me arrasto da banqueta e vou até lá para fechar o armário, para não ter que olhar para ela. Mas, em vez disso, eu pego a sopeira da prateleira e a abro. Olho para as papoulas-vermelhas pintadas no seu interior. Essas papoulas nunca foram cobertas por sopa. Nem uma vez em treze anos. Mesmo parada sobre a bancada, a sopeira parece pesada em minhas mãos. Pesada com a ideia que minha mãe fazia de como poderia ser minha vida. Talvez uma vida que envolvesse convidar pessoas para tomar sopa. Uma vida na qual não ficássemos apenas na cozinha nos servindo de panelas direto do fogão. Nunca organizei um menu de sopa e não tenho intenção de começar. Nem tenho seis tigelas iguais.

Essa sopeira está pesada de tantas expectativas não atendidas.

Penso em Ethan me dizendo para me mover em direção às coisas que me fazem feliz. Passo as mãos sobre as papoulas pintadas na tampa e me sinto mal. Eu estava criando filhos e tentando forçar Pete e eu a assumirmos a forma de um casal feliz. Quando eu deveria fazer sopa? Quando estaria tão no controle das coisas a ponto de ter tempo para transferir sopa para uma sopeira antes de servi-la, segundos depois, enquanto ainda estivesse quente? Não preciso segurar essa sopeira contra o meu coração para saber que ela é a personificação de todas as maneiras pelas quais eu sou uma decepção.

Honestamente, Alice. Isso é um exagero.

Sorrio ao ouvir a sua voz e levanto a sopeira da bancada. Eu a levo para a garagem e a coloco junto da parede mais distante. Ela é o primeiro item a sair da minha cozinha em muito tempo, e sinto uma libertação quando a coloco no chão.

— Simplesmente não era um bom casamento, mãe. As coisas nunca dariam certo.

Eu me sento por alguns minutos no silêncio da minha garagem esperando por uma resposta. *Eu sei.*

Estou com lágrimas nos olhos, mas me sinto mais leve quando volto para a cozinha e sou recebida por aquela prateleira completamente vazia. Umedeço um pano e a limpo com reverência.

Essa leveza começa a se movimentar por todo o meu corpo. Meus olhos veem as louças do café da manhã e meus pés me levam até elas.

Coloco-as na lava-louças e limpo as bancadas. Quero ver espaços limpos e começo a falar sozinha com minha voz de personal organizer.

— Quando foi a última vez que usou isso? É algo que você precisa ter ao alcance das mãos ou podemos guardar em uma prateleira alta?

Pego um saco de lixo e jogo fora os potes plásticos que podem ou não estar me matando. De qualquer forma, se penso em morte toda vez que estou com um deles na mão, provavelmente não estão me fazendo bem. Mando duas semanas de jornais para reciclar. Coloco o cesto de roupa no porão e começo a encher a máquina de roupa branca.

Sem jornais e pratos sujos à vista, avalio o que restou. Sou minha própria cliente, movendo-me pela cozinha de maneira objetiva, como se estivesse preparando-a para vendê-la a mim mesma. Tudo o que entra no meu campo de visão precisa me agradar. O suporte decorativo para pendurar bananas: fora. O frasco de detergente tamanho gigante: escondido embaixo da pia. Três dos quatro rolos de papel-toalha que estou usando atualmente: para o porão. Trabalho até que a cafeteira seja o único eletrodoméstico que eu possa ver. Gosto de onde ela está, ao lado do pote de moedas da minha mãe.

Decido criar duas áreas na garagem — uma para doações e outra para as coisas que Pete possa querer. Vou lhe dar um tempo para examinar isso à noite, e depois tudo vai embora.

Empilho pratos descombinados e canecas de suvenir em caixas junto com a centrífuga de alimentos abandonada de Pete. Encontro um aparelho que transforma batatas em batatas fritas onduladas, e o deposito na garagem, onde eventualmente ele encontrará alguém que o consideraria útil. Jogo fora temperos que perderam a validade antes de Cliffy nascer. Assim como uma travessa de bolo quebrada e três frascos de cola ressecada. Lápis quebrados, anuários escolares antigos, tampas de coisas que já não tenho mais. Quero colocar uma música, mas não ouso interromper meu momento. O movimento das coisas indo para a minha garagem parece por si só uma sinfonia.

Levo quase duas horas para limpar minha cozinha. Eu me sento à bancada e absorvo tudo, com meus gerânios exprimindo sua aprovação do lado de fora. Eu poderia ter feito isso anos atrás. Paro e me pergunto se teria feito diferença, se eu ainda estaria casada com Pete se tivesse apenas arrumado a casa. Imagino-o entrando pela porta e olhando ao redor com apreço, sentindo o cheiro do jantar no forno. Tento imaginar a cena de novo, comigo pulando para recebê-lo e perguntando os detalhes do seu dia. Nenhuma das imagens parece verdadeira. Não foi apenas a casa que saiu do controle, ou eu que fiquei em silêncio. Eu me ressentia do fato de ele ir trabalhar, e ele se ressentia do fato de eu não ir. Ele ficou magoado porque eu desapareci; eu fiquei magoada porque ele permitiu isso. Nunca demos certo. Não acho que o amor deveria ser transacional.

Preciso me dar uma pausa; essas são as regras. Mas não quero parar. Não me sentia bem assim em anos. Estou infinitamente mais relaxada que depois de tomar um banho à luz de velas. Tenho um tempinho antes de Pete voltar com as crianças, então preparo uma xícara de chá de gengibre e pego as palavras cruzadas.

Eles entram na cozinha, e Greer é a primeira a falar.

— Roubaram nossa casa?

Acho que ela está brincando.

— Estava inspirada. Ficou ótimo, não é?

Iris passa as mãos pela bancada da cozinha.

— A gente devia colher flores.

— É mesmo — digo.

Cliffy me abraça.

— Eu amei, mãe.

Pete está paralisado na porta.

— Parece como quando nos mudamos pra cá.

Ele está sério, e eu não quero que ele fique assim.

— Eu sei. Uma vida acumula muita coisa, e acho que a gente precisa reavaliar as coisas com mais frequência que a cada dez anos.

Iris está tirando suas caneleiras, mas também está escutando.

— Eu não entendo — Pete diz.

— Venha pra garagem — falo. Estou consciente de como me sinto neutra em relação a ele. Não sinto raiva ou desconforto, ou qualquer uma das coisas de sempre. É como se eu realmente tivesse limpado o ar. — Fiz duas pilhas: coisas que nenhum de nós quer, e coisas que você pode querer. Pegue o que quiser e vou doar o resto.

É como se eu fosse uma apresentadora. O Mágico de Oz ou uma anfitriã em um programa de TV, convidando-o a contemplar o museu de itens descartados na minha garagem.

Pete pega sua centrífuga de alimentos. Não lhe digo que ela tem dezessete peças que precisam ser lavadas à mão depois de cada uso. Ele escolhe uma caneca em que se lê "Melhor Pai do Mundo" e alguns panos de prato. É triste vê-lo fazendo isso, e levo as crianças de volta para a cozinha. Quero me mover em direção a coisas felizes.

Ele coloca suas coisas no carro e volta para se despedir das crianças.

— Ficou realmente ótimo, Ali — ele diz.

— Obrigada — respondo.

E, mais uma vez, sinto aquela certeza de que nada disso teria feito diferença. E, se fizesse, não seria amor de verdade. Amor não é "Se você arrumar as coisas, eu te ajudo a superar o luto". Não tenho certeza do que é o amor, mas acho que é algo diferente.

30

ACORDO NA MANHÃ DE QUARTA-FEIRA COM UMA MENSAGEM DE ETHAN: OI

Eu: Como foi no tribunal

Ethan: Tudo bem. Acho que Brenda está com saudade de você

Estou sorrindo para o telefone feito uma adolescente.

Eu: Também estou com saudade dela. Tem tribunal hoje de novo?

Ethan: Provavelmente amanhã também. Mas tenho que te botar pra trabalhar de novo

Eu: Na verdade eu trabalhei pra mim mesma ontem. Ficou muito bom

Ethan: Mal posso esperar pra ver

Animada, me levanto e começo a fazer panquecas. Depois de deixar as crianças no acampamento, Phyllis me diz que estou diferente.

— Estou igual –- digo, e troco seu saco de lixo.

— Você está leve — ela fala quase como se fosse uma acusação.

— Arrumei minha cozinha. E Pete levou um monte de coisas.

— Ah. — Ela sorri. — Agora tem espaço pra coisas novas. Mas, por favor, melhor ficar com aquele rapazinho simpático. Não se aventure com alguém da internet… antes que perceba, vai perder duzentos mil dólares.

— Você viu isso no dr. Phil de ontem?

— Quase sempre tem alguma história assim. Também tem sobre metanfetamina. Não faça isso.

Ethan escreve às dez da noite: Como estão as coisas?

Sento na cama, mas não acendo a luz. Eu: Ótimas. Encarei o sótão de Carla Garcia e minha própria sala hoje. Tribunal de novo amanhã?

Ethan: Isso, só vou voltar na sexta à tarde

Tenho muitas respostas desejando sair pelos meus dedos. Eu simplesmente o quero de volta agora. Eu: Estraga-prazeres

Ethan: Acho que ninguém mais fala isso

Sorrio porque posso ouvir sua voz na minha cabeça.

Eu: Fala sim

Ethan: Acho que não. Tenho quase certeza de que é só você

Estou tentando pensar em algo para dizer. Gosto de tê-lo aqui comigo. Ele escreve: Também queria te dizer que estou pensando muito em você

Meus dedos não conseguem digitar rápido o suficiente: Eu também

Ethan: Que bom. Certo, acho que se eu falar mais posso passar do limite. Então boa noite

Sinto essas palavras no meu coração. É como se houvesse esperança ali, nascida do fato de que Ethan pode ter de conter seus sentimentos. Eu: Estraga-prazeres. Boa noite.

Na quinta-feira, arrumo meu quarto e chamo Marco para me ajudar a levar a esteira velha que assombrava meus aposentos para a garagem. Pete pode ficar com ela ou vou doá-la. Droga, talvez eu até a use. Coisas estranhas estão acontecendo por aqui em um ritmo que mal posso acompanhar.

Quando meus filhos chegam do acampamento, eu me sento com eles na sala. Parece que nossa casa de repente aumentou cinquenta por cento do tamanho.

— Não temos nada programado esta tarde, mas, pra sorte de vocês, contratei os serviços de uma personal organizer até as cinco horas.

— Pra quê? — Greer pergunta.

— Vamos lá em cima, vou mostrar pra vocês.

Quando dá cinco horas, eles estão famintos e exaustos, mas um tanto empolgados com seus quartos. Cliffy criou um cantinho de leitura com almofadas e exatamente seis bichos de pelúcia. Em uma espécie de ritual, levamos dois sacos de bichos de pelúcia para a garagem.

Na sexta-feira de manhã, o trabalho é leve no meu banheiro — tudo, menos o xampu e o sabonete, deve sair —, então não há muitos pensamentos com os quais lidar. Guardo as velas, porque me pergunto se vão ser mesmo relaxantes em um banheiro arrumado. Além disso, elas me custaram trinta dólares.

Quase dou um mau jeito nas costas ao organizar a garagem de Serena Howe no início da tarde e mentalmente me comprometo a atualizar meu currículo. Dois dias de trabalho por semana não são o bastante, embora carregar ferramentas de jardinagem para um barracão pareça um pouco demais.

Ethan me escreve às quatro: Parei pra botar gasolina. Estarei de volta em uma hora. Tarde demais pra te ver hoje, né?

Eu: Que bom! Mas estou com meus filhos aqui

Ethan: Está bem, talvez eu te veja amanhã?

Fico olhando para as palavras "talvez" e "amanhã". Não gosto de nenhuma das duas e me sinto esmagada pelo quanto eu desejo vê-lo. Quero convidá-lo para o jantar. Tento imaginar a cena na minha mente, Cliffy achando tudo divertido e as meninas sendo educadamente cautelosas. Ele é um amigo da família, e as crianças já o conhecem. Além disso, quero muito vê-lo. Escrevo: Vou fazer frango grelhado mais tarde. Quer vir? Tipo às 6h?

Ethan responde imediatamente: Que farra! Vejo você às 6h

— O que foi? — pergunta Iris. Estou sorrindo para o celular.

— Nada. É o Scooter. Ele está voltando de Devon. Vai vir pro jantar.

Iris parece confusa.

— Aqui?

— É.

— A Frannie também vem?

— Não, só o Scooter.

— E a Brenda? — Cliffy pergunta.

— Vou perguntar.

Escrevo: As crianças querem saber se você vai trazer a Brenda. A gente ia adorar

Ethan: Vou ver se ela tem algum compromisso

31

NÓS LEVAMOS UMA MESA DOBRÁVEL DA GARAGEM PARA O QUINTAL E A cobrimos com uma toalha azul e branca. Cliffy corta algumas hortênsias rosa-choque e as arruma no vaso azul-cobalto da minha mãe. Vamos receber uma pessoa e um cachorro para o jantar, mas estamos todos agindo como se fosse uma grande ocasião. Tento me lembrar da última vez que usamos toalha de mesa.

São cinco horas, e estou com batatas e cenouras assando no forno. O frango está pronto para ser grelhado, e vou cozinhar as espigas de milho no final. São cinco horas e o jantar está todo organizado. Literalmente, tudo mudou. A TV está desligada, o que é raro. Greer está com uma amiga em casa, o que é mais raro ainda. Posso ouvi-las rindo no quarto lá em cima. Cliffy levou todos os seus caminhões para fora, e ouço uma agitação feliz na lama.

Greer desce com sua amiga e declara, como se fôssemos a família mais legal do mundo:

— Ah, vamos receber uns amigos mais tarde.

Ethan toca a campainha às seis horas. Estou efervescente outra vez, então peço a Iris para atender a porta. Ele diz algo que a faz rir, e então ali está ele, parado em minha cozinha, com uma garrafa gelada de vinho branco, uma caixa de pretzels com cobertura de chocolate e uma cachorra. Essas são três das minhas coisas favoritas, e me pergunto brevemente se mencionei isso no meu discurso de formatura.

— Oi — digo, sem me mover em sua direção. Não tenho a menor ideia de como agir. Quero correr para os seus braços, mas meus filhos estão aqui. Preciso agir com naturalidade, e isso não parece estar no meu repertório no momento. Ele está com uma camisa branca de botões e bermuda de linho azul-marinho, e preciso afastar os olhos dos seus ombros. Fico apenas parada ali, efervescente.

— Onde está a sua bagunça? — ele pergunta. — Achei que você tinha dito que, em casa de ferreiro, espeto de pau.

— A gente tem espetos de ferro — Cliffy diz.

— Foi uma semana muito produtiva — falo. — Não consigo nem explicar, e se você visse todas as coisas na garagem, ia surtar.

— Venha ver o meu quarto — Cliffy fala, e o leva pela mão escada acima.

Sinto um pouco de alívio quando eles se vão. Preciso de um segundo para me recompor. Brenda está me encarando. Greer se sentou à bancada e também está me olhando.

— Você está bonita, mãe — ela diz.

— Obrigada — respondo, e sei que preciso começar a agir como uma pessoa normal. Abro a garrafa de vinho e pego duas taças. Eu me sirvo meia taça. — Vamos dar uma olhada na churrasqueira.

Quando Ethan e Cliffy se juntam a nós no jardim, Cliffy está radiante.

— Esse garoto tem muito talento — Ethan diz. — Você viu o que ele fez hoje?

Cliffy estende uma folha de papel dobrada com diversos desenhos separados.

— Desenhei um livro — ele declara.

Eu pego sua obra e me sento à mesa para olhar os desenhos sequenciais. Duas pessoas se encontram, jogam bola, lutam, saem andando e depois se sentam a uma mesa para desenhar.

— Gostei dessa história — digo, e o puxo para o meu colo. Cliffy entende como as coisas devem funcionar. E sei que ele sente a natureza transacional do amor que Pete lhe oferece. Cliffy não vai entrar no jogo de jeito nenhum. E vai ficar bem.

Cliffy me dá um abraço apertado e se levanta para organizar seus caminhões. Olho para cima e Ethan está me observando.

— Não peguei vinho pra você — digo, e volto para dentro de casa.

O jantar é divertido e fácil. *Viu?*, minha mãe sussurra dos gerânios.

Iris fala sem parar e faz perguntas a Ethan sobre os X Games. Greer sugere que Iris não fale tanto. Cliffy apresenta uma música sobre pum que aprendeu no acampamento, e os cachorros pegam no sono embaixo da mesa.

Depois do jantar, as meninas vão para seus quartos, e eu levo Cliffy para a cama.

— Vou demorar só um minuto — digo enquanto subimos a escada.

Leio para ele o último capítulo de *Cam Jansen* e volto para encontrar Ethan sentado no sofá lá fora. Sento-me ao seu lado, e ele me entrega uma taça de vinho.

— Então — ele diz.

— Então — falo, e sorrimos um para o outro, só um pouquinho.

Ele segura minha mão, e eu adoro essa sensação. Não sei o que vem a seguir, mas, o que quer que seja, espero poder continuar segurando sua mão.

— Como foi com seu cliente? — pergunto.

— Bem — ele diz. — Na verdade, acho que foi muito bem. Vou descobrir na semana que vem.

— Ah — falo. Coloco minha outra mão sobre a dele e exploro uma cicatriz em seu polegar.

— Também preciso descobrir o que aconteceu com a autorização dos garotos na semana passada. E arranjei um novo cliente com uma queixa por uso de amianto. — Ele fica em silêncio por um segundo, e escutamos os grilos ao longo do riacho. — Enfim, isso tudo é muito chato. Tinha muitas coisas que eu queria te dizer.

Olho para ele, mas não digo nada. Não tenho certeza do que quero que ele diga.

— O que aconteceu com você? — ele pergunta.

Minha mão voa para o meu cabelo sem motivo algum.

— Você parece mais leve.

Sorrio.

— Não sei. Tive um pouco de espaço. Estava pronta. Arrumei tudo.

— Ah, meu Deus, eu sou a droga do príncipe encantado — ele diz.

— Não é.

Dou risada.

— Não, eu sou: te beijei, e agora você não é mais um sapo.

— Em primeiro lugar, seu conhecimento de contos de fadas é lamentável. E não foi só isso... — Olho para baixo, ainda segurando sua mão. — Foi tudo.

Não ouso erguer os olhos, mas ele aperta meus dedos.

— Acho que o que eu queria dizer é que gosto muito de você.

Olho para ele para ver se ele está sendo natural ou intenso.

— Tenho muito medo de que você vá partir meu coração. Mas acho que vale a pena.

Intenso.

— Não quero partir seu coração — digo.

— Ok, então não faça isso.

E ele se aproxima e me beija.

32

ABRO OS OLHOS NO SÁBADO DE MANHÃ COM UMA MENSAGEM: VOU pegar você e Ferris às 10h05. Quero que minha cozinha fique igual à sua

Não respondo porque estou ouvindo a voz dele dizendo essas palavras. Quero que ele digite alguma outra coisa para que eu possa ouvi-la novamente, mas é minha vez. Eu: Te vejo daqui a pouco

Desço para fazer café com o som da sua voz ainda na minha cabeça. Sirvo-me de uma xícara, levo Ferris para o quintal e conto o número de coisas que tenho que fazer antes de vê-lo. Alimentar e arrumar as crianças. Passar na Phyllis. Mas também fazer as sobrancelhas e secar o cabelo. Acho que é tarde demais para ser alguém que usa perfume. Estou no banho, depilando as pernas com os óculos, quando Iris entra e me diz que não consegue encontrar a camisa de futebol, o que abre a porta para A Toca do Coelho das Coisas Perdidas™. Passamos as próximas duas horas e meia revistando as roupas no porão, esvaziando cada bolsa de academia e ligando para todas as suas colegas de time porque ela acha que pode ter deixado a camisa no campo no fim de semana passado.

Vamos até o centro recreativo, vasculhamos o setor de achados e perdidos e, em seguida, voltamos para casa e descobrimos que a camisa estava no banco de trás do meu carro. Isso não é uma ocorrência totalmente incomum, mas hoje esse tempo perdido me parece uma catástrofe. Faço ovos e levo uma marmita para Phyllis, com minutos de sobra antes de Pete aparecer.

Ethan estaciona na garagem logo após eles saírem, e me sinto um pouco atordoada ao entrar no carro. Não sei se ele vai agir de forma intensa ou natural. Coloco Ferris no banco de trás com Brenda, e ele me entrega um café em um copo de papel.

— Obrigada — digo, e isso não abrange tudo o que sinto. Trazer um café para outra pessoa comunica: *Estou pensando em como vai ser seu dia.* Ou, no mínimo: *Quero que você também tenha algo que vou desfrutar.* Fico estranhamente tocada com o gesto.

Começamos o trajeto dos oitocentos metros até sua casa em silêncio.

— Esfriou um pouco — digo. — Estou falando do tempo.

Ele sorri para mim.

— É verdade. O que mais você pode me falar sobre o clima?

Dou um tapa em seu ombro e olho pela janela.

— Não sei sobre o que deveríamos conversar.

— Bem, minha casa está uma bagunça e a sua, não. Então, agora que sei do que você é capaz, você está nas minhas mãos.

Ah, ele está sendo natural. Dou um gole no meu café — com leite, sem açúcar — e relaxo.

— A gente pode terminar a cozinha em um dia, se ficarmos realmente focados.

Ele me lança um olhar enviesado que não é nada casual.

— Vamos ver como vai ser.

Estacionamos na garagem e levamos os cachorros até o quintal. Começo a abrir os armários.

— Agora, a ideia aqui é arrumar esta cozinha de um jeito que pareça que não arrumamos nada. Você vai entrar e pensar: Uau, que cozinha enorme, tem espaço pra todas essas coisas e ainda mais. Mas, na verdade, vamos ter jogado fora metade das coisas.

— Interessante — ele responde.

Ele está logo atrás de mim dizendo isso no meu ouvido. A sensação da respiração dele ali e o som da sua voz bem próxima fazem um calor percorrer meu corpo. Acho que ele sabe disso, porque continua falando bem no meu ouvido.

— Por onde começamos?

As mãos dele estão nos meus quadris e a boca no meu pescoço. Eu me viro, e seus lábios encontram os meus. Ele me ergue sobre a bancada. Passo os dedos pelo seu cabelo e envolvo as pernas ao seu redor para trazê-lo para mais perto. Tenho a sensação de que o mundo encolheu e o espaço onde a boca dele está na minha é meu único ponto de consciência. Ouço uma voz ao longe.

— O quê? — ele diz, mal interrompendo o beijo.

Eu o beijo outra vez.

— O que o quê?

— Você disse algo sobre não ficarmos na cozinha.

— Em voz alta? — Estou delirante. — É, outro lugar — digo, e o beijo outra vez.

Ele me beija por tanto tempo que quase esqueço que estamos mudando de local.

— Está bem — ele diz.

Ele me puxa da bancada e me leva pela mão até um quarto de hóspedes no andar de baixo. Esta é uma casa extremamente grande. As cortinas estão fechadas e, felizmente, ele não faz nenhum movimento para acender as luzes. A realidade — eu nua à luz do dia — ameaça estragar a perfeição do momento, e tento acalmar os pensamentos que borbulham na minha cabeça. Principalmente: *como não tirei cinco minutos para escolher uma lingerie melhor antes de começar a caça à camisa de Iris? Como vim parar aqui com minha calcinha de supermercado — justo a azul sem graça! — nesse dia?* Nota para mim mesma: caprichar na lingerie é autocuidado.

— Você está bem? — ele pergunta, pegando minha outra mão.

Respondo beijando-o outra vez. Enquanto eu estiver cercada pelo gosto e cheiro dele, sentindo suas mãos nas minhas costas, tudo parece natural. Não há nada neste momento que possa me impedir de tirar sua roupa e puxá-lo para cima de mim na cama.

— Supermercado? — ele diz no meu pescoço.

— O quê? — Estou tão sem fôlego que nada faz sentido.

— Ali, você literalmente acabou de dizer algo sobre supermercado. Em voz alta.

Ele está deitado em cima de mim, mas se afastou um pouco para que eu possa vê-lo sorrir.

— Você é estranha.

Penso em explicar, mas a última coisa que quero aqui é fazer um intervalo.

— Esqueça. É minha calcinha. Depois te conto.

Tiro a camiseta e ele fica imóvel. Ele me olha como se eu fosse uma obra de arte, feita de algo tão bonito que o deixa sem fôlego. Eu o puxo de volta para mim, porque quero sentir seu peso, sua pele na minha. Ele me beija e sussurra:

— Ali… — na minha boca. — Ali… — no meu pescoço.

O som da sua voz e o toque de suas mãos passando pelo meu corpo, meus quadris, me deixam desesperada. Tudo em nós parece tão certo que fico feliz por termos esperado até estarmos de volta à minha realidade, à luz do dia. Eu não ia querer perder nem um segundo disso.

— Por favor, não mude de ideia — me ouço dizendo.

— Já é tarde demais pra isso — ele responde. — Não tem volta.

Desde que o encontrei, ele tem me trazido para mim mesma, me lembrando de que eu importo. Agora também é assim, mas ele o faz com o corpo, ouvindo, respondendo, me acompanhando. Eu o envolvo com os braços e as pernas, e sinto que, enquanto fazemos amor, estou sendo descoberta. Talvez mais do que descoberta — estou sendo desenterrada. Não sinto mais nenhum peso; já não estou mais neste mundo.

. . .

São três horas, e não saímos da cama, exceto para pegar água e abrir as cortinas para podermos ver os cachorros preguiçosamente ao lado da piscina. Estou desmoronada sobre seu peito, e ele está acariciando meu cabelo. Não há nada entre nossos corpos, como se tivéssemos queimado qualquer membrana que foi criada para separar as pessoas.

— Não acredito que vou passar o dia inteiro com você — ele diz. — Não sei o que fiz pra merecer isso.

— Você fez muita coisa — respondo, sem fôlego.

E ele ri.

Minha cabeça está em seu peito e estou passando a mão pelos contornos de seu abdômen.

Nunca me senti assim antes. Nem de perto. Não com Pete, não com Jimmy Craddock. Nunca. Não acho que teria conseguido ficar casada com Pete por uma semana se soubesse que isso existia — uma pessoa projetada especificamente para mim.

Ficamos deitados nesse espaço perfeito por um tempo, até eu começar a lutar contra o sono. Não quero parar de sentir seu braço envolvendo minhas costas e me mantendo junto dele. Como se eu fosse uma coisa preciosa que valesse a pena ser guardada. Acaricio seu peito, memorizando seus contornos, e ele examina os pingentes da minha pulseira.

— Deixe-me adivinhar: você gostava de fadas?

— Foi um peça da escola. Terceira série.

— Ah. Eu me lembro do futebol. E o navio? Um cruzeiro?

— Não. Quando eu tinha dez anos, minha mãe me surpreendeu me tirando mais cedo da escola pra me levar pra ver *Titanic*. Foi um bom filme, lembro que era um pouco longo, mas tivemos um dia muito divertido. Então ela desenhou este pingente como presente de Natal.

— Ela desenhou todos esses?

— Desenhou. Ela era meio exagerada com tudo na minha vida. Tudo importava. Como se estivesse concentrada demais em todos os pequenos momentos. Talvez porque ela fosse mais velha, ou talvez porque fosse apenas eu.

Ele está segurando o pingente do vestido de noiva.

— Podemos tirar esse?

— Não. Faz parte da minha história. — Rolo sobre seu peito para olhar para ele. Ele não parece se importar com o que eu disse. — Fico feliz que ela viveu o bastante pra ver minha vida acontecer.

— Bem, ainda não acabou — ele diz. — Tem espaço pra mais.

Olho para os elos vazios entre o pingente do bebê e o fecho. Um espaço totalmente aberto.

Apoio o queixo nas minhas mãos e ficamos nariz com nariz.

— Não fizemos nada hoje — eu digo.

— Você está demitida — ele declara, e coloca meu cabelo atrás da orelha. — Vou te dar outra chance se dormir aqui.

Eu o beijo outra vez, porque não consigo parar.

— Precisamos de comida — Ethan diz às cinco horas.

— E talvez um pouco de luz do dia — completo.

— O que acha disso? Eu posso comprar comida na cidade se prometer que vai dormir aqui.

— É claro que vou dormir aqui — digo.

Ele me puxa para perto e beija meu pescoço.

— Graças a Deus.

Depois que ele sai para comprar comida, eu me familiarizo com a cozinha gigantesca. Passo as mãos pelos armários e pelas bancadas lisas de mármore. Abro e fecho as duas lava-louças e verifico a adega elétrica para ver o que tem ali dentro. Há uma gaveta separada que mantém refrigerantes gelados. Essa casa é demais. Imagino-me morando aqui com Ethan. Gosto mais do quarto de hóspedes que do opressor quarto principal. Nós viveríamos aqui embaixo, e meus filhos ficariam no andar de cima. À noite poderíamos nadar e cozinhar ao ar livre, e meus filhos iriam a pé para a escola. Gostaria de plantar hortênsias azuis no jardim, perto da piscina. Enquanto estou envolvida nesse devaneio, tiro todos os copos do armário e os reorganizo do jeito que gosto. Copos de suco à esquerda, depois de água e depois de vinho. No sentido horário.

Não escuto Ethan entrar, e logo ele está ali parado com uma sacola de compras, me observando.

— Estamos trabalhando?

— Um pouco — eu digo.

Ele se aproxima e me envolve com os braços, e parece que ficou fora por uma eternidade.

— O que você quer fazer primeiro? Comer ou nadar? — ele pergunta.

— Comer — respondo.

Comemos lá fora, com os pratos sobre a mesa de centro perto das nossas poltronas. É o mesmo lugar, mas tudo está diferente.

33

ETHAN APARECE NA MINHA CASA NA MANHÃ DE SEGUNDA-FEIRA DEPOIS que deixei as crianças no acampamento. Ele está parado na porta da cozinha com o sol atrás de si. Com a cachorra na coleira e dois cafés nas mãos. Ele me tira o fôlego. Em um movimento, coloca os cafés no chão, larga a coleira e me puxa para seus braços.

— Hoje não faremos nada de trabalho — ele diz com os braços em torno da minha cintura e os lábios pairando sobre os meus.

— Tenho quase certeza de que não trabalhamos no sábado — digo, e o beijo.

— Está vendo? E eu adorei o sábado.

Somos interrompidos por uma mensagem. É Phyllis: Está na hora de eu conhecê-lo

Eu: Quem?

Phyllis: Não se faça de desentendida

— Alguma chance de você querer me acompanhar pra ver minha vizinha? Ela precisa de ovos e é um pouco curiosa.

— Claro — ele diz, e me beija novamente. Eu poderia passar o dia todo assim, apenas parada na porta beijando Ethan.

Pego dois ovos na minha geladeira e caminhamos até a casa dela. Entro com minha chave e a chamo:

— Oi, Phyllis!

— Aqui — ela responde da sala de estar, desnecessariamente.

Passamos pelo salão da frente e vejo que ela passou batom.

— Phyllis, este é Ethan Hogan.

— Filho do Charlie? — ela pergunta.

— Sim, senhora — ele responde.

— Eu conheci seu avô — ela diz. — William. Ele estava na minha turma do quarto ano. Foi ficando mais bonito conforme envelhecia.

— Muitos de nós amadurecem tarde.

— Estou com muita fome — ela comenta comigo, o que sei que é mentira, porque ela nunca está com muita fome. Todos os dias tenho que esperar sentada e assisti-la comendo metade de um prato de ovos só para saber que comeu algo. Mas tudo bem. Pego alguns copos e vou para a cozinha, tentando ouvir a conversa deles no caminho.

Quando volto com os ovos, Ethan está sentado na cadeira ao lado da dela. Phyllis dá tapinhas na mão dele e diz:

— Ele é um jovem adorável.

— Ele é — digo.

Sento-me no sofá do outro lado da sala e os observo conversar enquanto Phyllis come. Ela se lembra da recepção do casamento de William no quintal da casa. Seu marido era de Illinois, mas fez amizade com William porque gostava de tomar café da manhã no hotel. Phyllis nunca gostou de preparar o café da manhã, por isso estamos todos aqui.

Quando ela termina de comer, Ethan a ajuda a se levantar, e ela vai tomar banho.

— E agora? — ele pergunta.

— Ficamos um pouco até ela sair do banho e se vestir.

Vamos para a cozinha, que é original da casa. As bancadas de madeira contam a história de um milhão de cebolas picadas.

— Esta casa é incrível — ele diz.

— Sim, sempre foi minha casa favorita. Desde que eu era pequena. Então, quando minha casa foi colocada à venda, achei que era o mais perto que eu ficaria dela. E é bem perto. — Aponto para a janela da minha cozinha bem em frente à janela de Phyllis. — Quero conversar com as filhas dela sobre isso, sobre o que vai acontecer. — Minha voz fica embargada. Odeio falar nesse assunto. A ideia de Phyllis morrer é como levar um soco num braço já machucado.

Ethan me envolve em um abraço.

— Ela é mesmo adorável — ele diz. — Voltamos na hora do almoço?

Isso me faz sorrir.

— Não. Ela come pudim de baunilha no almoço, e finjo que não sei.

Meu celular vibra com uma mensagem da Frannie: Só um lembrete amigável de que é segunda-feira

Estou na verdade vivendo em um longo sábado.

— Tenho que passar um tempo na lanchonete — digo. — Quer vir? Depois podemos voltar pra sua casa e não fazer arrumação nenhuma.

34

A SSIM QUE PETE E AS CRIANÇAS SAEM PARA O FUTEBOL NA TERÇA-FEIRA À noite, Ethan está na minha porta da cozinha com uma garrafa de vinho branco e pretzels de chocolate. Eu amo cada palavra dessa frase. Passei o dia arrumando o porão de Deb Parker e desejando estar na piscina de Ethan, observando-o nadar até mim por baixo d'água, esperando que ele me puxasse consigo. Nós dois já jantamos, então nos sentamos do lado de fora com o vinho e a sobremesa e ouvimos o riacho. Ele me conta que Rose acabou de receber um grande carregamento de alimento para os cães recolhidos no abrigo, e ri porque Brenda odeia a nova ração gourmet que ele comprou na cidade.

Coloco minhas pernas sobre as dele e ele me envolve com os braços. Parece que fazemos isso há anos.

— Mal posso esperar pra que seu divórcio saia — ele diz no meu cabelo.

— Eu também — falo.

— Quer listar todas as suas despesas amanhã? Poderíamos fazer isso juntos durante o período do acampamento.

Olho para seu rosto e vejo que é uma oferta sincera. Desconfio de que esse seja o único tipo de oferta que Ethan faz.

— Obrigada, mas sinto que preciso resolver isso sozinha. Você sabe que eu já fui profissional.

— Não há nada mais sexy que uma contadora — ele diz, me puxando para o seu colo e juntando sua cabeça com a minha.

Ele vai embora meia hora antes de as crianças voltarem para casa, e eu o beijo perto do carro. Penso em Phyllis e o beijo mesmo assim. Quando elas chegam, Greer tenta bancar a descolada ao me contar que Caroline Shaw a convidou para dormir na casa dela na sexta à noite, mas percebo que ela acha isso uma grande vitória. Todos tomam banho, e Cliffy quer ler *Capitão Cueca*, então me deito ao lado dele enquanto ele ri e vira as páginas. Quando ele começa a ficar sonolento, desço até o porão e coloco as roupas molhadas na secadora. Ainda não arrumei esse espaço, e estou meio que aguardando ansiosamente por isso. Mas sei que tenho que lidar com a burocracia primeiro. Vamos nos reunir com Pete na sexta-feira para fechar as nossas finanças. Isso é daqui a apenas três dias.

Vou até a sala de jantar e acendo as luzes. A pilha de papéis cresceu. No silêncio da noite, posso ouvi-la respirar. Na verdade, há duas pilhas de papéis, e luto contra a vontade de medi-las. Medir pilhas de papéis é uma maneira requintada de procrastinação, e não vou permitir isso. No entanto, pego o laptop, que por acaso sei que tem 33 centímetros de largura, e o coloco verticalmente ao lado dos papéis. Sim, elas são mais altas. Hoje mais cedo, passei meu pijama, principalmente porque estava esperando o uniforme de futebol das garotas secar. Olho para ele agora, e ele me lembra um terno de verão. Isso dispara uma lembrança, e eu a sigo até o meu armário no andar de cima.

Meu armário é terrível e só tem dois compartimentos, e qualquer coisa que seja mais comprida que a metade do seu corpo fica jogada num emaranhado na parte de baixo. Procuro em meio a blusas, saias e o vestido que usei no jantar de casamento até encontrar meu tailleur azul-marinho. Eu o pego e vejo que está todo empoeirado nos ombros. Ele está negligenciado desde antes de Greer nascer, mas ainda está em bom estado. A saia está curta demais, mas o blazer é sublime, com três botões dourados e a etiqueta na parte interna da gola, exibindo duas belas palavras: ANN TAYLOR. Tiro-o do cabide e o visto sobre a camiseta. Ele me serve perfeitamente. Tiro a poeira dos ombros e fecho apenas o primeiro botão. É um tailleur por cima de um pijama passado. Em algum lugar, a música-tema de *Rocky, um lutador* começa a tocar.

Volto correndo para a sala de estar e coloco um alarme no celular. Abro o laptop e começo uma planilha totalmente nova. O fundo branco e todos aqueles retângulos pequeninos me deixam apavorada. Digito DESPESAS no topo e respiro fundo.

O primeiro envelope que abro é o mais difícil. Sinto a velha angústia me tomar, como se o grande volume de papéis à minha frente fosse me sufocar. São as contas da casa, 257 dólares para o mês de junho. Decido registrar apenas essa despesa e procuro na pilha por outras contas da casa para poder calcular uma média. Fico tanto envergonhada quanto satisfeita ao descobrir que tenho dados desde novembro, porque faz muito tempo que não lidava com esses papéis. Estimo as contas do início do outono fazendo uma pesquisa do histórico no Google e chego a um número.

Faço o mesmo com as faturas de cartão de crédito. Basicamente, os gastos são com comida, roupa e despesas domésticas, como cortes de cabelo e plantas. Há uma conta separada para o clube de futebol que acho espantosa. O acampamento de verão também não é barato. Hipoteca, seguro de vida, plano de saúde com coparticipação. O conserto do nosso boiler e, é claro, TV a cabo e celular.

Quando chego a um número para a quantia mínima média de que precisamos para manter a vida por aqui, me recosto na cadeira. Não tinha uma expectativa, então não sei dizer se o número é alto ou baixo, mas gosto de saber o valor. Nada nessa pilha poderia me derrubar. Na verdade, a ordem criada por esses pequenos retângulos me encoraja. Lembro-me do meu antigo sonho de ter uma planilha que monitorasse minhas várias contas. Quando tudo isso estiver resolvido, vou descobrir os próximos passos para chegar lá.

Separo as contas e faço três furos nelas para colocá-las em um fichário. Um fichário! Imprimo resumos para cada categoria e depois uma página com o sumário na frente. Formato a planilha com linhas grossas entre as categorias e depois mudo para a fonte Times New Roman. Reimprimo, refaço as perfurações. São duas da manhã quando subo, penduro o blazer e vou para a cama.

35

NA SEXTA-FEIRA DE MANHÃ, ENCONTRO UMA CALÇA AZUL-MARINHO E UMA blusa branca de mangas curtas no fundo do armário. No último minuto, acrescento um cinto. Eu poderia usar meu blazer azul--marinho, mas é agosto e já tenho motivos suficientes para suar. Meus filhos ainda vão demorar para acordar e Phyllis também. Então somos apenas Ferris e eu no quintal, observando o céu clarear sobre o riacho. O ar está úmido por causa do sereno que sobe da grama. Meu café está quente nas mãos.

Tenho me sentido tão bem ultimamente que estou me permitindo prestar realmente atenção em como estou me sentindo. Quando era casada, aprendi que todos os meus sentimentos estavam errados. Eu deveria me sentir grata, e não sobrecarregada, por estar em casa com três filhos. Deveria me sentir aliviada, e não triste, por não ter que trabalhar mais. Minha mãe em particular pintou um quadro da minha vida que me fazia sentir culpa por não aceitar aquilo. Eu tinha tudo o que ela sempre quis. Acho que, por muito tempo, fiquei presa nesse desconforto. O que havia de errado comigo para eu não estar extasiada? Adoro meus filhos com uma ferocidade que me espanta. Mas eu não amava Pete. E sentia falta do meu trabalho. Minha mãe me via com clareza; ela devia ter percebido.

— Não quero que Ethan vá embora — falo para ela tão baixinho que os gerânios quase não me escutam. Isso é algo que não posso ignorar. *O que mais?*, ela me pergunta. E eu fico em silêncio por um minuto. Sinto as bordas duras do fichário que estou segurando desde que me levantei esta manhã. Eu o abro e passo os dedos pelas colunas de números alinhados à esquerda. — Eu quero trabalhar — sussurro.

A menos que construam cinquenta novas casas excepcionalmente bagunçadas em Beechwood, meu negócio de organização vai secar. Definitivamente vou precisar de mais renda, mas também quero voltar a ser aquela pessoa. *O que mais?* Quero um emprego com uma mesa e planilhas infinitas. Da mesma forma que não sei como vou manter um relacionamento com Ethan quando ele mora a quatro horas de distância, também não sei como vou encontrar um trabalho significativo em uma cidade pequena enquanto sou a principal responsável pelos meus filhos. Mas, esta manhã, está tudo bem. Estou simplesmente sentada aqui sabendo o que quero.

Ethan manda uma mensagem: Não acredito que estamos quase nos livrando de Pete

Sorrio para o celular: Nem eu

Ethan: Te encontro lá, se não tiver problema. Tenho uma ligação às 9h

Eu: Sem pressa, posso lidar com isso tranquilamente

Ethan: Uau, tudo bem

Eu: Sério, tenho planilhas. E um cinto

Ethan: Um cinto? Pete não vai saber o que o atingiu

Depois de levar as crianças ao acampamento e fazer os ovos de Phyllis, pego o laptop e o fichário de três argolas e vou para o escritório de Lacey. Tenho consciência de que não é a confiança que me mantém firme agora. É a informação. Sem dúvida, estar preparada é autocuidado.

Fico sentada no estacionamento por um momento, respirando fundo.

— Vou nessa — digo. *Você vai arrasar.*

Entro no escritório, e Pete e Lacey já estão me esperando. Cumprimento-os e vejo Lacey olhando para trás de mim, procurando meu advogado.

— Ele está vindo — digo. — Mas está tudo bem. Tenho tudo o que preciso. — Faço um gesto para o meu fichário e me sento.

— O que é isso? — Pete pergunta.

— Nossas contas, uma lista de despesas. É isso que vamos examinar hoje, certo?

— Sim — Lacey fala. — Vamos começar. Pete fez cópias das suas despesas domésticas e fez uma primeira oferta de pensão. — Ela me entrega uma planilha.

Eu a analiso linha por linha.

— Você deixou de fora a TV a cabo e a manutenção da casa — digo, sem erguer os olhos. Abro meu fichário e acrescento os números na margem.

Lacey olha sua cópia e diz para Pete:

— Faz sentido acrescentar isso. Você concorda?

— O que está tentando fazer, Ali? — Pete se inclina para frente.

Cruzo as mãos sobre a mesa redonda e me inclino também.

— Estou tentando garantir que as crianças e eu tenhamos o suficiente pra nos virar. E não acho que você queira que nossa casa caia aos pedaços, já que ela é metade sua. — Estou calma e adoro a tranquilidade em minha voz. Adoro meu fichário. Volto a olhar para a planilha dele e a comparo com a minha. — Você estimou as contas anuais da casa com base nas despesas de maio, que, como sabe, são as mais baixas do ano. Tenho as contas desde novembro. — Empurro o fichário sobre a mesa na direção dele.

Lacey faz uma anotação. Pete está em silêncio.

— Ei, desculpe o atraso. — Ethan está parado na porta. Ele está com um terno azul-escuro e uma camisa branca impecável, e fico sem fôlego. Gosto que hoje seja o dia para deixar as máscaras caírem. Ele se senta ao meu lado e coloca seu bloco de notas e sua caneta na mesa. Aperto minhas mãos porque tenho medo de estendê-las para tocá-lo.

— Acabamos de começar — digo, tentando me concentrar novamente.

— Tudo bem — Lacey diz por mim. — Só estamos acrescentando alguns itens de Ali às despesas mensais.

Pete está encostado em sua cadeira, e sei que ele percebe algo entre nós. Digo:

— Certo, deixe-me ver se tem mais alguma coisa. — Pego o fichário de volta e examino o sumário. Risco os itens à medida que coincidem.

— Ela era contadora — Ethan diz para Lacey. Eles ficam em silêncio enquanto examino linha por linha, depois substituo os números de Pete pelos meus e somo um novo total.

— Este é o número certo — digo, e deslizo o papel de volta para Pete.

— Esse terno também é do seu pai? — ele pergunta a Ethan.

Ethan sorri.

— Não, é meu. Meio sem graça, eu sei. — Ele olha fixamente nos olhos de Pete.

— Você é um cara estranho — diz Pete.

— Com certeza — responde Ethan.

Lacey intervém.

— Pete, concorda com esse número? Porque, se sim, podemos passar para a papelada formal e posso protocolar o acordo de divórcio.

— Tudo bem — ele diz.

36

ETHAN E EU CAMINHAMOS PELA RUA ATÉ O ESTACIONAMENTO, E ELE ME conduz até seu carro. Pete está logo atrás de nós, então ficamos em silêncio. Seu Honda está estacionado ao lado do carro de Ethan, e ficamos ali, observando-o procurar as chaves em sua pasta.

— Até amanhã — Pete diz.

— Até — falo.

Ele nos olha por cima do capô. Está prestes a dizer algo, mas apenas balança a cabeça e entra.

Quando ele vai embora, Ethan me envolve em seus braços, e eu descanso a cabeça na lapela de seu belo terno.

— Está se sentindo bem? — ele pergunta.

Verifico como estou me sentindo.

— Estou ótima — digo.

— Você foi incrível. Como se a pessoa que era no ensino médio tivesse crescido e adquirido superpoderes.

"É", penso. "É assim que me sinto. Eu sou a Super Eu."

— Vamos comemorar — ele diz.

— Na lanchonete?

— Não. Entre.

Dirigimos até o hotel e atravessamos o saguão, mas, antes de chegar ao deque, viramos em um corredor comprido que leva a um lance de escadas e a uma porta trancada. Ethan a abre, e logo estamos em uma suíte. Tem uma sala com belos móveis, toda com tecidos azuis e brancos, contrastando com um papel de parede amarelo-limão.

Há uma escrivaninha antiga e uma parede cheia de livros de capa dura. Fico ali por um momento, absorvendo o fato de que sou o tipo de mulher que um homem leva para uma suíte secreta para fazer sexo no meio da tarde.

— É o apartamento dos meus avós — Ethan diz. Certo, então não é exatamente uma suíte secreta para sexo. Ele vai até a cozinha e pega uma travessa de frango fatiado e uma salada Caesar da geladeira.

— Você pega aquilo? — ele me pede, olhando para a garrafa de champanhe gelando na prateleira.

Eu a pego e o sigo pela sala de estar até o terraço. Estamos no canto do hotel, olhando para a água em direção ao final de Beechwood Point. Uma mesa de jantar foi arrumada para o almoço, inclusive com taças de champanhe. Absorvo o fato de que sou o tipo de mulher para quem um homem planeja uma surpresa.

Seguro sua mão.

— Não acredito que fez isso.

— Temos muito o que comemorar — ele diz. — Sente-se.

Quando nos sentamos e cada um está com uma taça, ele ergue a dele.

— Estou muito feliz por você estar solteira. E por Ferris ter feito xixi em mim.

— Um brinde a meias molhadas.

Ethan toca sua taça na minha e ri. Depois olha para a água, sorrindo com seus próprios pensamentos.

— Você sabe quantas pessoas participam do sorteio nacional do Cinturão do Sol?

— Não.

— Estava pensando nisso outro dia e pesquisei. Novecentas e trinta e seis mil pessoas.

— É bastante gente.

Minha salada está deliciosa.

— Então liguei pra minha mãe e perguntei quantas vezes ela participou, pra ver quais eram suas chances. — Ele me olha como se o que estivesse prestes a dizer fosse me surpreender. — Uma vez.

— Uau.

— Acredita nisso? Uma chance em 936 mil. Eles tinham uma chance em 936 mil de ganhar, resolver se mudar pra Flórida e me fazer vir aqui naquele dia em que esbarrei com você.

Sorrio e pego sua mão.

— Você poderia ter vindo de qualquer jeito.

— Não. Sem chance. Eu nunca venho aqui, exceto nos feriados, e aquela foi a primeira vez que fui ao parcão. Minha cachorra antes de Brenda, Sharon, era totalmente antissocial.

— Sharon?

— Você entenderia se a conhecesse. Ela era uma verdadeira Sharon.

Ele me serve um pouco mais de champanhe.

— Enfim, o que estou dizendo é que isso estava totalmente predestinado. Uma chance em quase um milhão.

Ele se encosta na cadeira e sorri para mim, encantado com a improbabilidade estatística do nosso encontro, sem se dar conta de quão ridículos são os nomes de suas cachorras, e sinto um calor no peito. Eu o imagino parando para comprar cachorros-quentes que ele não quer de um senhor de idade. Eu o vejo enfrentando Pete. Sinto-o segurando minha mão enquanto subo em um skate, me equilibrando só o suficiente para provar que posso me equilibrar sozinha. Eu o vejo à minha frente na maré baixa, olhando por cima do ombro para verificar se estou bem. Ethan aparece, toda vez, do melhor jeito possível. E ali está ele, bem na minha frente — estou apaixonada por ele. Essa revelação faz com que eu perca o fôlego. Fico ao mesmo tempo surpresa e nada surpresa: é impossível não o amar. Claro que estou apaixonada. E claro que há um mundo de dor à espera do outro lado desses sentimentos.

Ele segura minha mão.

— Você está bem?

"Talvez", penso. Porque agora sou a Super Eu. Amo a pessoa que sou com ele. Amo não ter necessidade de me esconder, me esquivar ou me diminuir. Talvez eu consiga lidar com isso.

— Estou — digo. — Essa foi uma surpresa muito divertida.

Levanto-me e me sento em seu colo. Jogo os braços em torno do seu pescoço, e quero lhe dizer tudo. É como se eu tivesse desaprendido completamente a bloquear meus sentimentos. Quero acreditar que ele está me olhando como se também me amasse.

— Vamos terminar o almoço — ele diz, e me beija.

— Está bem — digo e retribuo o beijo. Passo as mãos por dentro da gola de sua camisa impecável, e então minhas mãos começam a desabotoá-la por conta própria. Ele se levanta, mal interrompendo o beijo, e me conduz para o quarto.

Estamos deitados na cama de seus avós. Há uma sacada e deixamos as cortinas abertas para ver Long Island dali. Um veleiro passa e eu o acompanho com os olhos enquanto Ethan corre os dedos suavemente pelo meu braço. Ele pergunta se eu quero a taça de champanhe. Respondo que não; já estou flutuando.

— Logo vou ter que buscar meus filhos — digo junto de seu pescoço.

— Eu não vou deixar. — Ele me puxa para mais perto. — E se ligássemos pra Frannie pra ela buscar as crianças? Ela não nos deve algumas horas como babá?

Imagino Frannie indo buscar as crianças no acampamento e tentando explicar a elas que a mãe está na cama comemorando o divórcio.

— Não acho que vai funcionar — digo. — Além disso, Greer tem uma festa do pijama importante hoje à noite, talvez a mais crucial de todas, então vou precisar arrumá-la e levá-la.

— Parece que tem bastante coisa em jogo — ele diz.

Ela perdeu a avó, os pais se divorciaram, e agora está prestes a entrar no campo minado do sétimo ano. Não poderia haver mais em jogo.

— Passei a vida inteira me preparando pra esse momento — declaro.

E é verdade. Ali estou eu, estranha e inexplicavelmente apaixonada por este homem que me conquistou e me ajudou a sentir coisas novamente. Tenho uma cozinha arrumada, um fichário poderoso e um homem que quer me surpreender com champanhe. Posso lidar com o que quer que Greer esteja prestes a enfrentar.

37

É SÁBADO DE MANHÃ E PETE VAI BUSCAR GREER NA CASA DE CAROLINE PARA levá-la direto para o futebol. Fiz tudo o que pude. Nunca, jamais, queremos ser a primeira a ir embora de uma festa do pijama. Sua partida abre o círculo e, quando ele se fecha novamente, o novo círculo, menor, vai fofocar sobre você. Essas são as regras. Não consegui fazer Pete entender. Ele chegou a dizer: "Você parece meio louca, Ali".

Mando uma mensagem para ela às onze: Como foi a festa do pijama?

Greer: Legal

Eu: Ah, ótimo!

Greer: Ótimo não, legal

Eu: Desculpe, você está bem?

Greer: Estou

Envio um coração, ela não responde, e fim da conversa.

Ethan e eu passamos o dia como um casal. Eu adoro tê-lo em casa e vê-lo interagir com minhas coisas e meu espaço. Na casa dele, é como se estivéssemos tomando conta do lugar para seus pais. Além disso, há todas aquelas caixas, embora, honestamente, não tenhamos avançado muito na arrumação, e ele meio que parou de falar sobre o corretor imobiliário. Na minha casa, é como se ele tivesse entrado na minha vida.

É aniversário do meu pai amanhã à noite, e vou fazer um jantar no domingo em sua homenagem. Não recebo meu pai aqui há alguns anos, porque realmente não tinha energia para isso, e também porque achei que poderia doer demais se ele me visse em meio a minha grande bagunça. Estou empolgada para mostrar a eles minha casa recém-arrumada — que agora conta com lanternas no jardim e flores em todos os vasos. Espaços vazios onde você pode descansar os olhos e ouvir seus pensamentos.

Convidei Frannie e Marco. Meu pai conhece Frannie das festas de aniversário dos meus filhos, então há uma familiaridade, e os convidados não aparentados me distraem do fato de que não sei conversar com ele. Tento explicar para Frannie, que sempre diz: "Mas ele é seu pai". Consigo ver por que ela não entende; há uma intimidade entre ela e o pai, como se ela pudesse chorar na frente dele ou lhe contar algo embaraçoso. Nunca cheguei a esse ponto com o meu; sempre houve um abismo entre nós que eu não conseguia atravessar. É quase como se estivéssemos ensaiando uma peça sobre uma filha e seu pai; acertamos as palavras, mas não conseguimos dizê-las de modo natural.

Também convidei Ethan, que está todo envolvido na festa. Ele foi ao mercado comigo e está lá fora varrendo a casa quando meu pai liga para saber se Libby pode trazer uma caçarola de atum do mercado (não, obrigada). Comento que o irmão de Frannie está na cidade e talvez eu o convide.

— Você sabe que eu adoro uma mesa cheia — ele diz.

— Que bom, ele é legal — respondo.

— Ah? — Tenho a sensação de que ele está desconfiando de algo.

— Não é "ah" — digo. Não sei o que falar a seguir.

— Ali, está tudo bem ele ser legal. Você merece um cara legal.

Sinto lágrimas brotando nos olhos. Nunca teria contado a ele, mas é uma sensação boa ele saber.

— Obrigada, pai. Ele na verdade é um cara ótimo. — Olho pela janela da cozinha, onde Ethan está despejando folhas no riacho.

— Você merece, meu anjo — ele diz.

Isso me atinge diretamente no coração. Ele costumava me chamar de "meu anjo" quando eu era bem pequena e em algum momento parou, talvez quando se envolveu muito com os filhos de Libby. Nunca vou esquecer a primeira vez que o ouvi me chamar de Ali, como se ele fosse um dos meus amigos.

— Obrigada por dizer isso — falo.

— É verdade. Você merece sua própria felicidade. — Ele não acrescenta "separada de sua mãe", mas sei que é o que ele quer dizer.

Na noite seguinte, minha mesa está posta para nove pessoas, além de uma cadeira alta para Theo, e está linda. Minha mãe diria que está radiante. Tenho a sensação de que acessei a minha melhor versão. Sinto-me calorosa e generosa, como se o amor que estou me permitindo sentir tocasse tudo ao meu redor. Meu pai e Libby chegam quinze minutos mais cedo. Libby trouxe uma salada de macarrão do mercado.

Iris e Cliffy estão grudados no meu pai, e levam Libby e ele para o quintal para mostrar os sapos no riacho. Grito para Greer no andar de cima que a festa já começou, e ela responde que está descendo, mas não desce. Quando Pete a trouxe para casa esta manhã, perguntei outra vez sobre a festa do pijama, toda animada. Ela reiterou que foi "legal".

Frannie, Marco, Theo e Ethan chegam juntos.

— Seu pai gosta de ler? Não sei como nunca soube disso, mas comprei um livro pra ele — Frannie diz, colocando flores e o bolo de aniversário na bancada da cozinha. — O que aconteceu com este lugar?

Ethan atravessa a sala e passa o braço ao meu redor.

— Eu a beijei, e agora ela não é mais um sapo. — Dou-lhe um empurrão, e ele me segura mais forte.

— Eles estão vindo — Marco diz, e Ethan me solta.

Meu pai e Libby entram na cozinha, e abraços e cumprimentos são trocados. Ele estende a mão para Ethan.

— Prazer te conhecer, ouvi dizer que você é um cara ótimo — ele diz. Nunca vi Ethan ser pego tão desprevenido.

— Obrigado — ele responde.

— Adoro seus pais — continua meu pai.

— Obrigado — Ethan diz novamente. — Adoro sua filha.

O jantar é animado. Comemos um contrafilé assado com molho de raiz-forte, batata assada e vagem, e salada de endívias, e os bolinhos ficaram ótimos, porque limpei meu forno. A comida, as risadas e talvez a distância do celular melhoram o humor de Greer. Meu pai quer saber as novidades da mudança dos Hogan para a Flórida e também por que Ethan mora em Devon em vez de Beechwood, já que seu sobrinho mora aqui.

— É meio que uma longa história — ele fala. Espero que ele a conte. Quero intervir e explicar sobre o desfile de cachorros. — Gosto do meu trabalho — é tudo o que ele diz.

— A vida não é só sobre trabalho — Libby diz. Estou começando a me sentir constrangida. Como se eles tivessem passado todo o caminho até aqui tramando como me arranjar um cara.

Cliffy me salva.

— Também tem o skate.

Ethan lança um olhar de lado para ele.

— É. E Cliffy e eu vamos começar amanhã, depois do acampamento, no estacionamento da escola.

Não sabia de nada disso, e a ideia de Cliffy andando de skate me apavora. Mas amo que eles tenham feito planos, e imagino que isso vá deixar Cliffy feliz.

Frannie revira os olhos.

— Sempre foi tão constrangedor te ver andando nessa coisa por aí como se estivesse grudada em você.

Ethan diz para Cliffy:

— Algumas mulheres precisam de muito tempo pra entender o que é legal.

38

NÃO VOU PERMITIR QUE ELE DEIXE DE IR. É IMPORTANTE QUE CLIFFY experimente coisas novas e construa autoconfiança, embora ele em um skate me pareça o caminho mais rápido para um braço quebrado. Mas eu achei que fosse cair e me arrebentar na primeira vez que tentei, e isso não aconteceu. Na verdade, estou começando a entender a leveza de se concentrar muito em uma única coisa. Sem todas as distrações, é quase como se você pudesse voar.

Iris não está muito interessada no skate, mas trouxe uma bola de futebol. Greer vem por obrigação. Ela ainda estava abatida antes do acampamento esta manhã, mais quieta que o normal e completamente absorta no celular. Eu quero pegá-la e trazê-la de volta desse limite psicológico, mas dessa vez meus esforços parecem sair pela culatra. Então, quando em dúvida, um pouco de ar fresco vai fazer bem.

Ethan nos encontra na escola às três. Ele trouxe um skate pequeno para Cliffy e um para si mesmo. Está tentando fazer com que Cliffy se sinta relaxado, mas ele parece assustado. Ethan se abaixa e lhe diz algo, e Cliffy balança a cabeça. Ethan vai até o carro e pega dois bonés de beisebol. Quando ele volta, faz um grande teatro para colocá-lo na cabeça e virá-lo para trás. Isso me faz sorrir tanto que tenho que cobrir o rosto com a mão.

Ele entrega o outro boné para Cliffy, que o coloca na própria cabeça e cuidadosamente o vira para trás. Ethan aprova, e eles fazem um *high-five*. Logo, Cliffy está em pé no skate. Ethan segura sua mão e o faz dobrar um pouco os joelhos. Cliffy está muito concentrado quando Ethan começa a levá-lo devagar pelo estacionamento. Eles andam de um lado para o outro, e estou hipnotizada. Tudo na minha vida mudou desde a noite em que ele fez isso comigo.

— Isso é tão chato — Iris diz, abandonando sua bola de futebol e sentando-se ao lado de mim e de Greer no asfalto. — Podemos ir andar de caiaque?

— Podemos — digo sem pensar muito. Não quero ficar dentro de casa hoje.

Greer está vendo fotos no celular com uma expressão vazia no rosto. Conheço essa expressão porque já a senti no meu próprio rosto. Você rola as fotos de todos os seus amigos que têm vidas melhores e mais significativas que a sua, até que a única coisa que você lembra sobre a sua própria vida é que não está vivendo a sua melhor versão. O Instagram sabe disso porque me envia anúncios dessa Visualização Entorpecida™ para sugerir como eu poderia alcançar essa vida melhor. Isso geralmente me parece engraçado, ou pelo menos irônico, mas não é nada engraçado quando vejo isso no rosto de Greer. Há um vazio ali que me faz sofrer.

Ethan faz Cliffy colocar o pé direito no chão para dar um pouco de impulso. É um movimento lento, mas ele consegue. Ethan o pega no colo e o gira. E a aula termina.

— É isso? — Iris pergunta.

— É. É preciso parar enquanto ainda está divertido.

— Foi divertido — Cliffy concorda, caindo no meu colo.

— Você foi ótimo — digo, alisando seu cabelo suado na testa.

— Vamos, Ali, é sua vez — Ethan diz, estendendo a mão para me levantar.

— Mãe? Você vai tentar? — Greer pergunta. Talvez seja a primeira coisa que a ouço dizer hoje, e sinto uma urgência de ser corajosa por ela. De mostrar algo que não está no seu celular. Fico de pé sem pegar a mão dele. Não sei como tocá-lo de um jeito que pareça platônico.

— Claro — digo. — O Scooter já me deu algumas aulas. Acho que já peguei o jeito. — Tiro o boné de Cliffy, o coloco e o viro para trás. Ele me dá um joinha, e Ethan me entrega o skate. Todos estão me observando, e sei que posso cair de cara no chão, mas quero confiar nessa tábua de madeira com rodinhas. Quero confiar que consigo me manter equilibrada.

Dou um impulso com o pé esquerdo. O estacionamento é plano, por isso só consigo alcançar velocidade se me esforçar. Eu me inclino um pouco e faço uma curva, sentindo que controlei o skate. Uma leve inclinação, quase imperceptível, faz toda a diferença. Faço a curva enquanto sigo me exibindo. "Quem é mais descolada que eu?", penso. Faço uma curva brusca no fim do estacionamento, mas não consigo permanecer em cima do skate. Torno a subir, e me sinto leve. Imagino-me subindo a rampa e girando no ar como Ethan faz. Imagino Greer largando o celular para torcer por mim. Volto até eles no skate, e Ethan e Cliffy estão radiantes. Greer revira os olhos.

— Podemos andar de caiaque agora? — Iris pergunta. Antes que eu possa responder, ela diz: — Scooter, você pode vir também. Minha mãe é muito rápida.

— Já ouvi falar — ele diz. — Vamos lá.

Ele está tão confortável. Como se fosse óbvio que todos devêssemos sair para remar um caiaque — o dia está lindo. Ele não sabe o quanto essa canoa significa para mim. Ethan na minha canoa soa absolutamente perfeito.

Linda abre um grande sorriso para os meus filhos.

— Dois dias seguidos! Que surpresa divertida!

— Cliffy estava aprendendo a andar de skate e estava quente e chato lá na pista, então viemos pra cá — Iris diz.

— Basicamente é isso — falo. — Linda, este é o Ethan.

Ethan estende a mão para cumprimentá-la.

— Oi, sra. Bronstein.

Ela o abraça.

— Scooter Hogan. História dos Estados Unidos. Não posso acreditar. Pergunto a Frannie sobre você o tempo todo, e ela sempre me conta da sua vida lá em Devon. Não posso acreditar que está tão crescido.

— Escuto muito isso — ele diz, e entrega a Cliffy um par de remos.

Remar está muito fácil. Não lembro quando foi tão fácil assim. Meus músculos estão doloridos porque ontem foi nossa pedalada de domingo, e isso parece mais restaurador que cansativo. Pegamos o ritmo e, como de costume, Greer e Iris levam a atividade muito a sério, e Cliffy faz muitas pausas.

— Vamos parar na Ilha dos Pelicanos — Ethan grita. Ela está bem à nossa frente, e é maré alta, então está menor do que quando estivemos lá juntos.

Cliffy se anima e grita:

— Vamos! É ali?

Reduzimos a velocidade ao nos aproximarmos, e Ethan salta para puxar a canoa para a margem. Descemos sem nos molharmos, o que nos parece um luxo.

— Seria divertido fazer isso com fantasias de pirata — Ethan diz para ninguém em particular.

Cliffy pega a deixa.

— Podemos nos fantasiar da próxima vez? Eu gosto do chapéu grande com três pontas.

Iris escuta, e a vejo dividida entre querer se juntar à brincadeira e achar que talvez isso seja coisa de criança.

— Eu tenho esse chapéu, e agora tenho uma camisa listrada com um papagaio empalhado bem no ombro — Ethan fala como se fosse a coisa mais normal do mundo. — E um baú do tesouro cheio de coisas de que vocês podem gostar.

— Tá bom — Iris diz. — E o tapa-olho?

— Tenho vários desses — ele responde. E para mim: — Ainda bem que demoramos pra jogar as coisas fora. Tenho até uma bandeira pirata que podemos pendurar na parte de trás do caiaque, pra deixá-lo um pouco assustador.

Cliffy abraça Ethan tão espontaneamente que percebo antes dele.

— Vou explorar — Cliffy diz, e leva Iris por entre as árvores para ver o que pode estar escondido do outro lado da ilha.

Greer pega o telefone e tira uma foto de Beechwood ao longe. Fico irritada porque só quero que ela aproveite a nova perspectiva e o som da água batendo nas pedras, de todos os ângulos. Não quero que ela veja isso como outra oportunidade de ganhar apoio das amigas.

— Posso ver? — Ethan pergunta.

Ela parece surpresa, mas diz:

— Claro. — E lhe entrega o celular, e quase desmaio.

— É uma boa foto — ele diz. — Gostei de como você manteve o hotel à esquerda, deixando uma linha de árvores quase ininterrupta. — Ele devolve o telefone a ela.

Ela olha a foto de novo e quase sorri.

— Vou procurar a Iris — diz, e sai correndo por entre as árvores.

— O que foi isso? — pergunto.

— O quê?

— Tipo, você acabou de se comunicar com minha filha? Ela deixou você tocar no celular e aceitou um elogio. Que tipo de feitiçaria é essa?

Ele ri.

— Acho que você não sabe quanto tempo eu passo com adolescentes. Vou te dar umas dicas. — Ele se aproxima, e temo que, se eu der apenas um passo na direção dele, não conseguirei manter as mãos longe.

— Tudo que eu digo está errado.

Ele aperta minha mão e a solta.

— É uma coisa bem sutil, acho. Mas você tem que se encontrar com eles onde eles estão. Eu converso sobre skate com os garotos pra que, em algum momento, eles aceitem meus conselhos sobre outras coisas. Se ela gosta de redes sociais, se encontre com ela lá.

Ele tem razão, claro.

— Não sei se sei como fazer isso.

— São pequenos passos, acho. Adolescentes precisam de um pouco de espaço. — Ele torna a olhar para a costa com as mãos nos quadris. — Eu costumava adorar olhar pra Beechwood daqui porque isso me fazia sentir como se eu tivesse deixado a cidade. Como se eu pudesse aproveitar tudo a distância, quando ela não estava me sufocando.

Olho para ele e me pergunto o que seria necessário para que este lugar parasse de sufocá-lo.

— Enfim, isso é muito mais divertido com crianças. E garanto que, da próxima vez que fizermos isso, estaremos fantasiados. Até Greer.

— Estou dentro — digo.

— E a Iris fica muito à vontade na água. Você já percebeu?

— Já — digo. — Ela é forte.

Ele se vira para mim e não consigo evitar tocar o bolso frontal da sua bermuda.

— Vamos passar o dia juntos amanhã? — ele pergunta. Sua voz está rouca, como se estivesse segurando uma avalanche de emoções.

— Vamos. A partir das nove. E é terça-feira, então temos a noite também — digo.

Nesta manhã, na verdade, sentei-me e fiz uma lista de compras para a semana toda, fui ao mercado e peguei a receita das lentes de contato de Greer — tudo para que eu pudesse passar mais tempo com Ethan no resto da semana. É engraçado o que você faz quando está devidamente motivada.

— Quer ir comigo na Phyllis de novo?

— Quero. No meu mundo perfeito, eu estaria com você o tempo todo, sem intervalos — ele diz.

Olho para ele para ver se está falando sério. Ele está.

Cliffy pegou umas dez pedras da Ilha dos Pelicanos, e remamos de volta para a garagem de barcos. Iris está cantando:

— Yo ho ho e uma garrafa de rum. — O que não é exatamente saudável, mas é alegre.

Quando estamos puxando o caiaque para a margem, Ethan pergunta para Greer:

— Você já viu o Instagram da sua mãe? Aquelas coisas de organização?

Não tenho certeza, mas ele talvez tenha revirado os olhos.

— Você quer dizer "armário de casacos de causar inveja? — ela diz e ri.

— O que foi? — pergunto. — É tão ruim assim?

Ethan faz uma careta e meus filhos riem.

— Você precisa de ajuda com isso, Ali.

Greer coloca o remo no caiaque e olha para mim com algo próximo a interesse.

— Você me ajudaria, Greer? — pergunto. — Realmente não sei o que estou fazendo, e quase sempre esqueço de postar.

— Sim — ela diz, e só isso. Ela se vira e não vou conseguir mais, mas Ethan está sorrindo, e entendo o que ele fez. Ele abriu uma porta para mim.

Vou na frente enquanto carregamos o caiaque pela praia, por isso vejo Pete primeiro. Ele está entrando pelo portão do parção na direção da garagem de barcos quando olha para cima e nos vê. Estamos nitidamente indo para o mesmo lugar, então não posso fingir que não o vi. Aceno com o braço livre e ele se aproxima.

— Pai! — Iris e Cliffy soltam a parte traseira do caiaque e correm para ele. Greer fica onde está.

— Somos piratas! — Cliffy diz.

— Bem, que divertido — Pete comenta, com os braços em torno de cada um deles. — Você trouxe seu advogado para o caso de haver algum problema? — ele me pergunta.

— Scooter estava dando aula de skate pro Cliffy — digo, como se isso explicasse tudo. Naturalmente, se você estiver dando aula de skate para uma pessoa, o próximo passo seria usurpar o lugar do pai no barco da família.

Pete olha para nós cinco, visivelmente desarrumados, como se estivesse prestes a tirar uma foto nossa.

— Skate, hein? — E depois para Cliffy: — Como foi?

— Foi bom, depois que coloquei o boné — Cliffy responde, sorrindo para Ethan. — E você deveria ver a mamãe, ela é praticamente uma profissional.

— No skate? — Pete está incrédulo.

— Sim, no skate — digo. — Estou ficando muito boa. — Pete olha de Ethan para mim, e sei que eu andar de skate é uma prova bastante condenatória de quanto tempo temos passado juntos. Mas também é uma prova de que sou a Super Eu: equilibrada, firme e alegremente solta. — Muito boa — repito.

Pete me dá um longo olhar.

— Bem, saí mais cedo do trabalho, então ia pegar um barco a remo por um tempo, pra dar uma variada.

Linda está visivelmente desconfortável atrás dele. Pelo visto, Pete não recebeu o memorando que o informava que ele tinha perdido direito ao caiaque no divórcio. Aparentemente, Linda não contava com um Hogan aparecendo quando ela estava cedendo um equipamento caro a alguém que não é hóspede do hotel. Espero que Ethan tenha alguma reação, que coloque Pete no seu devido lugar. Mas ele não diz uma palavra.

Enquanto Pete segue para a água em seu bote e carregamos o caiaque grande para a garagem de barcos, penso: "Esse homem está no lugar certo do nosso barco. Amo esse homem".

39

GREER ASSUMIU MINHA CONTA DO INSTAGRAM, E SUA POSTAGEM RECENTE sobre o sótão de Carla Garcia recebeu 36 curtidas, mais de quatro vezes o que já recebi antes. Greer e Ethan acham isso hilário.

Passo quase todas as horas sem meus filhos com Ethan. Nossos dias parecem uma lua de mel em parcelas de cinco horas. Pegamos um caiaque duplo e remamos até Connecticut e voltamos. Comemos tacos de peixe no terraço de seus avós e observamos os veleiros da cama. Atravessamos o Portão Fantasma com nossos cachorros e olhamos a cidade ao longe. Vamos para a pista de skate, onde não há nenhuma brisa, e aprendo a fazer curva em uma superfície plana. Depois que faço isso pela primeira vez, não consigo parar. Com o peso na perna de trás, meus quadris fazem a curva acontecer e me impulsionam para a frente. Ethan me explica como ir de um lado para outro na minirrampa. Ela tem só um metro de altura, e o truque é mudar o peso e me inclinar para fazer a transição no alto. Mas não consigo pegar velocidade suficiente para chegar lá, porque tenho medo de escapulir pela borda. Depois relaxamos em sua piscina e não fazemos nenhum progresso na casa. Estou feliz de um jeito que não era desde antes de me casar.

Meu pai me liga enquanto dirijo para a casa de Ethan e, aparentemente, ele também percebeu.

— Oi, Ali — ele diz com uma leve hesitação. Ele não me liga a não ser que seja para discutir planos específicos, e não temos nenhum.

— Oi, pai. O que aconteceu?

— Nada de mais, estava só pensando que o Cliffy vai ser alto.

— Ah?

— É. Eu vi outras crianças da idade dele no parque, e até perguntei quantos anos elas tinham. Eram muito mais baixas. O médico dele te falou alguma coisa?

Não há como esse ser o motivo da ligação dele.

— Ele com certeza está acima da média — digo. — Vou pedir pro médico me dar um percentual na próxima vez que formos lá. E por aí, o que você tem feito?

— Na verdade, nada. As mesmas coisas. — Ele fica em silêncio por um segundo. — Aquele Ethan é um cara legal mesmo.

Ah. Finalmente entendo.

— É, ele é, sim. E a aula de skate também correu muito bem. — Ethan é basicamente a única coisa no mundo sobre a qual quero falar, mas não tenho experiência suficiente em conversar sobre assuntos pessoais com meu pai para me sentir confortável nesse momento.

— Que bom. Que bom. Só queria te dizer isso. Além disso, gostei do jeito como ele te escutava.

— Pai, sério?

— Sim. Quero dizer, toda vez que você abria a boca pra falar, ele agia como se você fosse cantar uma música inédita dos Beatles. — Ele ri, e eu também. Fico muito emocionada por ele ter percebido isso.

— Pete é legal. Mas ele sempre fazia aquela coisa de esperar você terminar de falar só pra dizer algo por cima. Mesmo no começo. Odeio isso.

— Obrigada, é bom ouvir isso. Sobre o Ethan.

— Há algo entre vocês dois que é meio que…

— Certo — digo, quase para mim mesma.

— É, parece certo. É exatamente isso.

— Está bem, obrigada, pai.

Paro na garagem de Ethan e tenho a sensação de que meu pai tem mais a dizer. Eu me pego desejando que tivéssemos essas conversas desde sempre, para que isso fosse mais fácil. Queria que fosse mais como um diálogo leve de série de comédia e menos como se cada palavra pesasse como uma bigorna.

— Bem. Só queria dizer que gosto desse cara novo. Só isso.

— Obrigada — digo. — Por ligar. Foi bom falar com você.

— Sim, foi bom — ele fala. E nos despedimos.

Estou um pouco sensível por causa dessa conversa quando entro na casa de Ethan. Ele abre a porta e me puxa para seus braços como se não tivesse me visto ontem.

— Ei — ele diz, e me beija. Coloco meus braços em torno do seu pescoço e me entrego ao beijo, como sempre. Nunca vou me acostumar. Não consigo imaginar apenas passar por Ethan na porta com um beijinho no rosto.

Ele viaja esta manhã para Devon, onde vai ao tribunal à tarde, e Frannie está aqui separando a louça de porcelana da mãe. Eu não quis tomar nenhuma decisão sobre essas coisas, caso fossem valiosas, e Ethan não quer nem olhar para isso.

— Você quer esse jogo de chá de prata? — Frannie pergunta enquanto ele se prepara para sair.

— Pra quê?

— Não sei. Pra tomar chá?

— Não sou muito de chá. Pode ficar com ele.

— Não tenho onde guardar, mas era da nossa bisavó. Talvez eu o embale e guarde pra dar de presente de casamento pro Theo algum dia.

— Perfeito — ele diz. — Então o Theo vai poder guardá-lo no sótão e passar pro filho dele.

Frannie ri.

— O legado dos Hogan é embalar e guardar. Adoro.

— A corretora de imóveis veio aqui na quinta e disse que quer que eu retire esse tipo de coisa, pra que a casa atraia pessoas mais jovens. Só que não conheço nenhum jovem que queira uma casa velha e gigante no centro da cidade.

— A corretora de imóveis veio aqui? — pergunto.

Não sei por que isso me surpreende. Todo o objetivo de arrumar esse lugar era para colocá-lo à venda.

— É. Na quinta-feira. A casa vai entrar no mercado em duas semanas.

Tenho a sensação de ter acordado de um sonho. Do tipo que você acorda com um susto, e aquele mundo nebuloso que sua mente criou desaparece, e você fica olhando para o relógio no seu decodificador de TV. Está na hora de acordar. O verão está quase no fim.

— Você está bem? — Ethan deve ter percebido a expressão no meu rosto.

— Estou sim, claro — digo. — É melhor você ir andando.

Ele atravessa a sala, vem até mim e segura minha mão.

— Até logo, mana — ele diz para Frannie. — Vou deixar minha namorada me acompanhar até a porta, assim você não precisa ver a gente se beijando. Não há de quê. — Eu quero um pouco dessa leveza agora.

Ele pega a bolsa com a outra mão e me leva até o carro.

— Sério, você está bem? Não parece bem.

— Estou — minto. — Acho que fiquei muito cansada. Talvez eu vá pra casa um pouco.

— Fingir arrumar as coisas não vai ser tão divertido sem mim, afinal de contas.

— Não vai — digo.

— Não vou dizer que vou sentir sua falta, porque isso seria embaraçoso. Mas vou.

Ele me puxa para um abraço, e eu só quero ficar ali naquele momento, com minha cabeça em seu peito e seus braços ao meu redor. E ele ainda aqui.

40

ETHAN ME ESCREVE À NOITE: CONSEGUIU DESCANSAR?
Eu: Consegui
Ethan: Bom. Estou com saudade
Eu: Eu também. Como foi no tribunal?
Ethan: Como a gente queria
Eu: Parabéns
Meu telefone toca. É Ethan.
— O que está acontecendo?
— Nada, por quê?
— Você está estranha, como se fosse um robô.
— Estou?
— Está, e agora também, então não é só nas mensagens. Parece que não sente minha falta, o que me enlouquece, porque sinto muito a sua falta.
Sorrio um pouco.
— Sinto sua falta. Escute, preciso colocar o Cliffy pra dormir. Vamos conversar amanhã. — E desligo.
Ethan me escreve imediatamente: Está bem, alguma coisa te assustou. Confie em mim, eu também estou assustado
Eu: Está bem, falo com você amanhã
Ethan: Robô

$\bullet \quad \bullet \quad \bullet$

Pego meus filhos no acampamento. Iris e Cliffy querem chamar os amigos para irem lá em casa, e digo que não tem problema. Minha casa está cheia de gente e barulho, o que é uma distração bem-vinda. Tenho um homem realmente apaixonado por mim, sei disso, e deve haver um jeito de fazer isso funcionar. É coisa demais para simplesmente desistir. Eu me sinto mal de tanto que quero me enroscar nos braços de Ethan e fazer com que ele me ame. Sentir seus verdadeiros sentimentos nem sempre é agradável.

Abandono o caos das visitas, vou até a garagem e entro no carro.

— Mãe, o que estou fazendo?

Ela não diz nada.

— Eu amo ele. Isso vai acabar tão mal.

O som dessas palavras me cerca, e começo a chorar. *Proteger o coração é um ato de autocuidado.* Não sei quem é que diz isso, eu ou ela.

41

EU NÃO DURMO. TENTO FORÇAR MINHA MENTE PARA VER COMO PODERIA ficar com Ethan sem comprometer quem ele é e a vida feliz que ele construiu. Não posso pedir que ele deixe tudo para trás. Não posso me mudar para Devon. Meus filhos precisam ficar perto de Pete, e tem a escola e os amigos. Eu poderia vê-lo um dia por semana pelos próximos doze anos, até Cliffy ir para a faculdade. É uma viagem de oito horas ida e volta. Nada disso faz sentido.

Fecho os olhos e digo para minha mãe:

— Estou me enrolando toda.

Sei que ela entende o que quero dizer. Imagino nós duas tentando desemaranhar uma pequena corrente de ouro, tentando soltar um nó tão pequeno e apertado que não se desfaz por nada. *Você está puxando com força demais.* Sei que ela tem razão. Temos mais duas semanas, e já estou correndo em direção ao fim.

É sexta-feira, e Ethan me liga.

— Ali, estou perdendo a cabeça aqui. Me diga o que está acontecendo.

É difícil permanecer distante quando sua voz está no meu ouvido. Apenas o som faz com que eu deseje parar e envolver tudo que é dele ao meu redor. Todos os outros pensamentos na minha cabeça parecem loucos, e sei que, se compartilhar um deles, o resto vai se derramar.

— Estou com medo — digo.

— É o que acontece quando algo importa. Acho que é normal. Também estou com medo. Aterrorizado, na verdade. Quero te ver.

— Quando você pode voltar?

— Talvez terça-feira. — O "talvez" é a pior parte dessa frase. — Tem alguma chance de vir até aqui amanhã? Passar a noite?

Uma viagem de quatro horas parece nada.

— Está bem.

— Está bem? Sério? — Todo o bem-estar do mundo me invade. Ele está animado para me ver, e amanhã a essa hora estaremos juntos.

— Por que não? Supondo que Pete chegue a tempo amanhã, posso estar aí às duas.

Deixo Ferris na casa da Frannie e tento ignorar sua preocupação comigo. Ela não está dizendo nada em particular, mas há uma interrogação no final de todas as suas falas.

— Então está divertido? E ele volta na terça-feira?

Na estrada, penso em como fiquei paralisada depois que minha mãe morreu. Movendo-me através da névoa do luto e da sobrecarga só para ficar sentada olhando para minha bagunça até ser hora de entrar em pânico por causa do jantar. Dirigir a cem quilômetros por hora para o norte e ver a distância diminuir no GPS é o oposto dessa sensação. Estou entusiasmada para seguir em frente. Vou chegar lá daqui a quatrocentos quilômetros. Agora 350.

Meu telefone toca, é Greer.

— Oi, querida.

— Mãe, você pode vir me buscar? — Ela está chorando.

— O que aconteceu?

O pânico invade meu peito.

— Tudo — ela diz. E eu relaxo. Deve ser só um pequeno melodrama, depois tudo vai ficar bem.

— Como assim, tudo? O que está acontecendo? — Troco de faixa para ultrapassar um caminhão de cimento lento demais.

— Caroline fez um grupo novo de mensagens sem mim. — Ela está chorando muito.

— Como sabe disso? — Eu me preparo. Ah, o sétimo ano finalmente chegou.

— Escrevi pra elas a manhã inteira e ninguém respondeu. É impossível que as oito estejam sem celular. Então entrei na internet. Elas estavam juntas ontem à noite na casa da Jessica e hoje estão na piscina da Olivia.

Ela está chorando outra vez, e não sei o que dizer para que ela se sinta melhor. Sei que ela tem razão: está sendo excluída ao estilo do sétimo ano. Posso sentir tudo voltar com o som da sua voz. É como se, na parte mais aterrorizante da construção da sua identidade, seus colegas se reunissem e declarassem que você não vale nada. O sétimo ano é um experimento social desenvolvido por monstros. *Isso aconteceu com você. E a gente superou.*

Fico enrolando porque agora estou a pouco mais de 130 quilômetros de Devon, o que não quero exatamente contar para ela.

— Como sabe que elas têm um novo grupo de mensagens?

— Mãe.

— Ok, e como sabe que foi a Caroline?

— Claro que foi a Caroline. — Claro. Caroline é a pior de todas. — Você pode vir me buscar? Só quero ficar em casa com você. — Eu estou a 129 quilômetros de Devon.

— Conversou com seu pai sobre isso?

Ela dá uma risadinha.

— Mãe, por favor. — Parte de mim quer forçar uma situação em que Pete tenha que escutá-la, tenha que caminhar com dificuldade através do vulcão de sentimentos pelo qual ela está passando. Mas ele não tem essas habilidades. Sinto meu peito borbulhar de raiva. Onde ele deveria ter aprendido essas habilidades? Nunca lhe pedi que interviesse e se envolvesse com nenhum de nós emocionalmente. Fui eu quem ensinou meus filhos a não esperar nada de Pete.

Ela fica em silêncio por um tempo, mas juro que consigo ouvir seu coração batendo e seu estômago se revirando.

— Mãe, preciso mesmo de você. — *A mulher do século.*

E isso nem chega a ser uma decisão. Ligo a seta e vou para a faixa da direita para sair da estrada. Eu jogaria meu corpo sobre uma montanha de granadas para protegê-la da dor.

— Greer, estou indo. Estou com um cliente agora, mas posso te pegar na casa do seu pai em três horas. Não vou te dizer que isso não tem importância. Porque eu sei exatamente qual é a sensação. Por que você não vai pro treino de futebol? Pode te fazer bem, depois você e eu vamos passar o resto do dia juntas. — Saio da estrada, viro à esquerda para atravessar o viaduto e volto para a estrada, agora em direção ao sul. Meu GPS me diz: "Alterando rota". Não brinca!

Ligo para Ethan.

— Oi — ele diz. Pelo barulho de fundo, percebo que está no parque de skate. — Quanto falta pra você chegar?

Minhas palavras ficam presas na garganta.

— Ali? Está aí?

— Estou. Não vou poder ir.

— O quê? Achei que já estivesse na estrada há horas.

— Eu estava, mas Greer me ligou. Ela precisa de mim, e eu voltei.

— Ela está bem? — De alguma forma, é pior ele estar preocupado com ela, em vez de estar com raiva por eu ter estragado nossos planos. Quero voltar a sentir raiva de Caroline Shaw em vez de mergulhar nesse poço sem fundo de tristeza.

— Ela vai ficar. É só um drama escolar, e ela precisa de mim.

— Ah. Nossa, eu queria tanto te ver.

— Eu também. Sinto muito. Te ligo amanhã.

Ele fica em silêncio por um tempo, e o barulho do parque de skate invade os alto-falantes do meu carro.

— Espero que Greer fique bem — ele diz.

42

—QUE DROGA, MÃE. — EU ME SINTO BEM DIZENDO ISSO. AS PALAVRAS ecoam contra o som constante do motor e o barulho dos pneus na estrada. Aperto o volante e digo outra vez:
— Que droga.

Se ela não tivesse interferido o tempo todo, ele teria tido que se esforçar um pouco mais. Pete e eu nunca daríamos certo. Nós ainda estaríamos nos divorciando, mas talvez, se Pete tivesse colaborado desde o início, saberia como estar presente para Greer agora, e eu ainda estaria indo para o norte.

As lágrimas escorrem pelo meu rosto. Estou com as duas mãos no volante, apertando-o com tanta força que poderia quebrá-lo. Estou mergulhando em um poço profundo de tristeza e raiva e não sei quem mais culpar.

— Era a minha vida. Não a sua. E sei que você queria meu bem e que me amava muito, mas isso não significava que a minha vida pertencia a você. Era pra eu vivê-la e descobrir o meu próprio caminho.

Querida.

— Não me venha com essa! Estou falando sério, mãe. Você sabia que estava tudo errado. Tinha que saber. Você poderia ter se afastado um pouco e me deixado resolver as coisas. Esse casamento ia acabar de qualquer jeito. Eu não precisava ter me perdido também.

Agora preciso enxugar o rosto, porque estou com dificuldade para ver a estrada.

Eu teria atirado meu corpo sobre uma montanha de granadas para protegê-la da dor.

Está bem, mãe, touché.

— Isso é muito difícil, mãe.

— Você estava chorando? — Greer pergunta quando entra no carro.

Não há como negar. Eu estava chorando muito e conversando com minha mãe durante três horas. Na verdade, resolvemos muitas coisas. Na metade do caminho para Beechwood, senti os últimos resquícios de raiva relaxarem e cederem. Ela era minha mãe. Claro que queria intervir.

— Um pouco — responde. — Estava só pensando na Dona Graça e lembrando como era estar exatamente no mesmo lugar que você.

— É uma droga — Greer diz.

O que eu não daria para ver o sorriso largo da minha mãe no rosto de Greer hoje.

— É mesmo. Você já jantou? — Seguro a mão dela, e ela deixa que eu faça isso.

— Não.

— Vamos a Rockport jantar cedo. Podemos sentar de frente pro mar e comer sanduíche de lagosta.

Eu sabia que ela não ia querer ser vista jantando com a mãe na cidade nem morta.

— Ok — Greer diz, com um meio-sorriso.

— Vou precisar abastecer.

Estou tentando ser mais equilibrada do que minha mãe foi nessa situação. Quando isso aconteceu comigo, passamos pelo primeiro dia, e depois ela sugeriu imediatamente que eu fosse para uma escola particular.

Não tínhamos dinheiro para uma escola particular, mas ela fingia que tínhamos; esse era o tanto que ela queria me proteger de Jen Brizbane. Eu me lembro de como me assustou ver o quanto ela estava aborrecida, como se concordasse que aquilo era o fim do mundo. Sentada à mesa com Greer, que mal tocou no sanduíche de lagosta, sinto todos os sentimentos de minha mãe. Sinto a fúria de um milhão de mães dentro de mim, e quero rugir meu sopro de mãe feroz sobre qualquer um que possa roubar um momento de felicidade da minha filha. Sei que devo deixar que ela atravesse isso com as próprias pernas, mas a verdade é que, se eu pudesse intervir, faria isso. Se pudesse estalar os dedos e fazer aquelas meninas aparecerem com balões de gás e pedidos de desculpa, faria isso. Se pudesse impedir que minha filha sofresse outra perda e crescesse a partir dela, talvez fizesse isso. E é nesse momento que entendo o amor da minha mãe por mim. Ainda posso sentir a intensidade desse amor e como ela entrou na minha casa, radiante como o sol, e me cegou para todas as sombras. Como eu tive sorte de ser amada desse jeito.

No fim, não mudei de escola. Na verdade, a maré social virou antes que qualquer formulário de matrícula chegasse pelo correio. Essa é a outra parte que preciso lembrar — vai passar. Minha mãe me ensinou como criar um casulo para Greer, mas dentro dele eu vou permitir que ela sinta o que precisa sentir.

— Guarde o celular — digo.

— O quê? — Greer olha para mim como se nunca tivesse ouvido uma coisa dessas.

— Elas não estão te mandando mensagens, certo? Porque são meninas horríveis do sétimo ano. Mas este sanduíche de lagosta está delicioso e aquela gaivota está de olho no seu lanche.

Greer enfia o celular no bolso e olha para a água, como se só agora tivesse percebido onde estávamos.

— Podemos nos mudar? — pergunta.

— Não.

Sorrio para ela. Minha mãe teria adorado essa ideia.

— Rockport é legal.

— Garotas do sétimo ano também são horríveis em Rockport — murmuro. — É universal. É tipo antropologia ou algo assim; meninas se tornando mulheres e brigando umas com as outras em uma disputa de poder. Há muito aprendizado no caminho.

Greer não está convencida.

— Diga uma coisa que você aprendeu.

— Bem, aprendi muito sobre o que eu queria. No início, só queria voltar pro grupo, mas quando elas voltaram e, de repente, virei popular de novo e Hillary Epstein foi excluída, percebi que não queria amigas assim. Aprendi que gosto de pessoas que me fazem sentir segura. — Escuto minhas próprias palavras no peito e desejo que Ethan me ligue e diga que nunca vai embora.

Greer não diz nada, então eu continuo:

— Quando você voltar a falar com elas ou quando encontrar um novo grupo e tudo estiver bem, você precisa se lembrar disso e decidir quem quer ser. Você terá a chance de fazer isso com outra pessoa, e é nesse momento que vai descobrir quem você realmente é.

— Uma piada — ela diz em voz baixa, como se as palavras precisassem sair, mas ela não soubesse para onde direcioná-las.

— Uma piada? O que é uma piada?

Ela desmonta seu sanduíche de lagosta sem ter dado uma mordida, e fica cutucando o repolho.

— Eu, mãe.

— Greer — digo seu nome como se fosse uma oração, como se fosse uma afirmação que vai lhe dar firmeza —, você não é uma piada.

Então ela está chorando outra vez, colocando tudo para fora.

— Não consigo parar de pensar nelas recebendo minhas mensagens quando estão juntas e rindo de mim. É muito humilhante. E a vovó morreu. E ninguém percebe o que está acontecendo na minha vida, e papai… ele só se importa com a gente quando estamos jogando futebol. É como se eu acordasse um dia e todas as coisas tivessem desaparecido. Nada de Dona Graça, nada de pais, nada de amigas.

— Claro que você ainda tem seu pai. E com certeza você tem a mim.

Ela revira os olhos.

— Não muito.

— O que quer dizer com isso?

Ela vai dizer alguma coisa, mas não diz. Espeta um pedaço de lagosta com o garfo e olha para ele.

— Que você está aqui. E parece mais feliz ultimamente, mas por um tempo foi como se não estivesse — ela diz.

Isso me atinge no peito.

— Desde que a Dona Graça morreu? — pergunto. Porque, de certa maneira, foi assim.

— Bem, com certeza depois disso. E depois papai foi embora, e eu achei que você fosse ficar triste ou com raiva, mas você não ficou. Como se concordasse com ele que a gente não valia a pena. E agora… — Ela pousa o garfo e me olha direto nos olhos. — Eu passo muito tempo com papai e estou começando a ver como ele é. Ele fala de você como se fosse um problema. Como se você fosse uma piada. Acho que sempre foi assim, e você só aguentava.

Lágrimas grossas escorrem pelo seu rosto, como se o fato de sua mãe ter sido um capacho fosse o que realmente estivesse partindo seu coração.

Tento pegar sua mão, mas ela a afasta.

— Isso é entre mim e seu pai, e concordo que fiquei quieta por tempo demais. Mas não precisa ficar triste por isso.

— Bem, agora que é minha vez de ser tratada como uma piada, acho que só vou aguentar. É isso que fazemos, certo? — Há um toque de raiva que nunca ouvi antes em sua voz. Fico horrorizada ao pensar em quanto tempo isso estava esperando para sair.

— Não é, não — digo.

Há mais, e as palavras não param de jorrar. Elas confirmam toda desconfiança que eu sentia sobre o quanto ela está magoada e o quanto eu a decepcionei — inclusive por nunca ter colocado Pete no devido lugar e ter permitido que ele fosse tão ausente todos esses anos. Eu estava preocupada demais com o que Ethan pensaria ao ver como Pete me tratava. Não era com ele que eu deveria ter me preocupado.

259

— Ah, Greer — é tudo o que consigo dizer. Quero soltar um rugido materno para mim mesma.

Ela enxuga o rosto e dá uma mordida no sanduíche de lagosta. Como se liberar aquele demônio tivesse liberado seu apetite. Quero acreditar que o desabafo acabou, mas a tensão em seu rosto me diz que não. *O que mais?*

— O que mais? — pergunto. — Juro que aguento.

— Esse verão foi legal, com a casa e as flores e tudo mais. Você parece mais você, com a pessoa que imagino quando penso em você como minha mãe.

— Sim — digo. — Eu realmente me sinto mais eu mesma.

— Mas essa coisa com o Scooter...

A frase vem do nada, e o nome dele soa como um golpe.

— O que tem ele?

— A Iris e eu achamos que você tem uma queda por ele. Ela não se importa muito, mas eu me importo. Ele não vai ficar, mãe. Assim como o papai, assim como a Dona Graça. Vai ser a mesma coisa de novo. — Ela está enxugando os olhos com as costas da mão. O pingente de bola de futebol está molhado. — Eu não quero que você desapareça outra vez.

E assim, do jeito como só nossos filhos conseguem fazer, ela ergueu um espelho diante dos meus maiores medos — vou ter que me preparar para desmoronar de novo. Ethan vai embora, e vou ficar de calça de moletom, vendo a pilha de louça crescer na pia. Vou decepcionar meus filhos.

Estive dançando na beira desse precipício, a um passo — ou a oito dias, para ser exata — de uma grande queda. Era uma queda sobre a qual fui avisada, com grandes cones laranja evidenciando o perigo. Mesmo assim, eu subi.

— Foi um ótimo verão — digo. — E foi divertido conhecer o Scooter, aprender a andar de skate. — A palavra trava na minha garganta, e não sei por quê. Tomo um gole de água para ganhar um segundo. Foi um verão em que aprendi a correr riscos e confiar que não vou cair e me incendiar. E, no entanto, como dizem, aqui estamos, nas chamas. — Mas o outono está chegando, e prometo que você vai superar isso, com ou sem essas garotas.

Greer assoa o nariz no guardanapo.

— Você acha que vou ter amigas de novo?

— Tenho cem por cento de certeza — digo. — E, Greer, prometo que estou aqui e não vou a lugar nenhum. Nenhuma de nós é uma piada. — Ela sorri para mim, o menor dos sorrisos, e por um segundo vejo minha mãe. Sou tomada pelo alívio que vem do perdão, tanto o dado quanto o recebido. E sei que, se tivesse que escolher entre o amor da minha vida ou o bem-estar dos meus filhos, sempre escolheria o último.

Quando chegamos em casa, assistimos ao filme *A mulher do século* embaixo do cobertor amarelo e comemos pipoca. Não faço ideia de por que esse filme é tão reconfortante.

Greer parece estar melhor depois de desabafar seus pensamentos dolorosos. Ela estar melhor ajuda muito para que eu me sinta melhor, mas agora sou a guardiã dos seus pensamentos dolorosos. Phyllis sempre me disse que dr. Phil defende que somos o principal modelo para filhos do mesmo sexo.

Então, além de me manter longe de metanfetamina e não ser vítima de golpes na internet, acho que devo mostrar a minhas filhas como serem mulheres fortes. Em vez disso, mostrei a elas como deixar a vida te pegar pelo rabo e te sacudir até um dia acordar com quatro caixas de amido de milho e um marido que te menospreza na frente dos filhos. Nem posso pensar no que Cliffy está aprendendo sobre ser homem.

Nessa noite, vou para a cama e escrevo para Ethan: Estou chateada porque isso vai acabar

Apago e tento novamente: Por que estamos fazendo isso se você vai embora assim que vender a casa?

Mudo de ideia de novo. Finalmente escrevo: Eu já vi você pelado

Ethan: Espere, você quer fazer sexo por telefone? Porque na verdade eu não sei como funciona

Dou um sorriso muito triste. Parece que é o último. Ligo para ele.

— Você me disse que nunca se mudaria pra cá. Você falou isso logo no começo. Mas entrei nessa mesmo assim, do mesmo jeito que a gente adota um cachorro sabendo que ele vai morrer. A gente foge da realidade, porque realmente quer um cachorro. Eu queria realmente acreditar que isso duraria mais que algumas semanas.

— Não vou discutir essa coisa do cachorro com você. Além disso, eles vivem uns dezesseis anos. Sei que está com medo. Eu também estou, mas podemos fazer com que isso funcione. Sou um solucionador de problemas, lembra? Você viria morar aqui?

— Ethan, eu tenho filhos.

Ele fica em silêncio por um segundo.

— Eu meio que também.

— Eu sei — digo. — E já vi isso. Você tem filhos, amigos, clientes e um desfile de cachorros. Em Devon, você é a pessoa que nasceu pra ser. Se você largasse isso, ia se perder. E me culpar. — Assim que digo as palavras, sei que é verdade. Ele se afastaria de sua vida e me culparia do mesmo jeito que eu culpei Pete todos esses anos.

— Então é isso? Vamos desistir? Somos os arquitetos da nossa própria experiência, pelo amor de Deus.

Fico em silêncio no telefone. Aquele discurso idiota.

— Não sei o que dizer.

— Me diga o que você quer. Sério.

— Eu quero você — digo.

— Fechado.

— Eu quero dois de você. Quero que você seja uma pessoa sem passado pra que possa ser a pessoa que é em Devon, em Beechwood. Quero que traga toda a sua comunidade pra cá, pra que eu possa dormir ao seu lado todas as noites. Quero tudo. Esse é o problema.

— Ok, vou ver o que posso fazer — ele diz.

— Ah, para com isso.

— Se você desistir, vai partir meu coração. Você me prometeu, Ali.

— Isso não vai funcionar.

Lágrimas silenciosas escorrem pelo meu rosto.

— Claro que vai funcionar. Vamos dar um jeito.

— Me diga que está disposto a deixar Devon.

Ele fica em silêncio.

Posso ouvi-lo respirando. Imagino-o parado na janela, olhando para o topo das árvores. Imagino Barb no andar de baixo, confortada pelo som de seus passos. Ele está exatamente onde deveria estar.

— Dirigi seis horas hoje. Isso é realmente impossível. Precisamos parar.

— Meu coração está acelerado como se eu tivesse acendido um fósforo embaixo das cortinas e estivesse esperando que minha casa inteira pegasse fogo.

— Não. Absolutamente não. Isso tem a ver com cachorros morrendo?

Sim. É exatamente isso.

— Isso foi ótimo. Você é ótimo. Vamos só reduzir nossas perdas.

É uma frase muito leviana, e sei que estou machucando-o. Não há como sair dessa sem causar um mundo de sofrimento.

— Quem é você? Você agora nem está parecendo mais você.

Não digo nada. Sou mãe. E uma piada e um péssimo exemplo. Tenho uma filha que nunca viu a mãe se impor.

— Desculpe. Acho que eu estava vivendo uma fantasia em que o verão nunca acabava.

Ele não diz nada. Ele sempre diz alguma coisa.

— Isso é ridículo — ele finalmente diz. — Eu consigo fazer dar certo.

— Esse não é um problema que você pode resolver. Para fazer dar certo, você teria que alterar todo o contínuo espaço-tempo.

— Então é isso que vou fazer — ele diz.

Quero dizer para ele crescer. Você não pode simplesmente ter o que quer o tempo todo. Esse lance foi divertido e fácil durante o verão. Agora ficou doloroso e difícil.

— Não vai dar certo — declaro. — Foi só um amor de verão, e chegou ao fim. Talvez eu te veja quando você vier fechar a venda da casa.

Ele não diz nada. Meu peito dói como se eu estivesse amarrada aos trilhos do trem e alguém tivesse colocado uma pedra enorme em cima de mim. Ficamos em silêncio por alguns instantes. Posso ouvi-lo respirar, e quero voltar para ontem. Quero voltar para qualquer momento antes disso.

— Não faça isso, Ali — ele diz, e eu desligo.

43

EU PASSO O DOMINGO COMO SE ESTIVESSE ME MOVENDO POR MEIO DE vaselina, de um jeito lento e gosmento. Há um peso em cada passo que dou; sou o oposto de efervescente. Estou sem gás.

Vamos almoçar na casa do meu pai e da Libby, e ele percebe no minuto em que me vê. Entrego-me a um abraço longo e gostaria de conhecê-lo bem o bastante para poder chorar. Esta é uma nova espécie de luto por algo bonito que precisou ser destruído.

— Só vocês quatro? — Linda pergunta quando chegamos à garagem de barcos para nosso passeio de caiaque. Não sei o que ela vê no meu rosto, mas recua. — Bem, ótimo! Vamos colocar vocês na água!

Greer dá um passo à frente e pega seu remo e o meu.

— Vamos, mãe, vai ser divertido — Iris diz.

— É claro! — digo. — Vamos!

Pontos de exclamação são falso entusiasmo, mas estou seguindo o exemplo de Linda. Hoje, eles são todo o entusiasmo que tenho. Remamos, e estou no piloto automático. Digo todas as coisas que scmprc digo. Comento sobre a brisa suave. Sorrio para Iris quando ela faz uma piada sobre os chinelos de Cliffy, embora eu não tenha certeza de se foi gentil.

— Mãe, você está um pouco bronzeada — Iris diz.

— Sim, está bonita — Greer concorda.

— Obrigada — falo, e continuo remando.

Tento não olhar para o hotel quando avançamos. Não quero ver o mirante onde eu poderia muito bem ficar confinada, andando de um lado para o outro pelo resto da vida, feito uma figura trágica olhando fixamente para o horizonte. Todas as vezes que olhei para lá e senti minha própria saudade, eu realmente não tinha ideia do que o amor poderia ser. E agora não tenho como esquecer a coisa mais verdadeira: a intensidade do amor que você sente é igual à intensidade de sua perda. Isso é praticamente física.

— Mãe — Cliffy está dizendo —, quer fazer o jantar maluco da Dona Graça hoje à noite? Qual é o nome do jogo?

— Jantar Misterioso — Greer diz. — Não. Vamos fazer pizza na churrasqueira. Eu vi no YouTube.

— É tarde demais pra fazer a massa — digo, observando a Ilha dos Pelicanos aparecer atrás dela.

— Posso ir de bicicleta pegar uma quando chegarmos em casa — Iris diz. Todos os meus alarmes disparam. As crianças estão me elogiando e se oferecendo para fazer coisas. Coitados dos meus filhos.

— Parece ótimo — digo. — Vamos comer lá perto do riacho! Cliffy, precisamos trabalhar na sua ponte.

O acampamento terminou, então as meninas dormem até tarde na segunda-feira. Deixo um bilhete e levo Cliffy à lanchonete para comer panquecas antes de fazer as contas. Marco sai da cozinha com Theo no colo.

— Como você está fazendo pra cozinhar com um bebê nos braços? — pergunto.

— Não é fácil e provavelmente não é muito seguro — ele diz. — Tenho o cercadinho, mas ele surtou quando a Frannie saiu.

— Pra onde ela foi? — pergunto.

— Ela teve que ir até o hotel. De novo. Harold esqueceu de agendar o serviço de lavanderia, então não há toalhas limpas.

Estendo os braços e ele me entrega Theo. Eu o equilibro no colo e ele agarra o nariz de Cliffy. O serviço de lavanderia está na lista de verificação que enviei para ele.

— Frannie acha que eles deveriam vender o hotel — Marco diz. — A oferta de Beekman ainda está de pé.

— Não — digo tão rápido e de forma tão enfática que sinto meu rosto esquentar. Não quero que alguém compre e mude o lugar ou, Deus me livre, o ponha abaixo. Mas, mais do que isso, essa é uma porta para Ethan. Uma razão para ele voltar. Tento mudar de rumo.

— Que confusão.

— Falando em confusão — ele diz —, conversei com o Scooter hoje de manhã. — Sinto um nó no estômago. Quero ouvir cada palavra que ele está prestes a dizer. E, ao mesmo tempo, não quero. Não tenho certeza de se consigo controlar minha reação na frente de Cliffy.

Aceno com a cabeça em direção a Cliffy para alertar Marco a não falar demais.

— Ah?

— Ele vai voltar? — pergunta Cliffy. — Ainda estou com o skate dele e íamos fazer coisas de pirata.

— Sim — diz Marco. — E ele disse que tentou te ligar algumas vezes.

— Eu ando ocupada — digo.

— Fazendo o quê? — pergunta Cliffy.

— Não sei — respondo. Estou tentando focar na vida que eu tinha antes de encontrá-lo. Meus filhos, meu cachorro e Phyllis. Tenho removido compulsivamente as flores e folhas mortas dos gerânios em meu jardim para invocar o conforto de minha mãe. — As coisas de sempre.

44

NÃO POSSO COMPRAR COMIDA OU GASOLINA SEM IR À CIDADE, E NÃO consigo ir à cidade sem ver a casa de Ethan. Já faz nove dias desde que eu terminei com ele, e hoje a placa de VENDE-SE apareceu. Parece até uma agressão.

O carro dele surge na garagem de vez em quando. Ele deve ter terminado de preparar a casa sozinho, e me sinto culpada por isso. Devia a ele muitas horas. Ele me mandou uma mensagem dois dias atrás dizendo que sentia minha falta. Eu respondi: Eu também, mas não posso fazer isso. Ele recuou, e não tive notícias dele desde então. Eu o afastei, e mereço ser tratada com silêncio. Além disso, eu estava certa.

Temo especialmente ir à lanchonete, mas é segunda-feira de novo. Eu me sento ao balcão e peço ovos poché antes de começar a trabalhar.

— Você está horrível — Frannie diz.

— Não tenho dormido direito.

— Você falou com ele?

— Ele mandou algumas mensagens. Eu só preciso seguir em frente.

Frannie coloca a cafeteira no aquecedor e volta.

— Acho que deveria dar uma chance.

— Uma chance pra quê? Pra viver numa cidade da qual ele sempre quis escapar?

— Ele poderia ser feliz aqui — ela diz, revirando os olhos.

— Não faça isso — digo.

— O quê?

— Revirar os olhos por causa dele. E ele não está sendo teimoso. Ele é feliz lá, está completamente em paz.

— Como? — Tenho toda a atenção de Frannie, e acho que nós duas sabemos que eu conheço seu irmão melhor que ela. — Como você sabe?

— Sabe aquilo que ele faz com o rosto? Meio que uma careta?

— A cara de Scooter? Sim. — Ela começa a revirar os olhos, mas se contém.

— Ele não faz isso em Devon. Nunca.

Ela fica quieta por um segundo, refletindo.

— Eu não o vi fazer isso quando ele estava com você.

— Pois é — digo. Não quero contar a Frannie como era quando estávamos sozinhos, em parte porque não sei se conseguiria descrever, e em parte porque isso me faria chorar.

— Você faz bem pra ele — ela diz. — É estranho, mas eu amava vê-lo tão feliz. Passei a vida inteira preocupada com Scooter. Ele sempre se metia em confusão e fazia besteiras.

— Isso é parte do problema. Se preocupar com alguém é meio que esperar que essa pessoa fracasse. Ele odeia que vocês se preocupem, como se ele não conseguisse convencê-los de que a vida que ele ama é boa o bastante. Ou que ele é inteligente o bastante pra decidir por si mesmo o que quer.

Frannie desvia o olhar e respira fundo.

— Isso é meio cruel. Nós o adoramos.

— Se eu entrasse aqui e dissesse: "Frannie, estou tão preocupada com você", como se sentiria?

Ela dá uma risadinha.

— Na defensiva.

— Exatamente, porque o que eu estaria dizendo é: "Frannie, não acho que você consegue lidar com a vida que construiu". Ou pior: "Sei mais que você como sua vida deveria ser". O que eu nunca diria, já que você está muito bem com a sua vida, mas, se eu dissesse, isso poderia abalar sua confiança. Minha mãe se preocupava com a ideia de que eu não conseguisse lidar com meu casamento, até que realmente não consegui mais. Acho que precisamos confiar que as pessoas conseguem resolver suas vidas. E a vida de Ethan é incrível. — Minha voz falha, e eu olho para o meu café.

— Você ama ele — ela diz.

Ergo os olhos com a intenção de protestar. Mas claro que o amo, e não me importo que ela saiba.

— É por isso que eu nunca o deixaria vir pra cá e perder tudo aquilo.

Meu telefone vibra com uma mensagem de Phyllis. Ela escreveu "Venha", com vários emojis de chorando de rir.

Estou no meu carro acelerando para casa, e sei que não há nada de engraçado nisso. Eu a encontro sentada em sua poltrona com o controle remoto na bandeja da tv e um copo de chá gelado derramado no chão.

— Phyllis — digo —, o que está acontecendo?

— Sente-se.

Eu obedeço.

— Você precisa de uma ambulância?

Ela me olha de lado. Há uma ordem de "Não ressuscitar" na geladeira dela, especificando que não haverá ambulâncias. Não deve haver cirurgias, não deve haver drama.

— Me conte — digo.

— Estou ficando mais devagar — ela fala. — Começou ontem à noite, e quero ir pra cama, mas não consigo me levantar.

— Mais devagar? — pergunto, e minha voz falha.

Ela pega minha mão.

— Este não é o momento pra você ter medo. Sou eu quem está morrendo. Você vai ficar aqui com o namorado bonitão.

Ela sorri para mim, um sorriso travesso. A generosidade desse sorriso nesse momento aperta meu coração. Além disso, tem o fato de eu não ter contado a ela que terminei com ele. Sei que ela pensaria que estou sendo covarde.

— Vamos colocar você na cama — digo.

Ajudo-a a ficar de pé e passo o braço dela sobre o meu ombro. Ela está tão leve que imagino que já se foi. Caminhamos devagar pelo corredor até o quarto, passando pelas fotos de Sandy e Camille com seus bolos de aniversário. Penso em quantos bolos existem em uma vida. E também que nunca há bolos suficientes. Nenhuma de nós tem pressa, e sei que esta é a última vez que vou vê-la fora da cama. Já passei por isso antes. Não estou pronta para perdê-la, mas não vou dizer isso.

Puxo as cobertas e a ajudo a se sentar. Seguro suas pernas com um braço e sua cabeça com o outro e a deito. Cubro-a até os ombros e me sento na cama ao lado dela.

— Quer que eu ligue pra Sandy? — pergunto.

— Quero — ela diz, segurando minha mão. Sua mão está quente, sua pele, fina como papel. A aliança de casamento de platina está frouxa em seu dedo. — Você vai ficar bem. A essa altura, eu perdi todos os meus amigos, mas valeu a pena. Espero que sinta o mesmo sobre mim.

— Claro que sinto — digo, e minha voz trai o quanto estou com medo.

— Ah, Alice. Pare com isso. — Ela sorri outra vez, como se isso não fosse a coisa mais assustadora do mundo. — Me passe a água.

Eu seguro o copo junto de seus lábios e ela toma um gole.

— E ligue pra Sandy.

Ligo para Sandy da cozinha e digo que é hora de vir. Não falo muito mais que isso, mas tenho certeza de que o tom da minha voz transmite urgência.

Quando volto para o quarto, seus olhos estão fechados. Sem pensar muito, caminho até o outro lado da cama e me deito. Sei por experiência que nas próximas semanas vou desejar estar perto dela, sentir sua presença ainda viva ao meu lado. Aconchego-me com ela e a envolvo em meus braços.

— Doce Alice — ela diz, dando um tapinha na minha mão. — Vivi sozinha por trinta anos, e sempre soube que não morreria sozinha.

— Claro que não — digo. — Somos as Irmãs. Sempre estarei bem aqui.

Ela não diz nada por um tempo. Minha mente está a mil tentando calcular quanto tempo vai levar para Sandy chegar, e me preocupo por não ter pedido para ela ligar para Camille. Claro que ela ligou para Camille. Tento acalmar minha mente e ajustar minha respiração à de Phyllis. Penso no caos das últimas horas da minha mãe e em como eu corria de um lado para o outro chamando enfermeiras e ligando para os amigos dela. Quase perdi seus últimos momentos porque estava preenchendo um formulário.

— Você sabe que escolheu isso — ela diz, me assustando.

— O quê?

— Você ficou amiga de uma mulher de 86 anos. Essa era a idade que eu tinha quando nos conhecemos. Eu poderia ter contratado alguém todos esses anos, mas, em vez disso, tivemos essa vida juntas com nossas flores e nossos ovos.

— Em muitos dias, era a melhor parte do meu dia.

Ela aperta minha mão.

— A vida vai fazer o que a vida tem que fazer, Alice. Você bem que podia arranjar um cachorro.

45

STOU VULNERÁVEL DE PÉ NO ALTAR, FAZENDO UM DISCURSO FÚNEBRE pela segunda vez em dois anos. Falo sobre o que Phyllis significou para mim — nossas conversas, nossa paixão por seu salgueiro-chorão, seu relacionamento complicado com o dr. Phil. Estou prestes a fazer uma piada sobre o medo que Phyllis tinha de eu cair em algum golpe da internet quando o vejo. Ele está na quinta fileira, no corredor. Vestido com o terno do dia do divórcio e uma gravata azul--clara. Eu me atrapalho com a piada, mas algumas pessoas dão risada.

Olho novamente para as minhas anotações para me recompor, mas, quando continuo falando, estou um pouco fora do meu corpo. Observo-me fazendo esse discurso, e quem assiste se lembra de uma versão mais jovem de mim falando sobre como sou a arquiteta da minha própria experiência. E acho que é verdade: criei este momento. Estou aqui porque fiz amizade com uma senhora de idade. Eu me meti em toda essa beleza por livre e espontânea vontade. Tomei minhas próprias decisões sobre deixar meu emprego e fugir do meu casamento. Também sou a arquiteta do muro que ergui entre mim mesma e meu final feliz. Poderia ter sido corajosa o suficiente para tentar. Entrei em pânico porque estava prestes a me machucar, e me destruí no processo. Estou ensinando meus filhos a agirem por medo, a fugir daquilo que os faz felizes.

Seus olhos estão em mim enquanto falo sobre o curto romance de contos de fadas de Phyllis. Todos os olhares estão em mim, na verdade, porque sou a única coisa acontecendo na igreja, mas os dele eu posso sentir. E ainda sinto como apenas um olhar dele poderia me deixar feliz e empolgada com a minha vida. É inexplicável eu ter me afastado disso. Deixei minha fantasia de uma vida em Beechwood com ele me impedir de ter qualquer tipo de vida com ele. Encontro seus olhos e penso: "Qualquer Ethan é melhor que Ethan nenhum". Preciso lhe dizer isso.

Ethan está parado em frente à igreja com Frannie, Marco, meu pai e meus filhos. Ele está conversando com Cliffy e Iris de um jeito natural e despreocupado. Greer está mais afastada. Meu pai diz algo a Ethan e depois enfia a mão no bolso do paletó e se vira para Frannie. Eu me aproximo deles com total incerteza. Não sei como cumprimentar Ethan.

Meu pai me abraça, o que é reconfortante e me dá tempo. Eu me viro para Ethan, e ele não faz nenhum movimento em minha direção.

— Obrigada por ter vindo — digo.

— Claro — ele responde. — Sei o quanto é difícil.

Por um segundo, fico sentindo o peso bonito do seu olhar. Mas então ele desvia o rosto, como se talvez eu não o merecesse.

— Obrigada — digo, e o silêncio mais ensurdecedor do mundo cai sobre nós. Uma avalanche de palavras espera para sair. Mas estou cercada pelos meus filhos e pelo meu pai. Frannie tenta chamar minha atenção, talvez só para me dizer para deixar para lá. A última coisa que quero é deixar para lá.

— Bem, eu tenho que ir — Ethan diz. Ele aperta a mão do meu pai, estende a mão para tocar a cabeça de Theo no carrinho e sai andando.

Minhas palavras não ditas recuam e pesam no meu peito. "Fique" e "Podemos conversar?" ficam apodrecendo no meu coração, como um amor contido.

Antes que eu possa ir atrás dele, Sandy e Camille se juntam a nós. Não sei o que dizer ou como lidar com a dor delas. Elas são muito mais velhas do que eu era quando perdi minha mãe, mas consigo ver em seus olhos que não há como estar preparada para perder a mãe.

Meu pai intervém.

— Sinto muito. Sei como é difícil. Ali perdeu a mãe há dois anos. O nome dela era Graça, elas eram muito próximas.

E uma montanha se move com essas palavras. Ele não a mencionava há tanto tempo. Como se ouvir seu nome mudasse algo no meu coração. Há uma pitada de graça aqui, e às vezes é tudo o que precisamos. Seguro a mão dele e digo às filhas de Phyllis:

— Sua mãe me disse que essa dor compensa toda a diversão que tivemos. E eu acredito nela.

Preciso encontrar Ethan.

46

— PRECISO RESOLVER UMA COISA RAPIDINHO — DIGO AOS MEUS FILHOS e ao meu pai. — Podemos nos encontrar no hotel daqui a pouco?

— Esqueci a bolsa na igreja — Greer diz.

— Tudo bem, seu avô espera — respondo.

Preciso ir à casa de Ethan. Preciso levá-lo até nossas cadeiras à beira da piscina e dizer que eu estava errada. Que não vou desistir, que quero mais, seja lá o que isso signifique.

— Não, você poderia me ajudar a procurar? — ela pergunta.

Tem alguma coisa acontecendo.

— Claro — digo, e atravessamos mais uma vez as portas duplas. Subo o corredor até onde estávamos sentados, e Greer segura minha mão para me deter.

— Eu não trouxe bolsa.

Eu me viro e olho para ela.

— Eu estava realmente chateada — ela diz. — Com minhas amigas. E acho que também estava chateada com todo o resto.

— Eu sei. E você tem todo o direito de estar — digo, apertando sua mão.

Ela me solta e mexe na alça do seu vestido de verão.

— Mas não queria dizer aquilo sobre você desaparecer. Não acho que você vai fazer isso. Sei que tem andado triste, mas sei que está aqui por mim.

— Obrigada, é bom não desaparecer — digo. A Super Eu, em um mundo de sofrimento, ainda é a Super Eu.

— E talvez aquela coisa com o Scooter tenha sido algo bom. Ele é legal — ela diz. — Tipo, é fácil estar com ele.

— É — digo.

— Dona Graça teria gostado dele. — Ela sorri o sorriso da minha mãe.

— Teria.

Tenho quase certeza de que ele foi enviado por minha mãe, aliás. Eu a puxo para um abraço. Como é complicado ser filha e ser uma pessoa.

— Uma vez, quando ele estava me ensinando a andar de skate, eu estava tentando aprender a subir na rampa com a velocidade necessária, sabe? Subi e, quando estava descendo, perdi o equilíbrio. Senti que ia cair. E o engraçado é que, enquanto eu estava caindo, pensei: foi muito divertido e valeu totalmente a pena.

Ela sorri para mim.

— Você se machucou?

— Não — digo. — Ele me segurou. Como Dona Graça teria feito. E eu sempre vou segurar você também.

Meu pai leva meus filhos para a recepção do hotel. Não preciso dizer a ele aonde estou indo. Ele sabe.

Vou dizer a Ethan que sinto muito, que não terminou. Que sei quem ele é, e que ele pode ser essa pessoa em qualquer lugar, que vamos descobrir isso juntos. Não sei por que nunca disse que o amava. Na agonia das últimas duas semanas, a única coisa de que tive certeza é que nunca vou me sentir assim com outra pessoa novamente. Ele foi isso tudo. Quando eu tiver a idade de Phyllis, lembrarei deste verão e de como ele mudou meu coração. E, se ele não quiser acreditar em mim, tudo bem. Eu só preciso dizer a ele.

Paro em frente à casa de Ethan, e o carro dele não está na garagem. Há dois outros carros, e um homem está em uma escada examinando as calhas. Uma mulher de terno confere itens de uma lista. A placa de VENDE-SE desapareceu. Eu recupero o fôlego e descanso a cabeça no volante. É só uma casa, digo a mim mesma. Mas é um fim. É o fim do verão que eu passei ali, e o fim de Ethan voltando para cá. Quando ele for visitar os pais durante as festas, ele vai para a Flórida. Frannie é a última Hogan em Beechwood.

Enxugo as lágrimas do rosto com as costas da mão e sigo na direção do hotel. Reduzo a velocidade ao passar pela pista de skate, na ilusão de encontrá-lo na rampa com seu terno do dia do divórcio. O hotel é o último lugar onde ele poderia estar, a menos que já tenha deixado a cidade. O pensamento provoca uma nauseante sensação de vazio em meu estômago. Imagino Ethan dirigindo de volta para Devon para retomar sua vida de verdade. Em uma vida diferente, eu estaria pegando a estrada com ele.

Estaciono no parcão, e não no hotel, porque não quero ficar presa na vaga, e um pouco de ar fresco deve cair bem. Atravesso o parque de sandálias e sinto a grama seca do fim do verão roçar meus pés. Passo pelo local onde Ferris escolheu Ethan, e digo a mim mesma que valeu a pena. Eu não voltaria atrás e deixaria de amar Ethan só para não sentir essa dor agora. Eu faria tudo de novo. Chego ao final do parcão e atravesso o portão em direção ao hotel. Está calor, seria bom sentir uma brisa. Até a bandeira, que geralmente tremula acima do hotel, está inerte no ar denso e imóvel. À sua direita, vejo algo pendurado no corrimão do mirante. Acho que é um cobertor, mas, quando meus olhos se focam, vejo que é um paletó. Ao lado dele, dois antebraços repousam no corrimão, segurando uma cerveja. Eu reconheceria aqueles antebraços dourados em qualquer lugar. Corro para os fundos do hotel e faço a volta até a lateral onde a escada estreita está trancada há muito tempo, mas a porta está aberta. Subo os degraus mais devagar do que gostaria por causa das sandálias, então as tiro no meio do caminho e começo a correr. Quando abro a porta do terraço, ele está ali olhando para a água.

Estamos bem alto. Claro que eu sabia disso, mas nunca estive ali para saber qual era a sensação. Não há brisa nenhuma, e tudo parece perfeitamente imóvel. À minha frente, posso ver Long Island. Atrás de mim, posso ver o fim da cidade. Nessa imobilidade, sinto tudo com clareza.

Ele se vira e me vê segurando as sandálias.

— Oi — ele diz.

Eu me aproximo dele, mas não o toco. Nós dois nos viramos de volta para o corrimão e observamos a maré baixar enquanto eu recupero o fôlego.

— Foi um bom funeral — ele diz.

— É.

— Vai ser difícil pra você sem ela. Ela era uma grande parte da sua vida.

— É — digo outra vez.

Mas valeu a pena. Eu faria ovos para Phyllis e colocaria pudim de baunilha na geladeira dela novamente, sabendo que sentiria falta dela como estou sentindo hoje. Porque é isso que a vida é: momentos de alegria salpicados de perdas. É por isso que temos um cachorro e depois arranjamos outro cachorro. A loucura se repete só para sentirmos mais uma vez o sabor da alegria. Viro-me para ele e não digo nada disso.

— É estranho não ter brisa aqui em cima.

— É. Tudo parece meio parado.

— É.

Alguém passa de caiaque. Há veleiros a distância. Quero perguntar se posso tocar sua mão. Ou se poderíamos dar uma volta. Quero saber se poderia passar mais um dia com ele antes que ele vá, porque há valor em um único dia bom.

— Você é realmente boa em falar do clima — ele finalmente diz.

— É um talento — falo.

Ele olha para a água.

— Sinto muito. Eu estava errada — confesso.

Não me diga. — Ele toma um gole da sua cerveja. Quero que ele se vire para mim, que me convide para me aproximar.

— Isso tem sido realmente difícil — falo.

Nós observamos a água. Um par de pessoas em pranchas de *stand up paddle* passa pela Ilha dos Pelicanos.

— Você achou mesmo que eu simplesmente ia deixar pra lá? — ele pergunta.

— Você não tinha escolha.

— A gente sempre tem uma escolha, Ali. Você quebrou sua promessa.

— Eu sei — digo. — Também quebrei meu próprio coração.

Estou procurando uma brecha. Algum sinal que ele me dê hoje, ou esta semana, ou o resto do verão. Mas ele não está se abrindo para mim. Sua linguagem corporal está fechada. Ele olha para a água e me sinto excluída.

Desesperada, pergunto:

— Quanto tempo você vai ficar?

— Quanto tempo quer que eu fique?

— O máximo possível.

Ele não diz nada. Tento outra vez.

— Achei que seria doloroso demais me despedir de você. E eu estava certa, aliás. Não consigo fazer isso.

Quero lhe dizer que mudei de ideia sobre a questão do cachorro, mas estou cansada de andar em círculos. Respiro fundo e apenas digo:

— Eu te amo.

Ele se vira para mim, finalmente, e continuo:

— Eu sei que isso é algo grande pra se dizer assim de repente, mas realmente te amo. Podemos apenas ter mais tempo? Não consigo lidar com a ideia de que acabou. Eu nunca mais vou me sentir assim.

Há lágrimas em seus olhos. Ele me puxa para os seus braços e eu descanso minha cabeça naquele lugar em seu peito onde eu poderia ficar para sempre. Seria bom se ele dissesse que também me ama. Minhas palavras ficam apenas pairando ali, mas acho que está tudo bem. Nem tudo é equilibrado sempre. Eu me afasto, porque poderia muito bem acabar dizendo aquilo.

— Acho que o que eu queria te dizer, além disso, é que você seria a parte mais importante de qualquer comunidade em que escolhesse morar. Não acho que se perderia se deixasse Devon. Você é tão forte e seguro que faz os outros se sentirem fortes também. Não estou te pedindo pra se mudar pra cá, só estou dizendo que você é amado aqui também. E, se morar aqui for impossível, tudo bem também. Posso ir pra Devon toda semana. Eu realmente faria isso.

— Ali — ele diz. Ele segura minhas mãos. O choque de sentir suas mãos temporariamente nas minhas me remove desta conversa. É, acabei de dizer que o amo. Mas, Deus, como é boa a sensação das suas mãos nas minhas. — Eu vou ficar aqui em Beechwood.

— Não, você não pode fazer isso — digo. Estou olhando diretamente em seus olhos e sei que ninguém, incluindo eu, diz a Ethan o que ele pode ou não fazer.

— Não me faça repetir a história de arquiteto. — Ele me puxa para mais perto. — Tomei uma decisão meio grande. Você pode não gostar muito. Não sei. Fiz isso por mim, mas também, esperançosamente, por nós.

Eu não digo nada. Estou hipnotizada pela palavra "nós".

— Eu doei a casa pra cidade.

Saio do torpor.

— O quê?

— Eu estava andando por Devon, tentando fazer com que a cidade parecesse um lar outra vez, tentando voltar a ser a pessoa que eu era antes de você. E tudo só me pareceu vazio. Eu me mudei pra lá porque me fazia bem. Percebi que o que me fazia bem lá era o fato de ser um lugar ao qual eu poderia pertencer. Mas isso não é mais suficiente. Eu pertenço a você.

Meu coração para e eu nem pisco. Quero ter certeza de tê-lo ouvido bem.

— Sério? — Passo os braços ao redor de seu pescoço.

— Sério — ele diz.

Ele me beija, e o gosto salgado é a primeira pista de que estou chorando. Um alívio me invade só de estar perto dele. Ele apoia a testa na minha e enxuga minhas lágrimas com os polegares. Tenho uma sensação engraçada de que nenhum de nós está em vantagem; posso sentir nossos corações ávidos um pelo outro.

— Mas e aquele povo todo de Devon?

— Isso é meio complicado. Quero dizer, Barb pode encontrar alguém pra trocar as pilhas de seu alarme, e eu posso trabalhar como advogado remotamente, mas os garotos da pista de skate ainda precisam de mim. Eles têm meu telefone, e vou voltar a Devon uma vez por semana. Mas também estou preparando a casa dos meus pais como um lugar para as crianças virem quando passarem da idade de serem acolhidas pelo sistema. Michael e Louie são os primeiros. Tem uma assistente social trabalhando comigo, e a Frannie vai oferecer empregos temporários pra eles na lanchonete. Sempre precisamos de gente no hotel no verão.

— A Frannie sabe disso?

— Sabe. Ela tem sido muito legal nos últimos dias, e estava implorando pra eu te contar logo, mas as coisas só se definiram esta manhã. E eu não sabia ao certo o que você acharia.

— É uma coisa maravilhosa o que você fez.

— E, honestamente, Ali, não é como se ninguém precisasse de mim aqui. Eu sempre voltava pra cá como um adolescente, meio que regredindo ao que esperam de mim. Mas meus pais precisam de ajuda com o hotel e tudo mais. O Theo precisa de mim; você sabe que eles nunca vão deixar aquele menino aprender a andar.

— Verdade. — Dou risada. — E você achou que eu não ia gostar disso? — Passo as mãos sobre as mangas de sua camisa branca impecável.

— Bem, talvez. Você ama aquela casa. Talvez tenha imaginado um futuro diferente. Mas isso parece certo. E todo o resto, eu consigo resolver. — Ele sorri para mim, e sinto que quero passar o resto da minha vida naquele sorriso.

— Honestamente, você é a melhor pessoa que eu já conheci. — Passo de novo os braços ao redor de seu pescoço.

— Eu duvido disso. Mas eu te amo, Ali, de um jeito tão intenso que acho que nunca poderia te explicar. Então vou ficar. — Ele me beija outra vez, mais profundamente, e eu derreto dentro dele de um jeito que nunca achei que fosse ser capaz de fazer outra vez. — Eu te amo — ele diz em minha boca. — Eu te amo tanto, Ali. — Tudo o que eu sempre desejei na vida se materializou naquele mirante.

Ethan segura meu rosto em suas mãos e pressiona a testa contra a minha.

— Chega de despedidas, está bem? — Assinto e o beijo outra vez. É uma promessa. O vento surge do nada, e sinto a brisa roçar levemente meu rosto. Percebo um brilho vermelho com minha visão periférica enquanto a bandeira acena para nós. *Isso com certeza é radiante*, diz ela.

O sol está descendo sobre a cidade atrás de nós, mas não quero desviar os olhos dele para vê-lo se pôr. Quero ficar em seus braços, onde de algum modo estou totalmente protegida e completamente livre. Aquela coisa inacreditável.

— Onde você vai morar? — pergunto em seu pescoço.

— Não sei. Talvez eu fique na casa por um tempo. Apenas pra garantir que as coisas comecem bem. Vou encontrar um lugar e, enquanto isso, posso sempre ficar aqui no hotel. — Ele olha ao redor. — Precisamos colocar alguns móveis aqui em cima só pra nós. Sou a única pessoa no mundo que tem a chave. Eu a encontrei no escritório do meu pai.

— Não acredito que fez isso.

— Não acredito que você não pensou nisso. Você não era a oradora da turma?

— Eu nunca, em um milhão de anos, pensei que alguém mudaria completamente a vida por mim.

— Eu nunca, em um milhão de anos, pensei que gostaria de fazer isso por alguém. — Ele me beija novamente, e eu quero ficar ali para sempre.

— Espera, seus pais sabem?

— Sim, preparei toda uma apresentação pra explicar pra eles como funcionaria juridicamente uma organização sem fins lucrativos e como seria trabalhar com a cidade. Tudo em que eles se focaram foi você. De todas as coisas, acho que você é a única pela qual eles finalmente se orgulham de mim. Eles perguntaram umas cem vezes se a gente vai se casar. Queriam saber o que seus filhos acham de ter novos avós.

Estou sorrindo para essa possibilidade. Mais avós, mais família, mais Ethan.

— Obrigada por fazer isso. Por todo mundo.

— Eu fiz isso principalmente por mim mesmo.

47

ESCEMOS A ESCADA ESTREITA E ATRAVESSAMOS O TERRAÇO ATÉ O
restaurante à beira-mar do hotel. As pessoas ainda estão por ali
comendo versões em miniatura do sanduíche que é a especialidade de Frannie. Estou diferente, e não há como esconder isso das pessoas
que me amam. Meu pai percebe primeiro e coloca a mão sobre o coração,
como se quisesse lhe dizer para se acalmar. Um sorriso toma conta do
rosto de Frannie, e ela dá uma cotovelada em Marco com bastante força.

Greer estreita os olhos para mim, e vejo a compreensão de que algo
bom está acontecendo tomar seu rosto. Iris empurra o carrinho de
Theo entre as pessoas até onde estamos conversando com Sandy e Camille. A dor delas é temporariamente aliviada e elas parecem estar em
uma festa. Sei que isso é uma armadilha, assim como sei que, eventualmente, elas ficarão bem.

Cliffy está ao meu lado com os braços em torno da minha cintura.
Eu o aperto de volta e sinto Ethan nos observando. Neste momento,
sou apenas coração.

Depois que todos se foram e me despeço do meu pai, encontro
Ethan no terraço segurando a mão de Theo e conversando com meus
filhos. Não sei quem quero tocar primeiro. *Você pode ter tudo isso*, minha
mãe diz no vento.

— Acho que é melhor irmos pra casa — eu falo.

— Sim — Ethan diz. — Foi um grande dia.

Greer cruza os braços. Iris parece estar prendendo a respiração.

— Vamos lá, Scooter — ela diz.

— Sério? — ele pergunta.

Cliffy solta o ar.

— Não seja covarde.

Ethan se volta para mim, e está excessivamente formal de um jeito que me dá vontade de rir.

— Esses três me deram permissão pra te convidar pra um encontro.

Tento conter meu sorriso.

— É verdade? — pergunto a eles.

— É — Iris diz. — Ele falou que vai ser em um restaurante de verdade. Talvez até mesmo aqui.

— Bem, parece bom — eu digo. — Aceito.

— Ótimo — Iris fala. — Porque o vovô e a Libby vêm pra ficar com a gente amanhã às seis.

48

ÃO VAMOS AO HOTEL NO FIM, PORQUE HAROLD SE ENVOLVEU EM UMA confusão com o peixeiro e tudo o que estão servindo é frango. Em vez disso, vamos a um bistrô em Rockport e comemos mexilhões e ficamos escancaradamente de mãos dadas.

Ele me leva para casa às onze depois do nosso encontro e me beija intensamente para se despedir na minha porta. Não podemos ir para a sua casa porque ela está sendo pintada por dentro. Não podemos entrar na minha porque meu pai está lá. Sinto como se tivesse dezesseis anos.

Quando finalmente é sábado e estamos sozinhos na minha própria casa, no meu quarto recém-limpo, fico deitada em seus braços e deixo todos os sentimentos se derramarem sobre mim. Ethan é algo que nunca pensei ser possível — um parceiro com quem sou totalmente livre para ser eu mesma. Um amor de verão que não precisa terminar.

— Quanto tempo eu tenho que esperar pra perguntar pros seus filhos se posso me casar com você? — ele pergunta. Ele não está falando sério, mas está.

— Com certeza algumas semanas — digo.

Seu celular vibra, e não quero que ele se mova.

— Não atenda — peço, e jogo as pernas sobre as dele para prendê-lo.

— Eu tenho filhos — ele responde. — Sempre tenho que atender. — Fico deitada ao lado dele enquanto ele responde perguntas sobre um evento que acontecerá hoje na pista de skate.

Recebo uma mensagem de Sandy: Não sei como você fez isso. É brutal

Ela e Camille estão ao lado, limpando a casa de Phyllis. Na verdade, só têm o fim de semana para fazer isso juntas, porque Camille vai voltar para São Francisco na segunda-feira. Depois disso, vai ficar tudo por conta de Sandy. E por minha conta, é claro.

Quando Ethan deixa o celular de lado, ele me puxa para perto e diz:

— Não quero sair dessa cama nunca mais.

— Nem eu — digo.

Amanhã meus filhos estarão em casa, e ele não estará aqui. Lembro a mim mesma que ele está logo ali no fim da rua, o que é muito melhor que Devon.

— Mas talvez precisemos ajudar Sandy e Camille por um tempo.

Ethan cobre o rosto com um travesseiro.

— Todos aqueles livros.

— É coisa demais mesmo. Mas é muito mais pra elas do que seria pra gente. Vamos dar a elas duas horas de ajuda. Vou colocar um alarme. E podemos voltar direto pra cá.

Posso dizer que Sandy está em frangalhos no minuto em que passamos pela porta. E isso antes mesmo de ela começar a chorar.

— Todas essas fotos... E as cartas que meu pai escreveu pra ela depois do primeiro verão juntos. Eu poderia fazer isso por meses e não conseguiria repassar tudo.

Eu a abraço.

— A gente vai te ajudar. E você pode usar minha garagem para a pilha de doação.

Camille sai do quarto carregando roupas e mais roupas.

— Ah, graças a Deus vocês estão aqui.

— Isso é pra doar, certo? Leva pra minha garagem.

— Graças a Deus que sua garagem é tão perto — ela diz. — A gente só vai precisar de umas mil viagens antes de botar este lugar à venda.

Ethan está na sala, passando as mãos pela lareira de pedra.

— Ela cuidou muito bem desta casa — ele diz.

Sandy assente.

— Ela achava que sua vida era um conto de fadas. Esta casa fazia parte do romance, mesmo depois que meu pai se foi.

— Adorei — ele diz. Ele abre um armário de canto cheio de livros e xícaras de chá. — Posso subir?

Sandy acena novamente.

— Fique à vontade. E, se puder, traga os casacos velhos do armário no topo da escada.

Camille volta da minha garagem, e começo a juntar caixas com coisas que elas podem querer guardar.

— Vamos chamar essas caixas de "tesouros". Vamos colocar as cartas de amor e as fotos antigas aqui e levar tudo imediatamente pro seu carro. Depois vamos retirar os livros. Sugiro que cada uma escolha dez, e depois podemos chamar o sr. Tripodi da biblioteca pra pegar o que quiser. E amanhã é a vez da cozinha.

Ethan desce com uma pilha de casacos.

— Garagem? — ele pergunta. Abro a porta para ele e o levo pelos três metros do gramado. Ele deixa os casacos e segura minha mão. — Então você me ama?

Sorrio. Não canso de falar isso.

— Amo.

— Tipo pelo resto do verão? Ou mais? Se tivesse que dar um palpite.

Passo os braços em torno de sua cintura. Nunca me senti assim antes e nunca desejei tanto um "para sempre" na minha vida.

— Mais.

— Te assustaria se eu me mudasse pra essa casa?

Olho para o seu rosto para ver se ele está falando sério. Ele está me olhando com uma certeza com a qual estou me acostumando. Ethan é uma pessoa que sabe exatamente o que quer.

— Eu ia amar — digo. — Realmente ia amar.

Não consigo parar de sorrir. Ethan está aqui, bem aqui.

49

EM MEADOS DE OUTUBRO, A COMPRA ESTÁ FINALIZADA, E ETHAN SE MUDA para a casa de Phyllis. Ele ficou com alguns de seus móveis, mas tomou posse daquele espaço. Ele dorme em um quarto no andar de cima que fica de frente para o meu, e, para ser honesta, temos muitos encontros secretos. Ele vai até Devon uma vez por semana, para ir ao tribunal e para ver como estão os garotos e a pista de skate, e, quando volta, é como se tivesse ficado longe por um mês.

Ethan desenvolveu um sistema para ficar de olho em Devon. Barb agora liga para o vizinho do andar de baixo para emergências rápidas, mas ainda telefona para Ethan algumas vezes por semana para conversar, o que pode ter sido o objetivo desde o início. Ele contratou um cara para administrar a pista de skate, e Mort também cuida dos garotos. Ele tem um grupo de mensagem com os Red Hot Pokers, que se resume a um bando de coroas dizendo que ele está ferrado. Ele ainda trabalha como advogado para Rose no abrigo de animais, e todos nós vamos para o desfile de cães. Barb está fazendo uma fantasia de macaco para Ferris. Estou um pouco preocupada com isso.

Ethan está aprendendo jardinagem no YouTube, e, com o que me lembro da rotina de Phyllis, mantemos as plantas dela vivas. Em breve, vamos embrulhar as roseiras em aniagem para o inverno. Não sei por que fazemos isso, mas é o que sempre fizemos. Na primavera, vamos desembrulhá-las e elas agradecerão florescendo. Compramos dezenas de bulbos de tulipas no viveiro local e nos deitamos em um cobertor embaixo do salgueiro-chorão enquanto meus filhos os plantam pelo jardim e ao longo da margem do riacho. Nunca em minha vida tive tanto pelo que ansiar.

Nós cinco temos tentado manter o clima de verão vivo fazendo jantares no meu quintal na maioria das noites, e Ethan faz uma pequena fogueira para afastar o frio. Esta noite eu grelhei bifes e aspargos, e o calor que vem da churrasqueira nos aquece. O riacho está agitado com a água de uma tempestade recente, e o portão da cerca entre nossas casas se abriu e está batendo ao vento.

— Por que precisamos dessa cerca? — Greer pergunta.

Ela cortou o cabelo curto em uma explosão inesperada de confiança. O sétimo ano parece estar concordando com ela. Ela entrou para o time de futebol da escola, o que lhe trouxe o benefício de fazer parte de um grupo totalmente diferente de garotas. Quando ela se senta, percebo que deixou o telefone dentro de casa outra vez. Faz um mês desde que Caroline escreveu para ela dizendo que sentia muito sua falta (com um emoji de carinha triste, é claro) e a chamou para dormir na casa dela. Essa mensagem está em seu celular, sem resposta, há um mês inteiro. Acho que Greer está começando a entender a natureza do poder.

— Vamos nos livrar dela — Iris diz. — Teríamos muito mais espaço.

— E poderíamos ver até as árvores de Phyllis ao longo do riacho — Cliffy fala, subindo no colo de Ethan. Ethan o deixa cortar seu bife e me olha nos olhos. Não lembro quando isso começou a acontecer.

— Por mim, tudo bem — digo.

— Então vamos fazer isso — Ethan conclui. — Eu amo a ideia de duas casas com um mesmo jardim.

Eu amo a ideia de todos nós em uma casa, mas é cedo demais para isso. Além disso, estar neste relacionamento superpróximo enquanto também tenho meu próprio espaço com meus filhos me parece exatamente certo.

O telefone de Ethan toca, e são seus pais em uma ligação de vídeo.

— Oi, querido — sua mãe diz. Ethan levanta o telefone para mim e depois para Cliffy em seu colo.

— Estamos jantando na casa da Ali — ele fala. — Amanhã vamos tirar a cerca.

— Ah, se case com ela logo — seu pai solta ao fundo.

A sra. Hogan faz com que ele se cale. Greer e Iris trocam olhares. Cliffy abre o sorriso de um menino de seis anos que acha que esta é a melhor ideia do mundo.

— Desculpe por interromper o jantar — ela diz. — Mas queria avisar que vamos aí no Dia de Ação de Graças.

— Que ótimo — Ethan fala. — Vamos cozinhar aqui. A Frannie e a família vêm. O pai da Ali e a Libby também. Vocês podem ficar comigo.

— Isso é adorável, querido — sua mãe diz.

— Apenas conte logo pra eles — diz o sr. Hogan. Vemos um ventilador de teto por alguns segundos, e, quando eles voltam, é o sr. Hogan. — Vamos pra Ação de Graças e vamos ficar. Não podemos viver aqui o ano inteiro. Estou queimado de sol, e estamos nos sentindo muito distantes.

— O Theo andou — a sra. Hogan fala, pegando o telefone de volta. — E nós perdemos isso. Quando eles chegarem aqui para nos visitar, ele já vai estar correndo. Não consigo suportar isso. Toda nossa vida é aí.

— Uau, isso é ótimo — Ethan diz. — Mas vocês sabem que a casa não é mais nossa, certo?

— Está tudo bem — ela fala. — Vamos nos mudar pro hotel. Pro apartamento dos seus avós. É perfeito pra nós. E eles podem preparar todas as nossas refeições quando estivermos velhos.

Ethan me olha em busca de uma reação. Não tenho nenhuma a lhe oferecer, exceto que estou empolgada por ter mais duas pessoas na mesa.

— Quando ligamos para o Harold esta manhã para avisar que voltaríamos, ele pediu o antigo emprego de volta, e nós concordamos. Mas a verdade é que não queremos administrar aquele lugar. A Frannie está louca pra encontrar alguém novo, porque não quer que isso recaia sobre ela.

— Eu quero o emprego — digo. Isso sai de um jeito um pouco agressivo, pelo qual não vou me desculpar, porque meu tom de voz representa o quanto eu quero esse emprego.

— Deixe-me falar com ela — diz o sr. Hogan, e Ethan me passa o telefone.

— Oi — eu falo. — Eu quero esse trabalho. Meio que tenho ajudado a treinar Harold com as coisas há algum tempo, mas mudanças importantes precisam ser feitas. As contas devem ser automatizadas, o contrato de coleta de lixo deve ser totalmente renegociado. O menu de inverno é muito amplo, e os lençóis e as toalhas devem ser lavados às segundas-feiras, não às sextas-feiras. Tenho certeza de que posso fazer isso.

Ele sorri.

— Bem, isso é... uma ideia.

A sra. Hogan pega o telefone.

— É a ideia perfeita. Mas, por favor, me prometa que o estresse não vai fazer você largar o Scooter.

Ethan apenas balança a cabeça. Eles realmente falam como se ele ainda estivesse no ensino médio.

— Não acho que isso seja algo com que deva se preocupar — digo, e ele segura minha mão.

— Você pode trabalhar de casa se quiser — a sra. Hogan fala.

— Eu gostaria de ir pro escritório. — Eu me surpreendo ao dizer isso. Também me surpreendo pelo jeito que meu coração está um pouco acelerado com a ideia de ter um escritório só meu, sete lápis em uma caneca e toda uma bagunça para arrumar. Sei exatamente o que vou vestir.

— Está bem, fechado — diz o sr. Hogan, como se tivesse acabado de ganhar na loteria. — Vou enviar uma proposta de salário amanhã, junto com uma descrição completa do emprego.

— Obrigada — falo. — Isso é maravilhoso. — Ethan passa o braço ao meu redor e me beija na testa.

— Chega de negócios — a sra. Hogan diz. — A Frannie me disse que vai levar todas as tortas para o jantar de Ação de Graças. Posso levar purê de batata e uma salada?

— Salada? — Iris e Greer dizem ao mesmo tempo. Ethan passa o celular para elas e me envolve com os braços enquanto seus pais defendem o valor da salada no jantar de Ação de Graças.

— Ali Morris, administrando os negócios da minha família — ele diz.

— É meio que o emprego dos meus sonhos — confesso. Sinto uma descarga de adrenalina com a decisão que acabei de tomar. E por um segundo entendo como seria a sensação de subir bem rápido o *half-pipe*, girar no ar e pousar exatamente onde você quer.

— Espere até eu negociar seu salário — ele diz, e ri.

Ele me puxa para perto e assistimos meus filhos rirem com os pais dele. Eu sinto tudo. O amor pelos meus filhos que às vezes parece que poderia me consumir em chamas. O amor ardente que ainda sinto vindo da minha mãe, como se fosse algo vivo dentro de mim. E a maneira como Ethan parece com algo que esperei minha vida toda.

— O que você acha que o Pete vai dizer sobre você administrar o hotel? Imagino que o Cliffy vai contar a ele imediatamente amanhã.

As crianças já foram para a cama e estamos sentados no quintal ouvindo a água correr pelo riacho. Os sinos dourados que margeiam o caminho até o riacho estão com seu amarelo-escuro de outono. As flores de hortênsia já se foram há muito tempo, assim como a maioria de suas folhas, deixando um monte de galhos sem vida por todo o meu quintal. Uma versão mais jovem de mim pensaria que aquelas plantas estavam mortas, mas Phyllis me ensinou o contrário.

Cubro as pernas dele com as minhas, e ele nos envolve com um cobertor, como é nosso hábito.

Estou tão feliz que amanhã é sábado que quase não escuto a pergunta de Ethan.

— Não acho que isso importe. O Pete pode pensar o que quiser.

— Bom, eu não me importo nem um pouco se ele me chamar de Scooter pra sempre. Na verdade, meio que gosto quando seus filhos fazem isso.

Isso me faz sorrir. Ethan finalmente está permitindo que Scooter seja feliz aqui.

— Podemos tentar o *half-pipe* outra vez amanhã? — pergunto.

— Eu adoraria. — Ele me puxa para perto, e o vento balança a velha cerca. — Não esperava, mas esta é meio que uma grande noite, com seu novo emprego e a morte daquela cerca feia. — Ele leva a mão ao bolso da jaqueta e pega uma caixinha. — Comprei uma coisa pra você há um tempo. Parece um bom momento.

Hesito, porque uma caixinha do homem que você ama pode significar um para sempre. Mas posso ver pelo olhar em seu rosto que não é um anel, e que de algum modo isso ainda significa para sempre. Eu a abro, e dentro tem um pequeno pingente de prata, um coração. Passo o dedo por sua superfície lisa, arredondada no meio com uma ponta aguçada na parte interior.

— Não acredito — digo.

Estou com lágrimas nos olhos e ele sorri para mim.

— No quê?

As respostas se emaranham em minha cabeça. Não acredito que eu não tinha um coração na minha pulseira. Que, nos hieróglifos da história da minha vida, meu casamento foi marcado por um vestido, não por amor. Que eu achei que nunca haveria outro pingente nesta pulseira.

— Que vai haver mais coisas, e elas estão começando por isso.

Deito a cabeça em seu ombro e silenciosamente agradeço a mim mesma por arriscar meu coração. É uma loucura amar alguém desse jeito; para mim, deve ser natural correr riscos. Na verdade, é possível que eu seja ousada o bastante para ser feliz. A primavera sempre vem, e tenho certeza de que sempre vou ter um cachorro.

NOTA DA AUTORA

Logo depois que minha mãe morreu, em 2009, minha irmã recebeu um e-mail da irmã Maureen Murray, que tinha sido professora da minha mãe na Marymount High School, em Los Angeles. A irmã Maureen se lembrava da minha mãe como "a instigadora de muitas pegadinhas", o que não me surpreendeu nem um pouco. Ela terminou o e-mail com estas palavras: "Lembre-se de que ela está tão próxima quanto a sua respiração".

Tenho refletido sobre essa frase por anos. Inicialmente, entendi que minha mãe viria do além e ficaria ao meu lado durante toda a minha vida. Seu espírito se envolveria ao meu redor quando eu precisasse dela. E talvez seja isso. Sinto sua presença o tempo inteiro. Ela tem o hábito de deixar corações no fundo da minha xícara de café e enviar cardeais para o meu campo de visão quando estou pensando nela. Mas o que passei a entender é que o amor que recebemos, em especial de nossos pais, se torna parte de nós. Internalizamos as maneiras como eles demonstraram seu amor, as coisas que sempre diziam. O conforto que nos deram se transforma em autoconforto. E esse amor, assim como nossa respiração, está dentro e fora de nós ao mesmo tempo.

Tudo isso para dizer que não quero que vocês se preocupem achando que estou ouvindo vozes. Eu converso com minha mãe no carro. Peço conselhos a ela o tempo todo, e em geral recebo algo, não porque ela está falando comigo, mas porque sua voz está dentro de mim — sei exatamente o que ela teria dito. Depois de todos esses anos, suas palavras de afirmação, seu incentivo e seu humor estão realmente tão próximos quanto a minha respiração.

AGRADECIMENTOS

Este livro é bastante pessoal para mim. O luto, as calças de moletom, o cachorro socialmente desajeitado, a despensa. Certamente os biscoitos de aveia da minha mãe. A parte da personal organizer, nem tanto. Eu não sou organizada, nem no nível amador.

Agradeço imensamente à minha brilhante, gentil e paciente editora, Tara Singh Carlson. Sabe o filme *Ela é demais*, quando Freddie Prinze Jr. volta sua atenção para Laney Boggs e, de repente, ela tem um corte de cabelo melhor e um futuro mais feliz? Tara é minha Freddie Prinze Jr.

Obrigada à minha agente maravilhosa, Marly Rusoff, que cuida muito bem de mim e cujas notas escritas à mão fazem com que eu sinta que tudo está certo no mundo. E obrigada a Kathie Bennett, da Magic Time Literary, por criar oportunidades para eu me encontrar com tantos leitores novos.

Obrigada à minha equipe da G. P. Putnam's Sons — Aranya Jain, Katie McKee, Nicole Biton, Jazmin Miller e Molly Pieper. Seu entusiasmo pelos meus livros e o jeito como vocês movem montanhas para garantir que as pessoas os conheçam parecem um presente diário. Um agradecimento extraespecial para a força de vendas da Penguin Random House pelo esforço hercúleo para me colocar nas prateleiras. Obrigada a Sally Kim por tudo, mas principalmente por compartilhar meus livros com sua mãe. Esse pode ter sido o momento mais feliz do meu ano.

Obrigada à talentosa designer de capas Sanny Chiu, pela maneira vibrante como ela dá vida às minhas histórias. Obrigada a Aja Pollock, minha editora de texto com olhos de águia, a Claire Winecoff, minha maravilhosa editora de produção, e a Ashley Tucker, a designer que fez este livro ficar visualmente impecável.

Sou muito grata a Jane Rosenstadt por me explicar o básico da mediação de divórcio. Mesmo o divórcio mais simples é complicado, mas reduzi isso ao cenário mais simples possível porque não queria permanecer nessa sala por muito tempo. Qualquer simplificação exagerada é responsabilidade minha, não dela. Obrigada a Ann Franciskovich por compartilhar comigo o apreço de sua mãe pelo dia radiante.

Obrigada, sempre, aos meus amigos escritores — aqueles que conheço há anos e aqueles que conheço apenas pela internet. Obrigada por lerem meu trabalho e por me deixarem ler os de vocês. E obrigada por compartilharem suas ideias, frustrações e o medo coletivo de parecerem bobos no TikTok, e por sempre torcerem uns pelos outros. Tenho muita sorte de fazer parte dessa comunidade.

O mundo dos livros é um mundo feliz por causa das pessoas que se importam tanto em conectar leitores com histórias. Obrigada aos livreiros independentes, bibliotecários, instagrammers, tiktokers e críticos de livros por tudo o que vocês fazem para conectar leitores ao livro certo. Tenho me divertido muito com os clubes de livro — presencialmente e online este ano — e estou começando a achar que os clubes podem ser o atual centro criativo.

Não posso expressar o quanto sou grata a cada leitor que abraçou meus livros, apareceu em um evento, contou à irmã sobre eles e me enviou um e-mail para dizer uma coisa boa. Conhecer leitores é o combustível alegre que me mantém escrevendo. Créditos e agradecimentos especiais se você for Annissa Armstrong e aparecer em cinco eventos seguidos. Com comidinhas.

Aos meus filhos, Dain, Tommy e Quinn, que, quando isto estiver impresso, serão adultos: obrigada por tudo o que vocês me ensinaram sobre Parentalidade na Medida Certa™. Eu nem sempre acertei, foi um processo de tentativa e erro, mas ver os jovens maravilhosos que vocês são faz com que eu ache que bom o bastante é bom o bastante. Sou incrivelmente orgulhosa de vocês. Este é provavelmente um bom momento para mencionar que haverá uma cláusula especial no meu testamento só para Tommy, que leu este livro várias vezes desde a primeira versão e escreveu inúmeras observações lá de Cingapura. Espero que esteja tudo bem.

Tom, estou tão feliz por você ser a pessoa com quem compartilho a vida. Você é a melhor parte do meu dia, todos os dias. Tenho mais a dizer sobre isso, mas preciso sair e comprar uma caixa de amido de milho. Acho que estamos sem...

UMA CONVERSA COM ANNABEL MONAGHAN

O que inspirou você a escrever *Amor de verão*?
Amor de verão começou como uma história sobre uma mulher que está tentando se libertar um pouco. Ela está esmagada por tristeza, melancolia e sua casa bagunçada. Eu queria escrever sobre a natureza finita (e leve) de um amor de verão, e como ele pode ser algo no qual você mergulha sem cautela porque não precisa planejar além do fim da estação. Eu queria que essa mulher se reconectasse com seu lado divertido, atravessasse o luto pela morte da mãe e se adaptasse a ser uma mãe solteira.

Agora que está finalizado, vejo no relacionamento de Ali com a mãe e com os filhos que grande parte deste romance é inspirada pela minha experiência como mãe, especialmente pela corda bamba entre não fazer o suficiente e fazer demais. Quando meus filhos eram pequenos, eles me pediam para colocar ketchup nos hambúrgueres porque, aparentemente, eu tinha uma habilidade única de espremer a quantidade exata. Como resultado, eles me chamam de Quantidade Exata Monaghan. Isso é algo que rondou minha cabeça enquanto eles cresciam — ketchup é fácil, mas, quando se trata de ser mãe, qual é a quantidade certa? Quando é a hora de intervir e quando é hora de recuar e deixá-los aprender?

O luto de Ali pela mãe é parte central da narrativa. Você sempre soube que ela estaria de luto por sua mãe? Você moldou esse processo de luto inspirado no seu ou no de alguém que você conhece?
Minha mãe foi a primeira pessoa por quem eu realmente fiquei de luto. Por um ano inteiro, perdi meu senso de humor. Tive dificuldade

de socializar com as pessoas e ouvi-las falar sobre suas vidas normais, que não envolviam perdas. Levou tempo e pequenos passos para sair desse espaço nebuloso e cinzento.

Embora minha mãe não tivesse nada a ver com a mãe de Ali, há um grande pedaço do coração dela neste livro — seus biscoitos de aveia com gotas de chocolate, seus lábios muito vermelhos. Ela era um pouco como a vizinha de Ali, Phyllis, emocionalmente presente, mas, fora isso, completamente desligada. Ela nunca sabia onde eu estava ou em que tipo de confusão estava me metendo, mas, quando estávamos juntas, ela estava presente e atenta ao meu bem-estar. Para mim, essa foi a quantidade certa de maternidade. Ela achava que o melhor jeito de ser mãe era "dar à luz e sair do caminho". Adoro o quanto isso é corajoso e o quanto ela confiava na minha capacidade de resolver as coisas.

Assim como Ali, Nora, em seu romance de estreia, *Nora sai do roteiro*, também era mãe solteira divorciada. Qual é seu interesse em escrever sobre mulheres com essa experiência encontrando o amor?
Não há jeito mais rápido para complicar sua vida que tendo filhos. Junte a isso uma hipoteca, um emprego e um ex-marido, e terá um drama instantâneo. Gosto do tipo de caos que vem naturalmente com a maternidade, em que você rema seu próprio barco, mas também se esforça para remar o barco de todas as outras pessoas. Alguns dias pode parecer que a vida está jogando balões de água em você lá da praia. Apaixonar-se e conectar-se com seu lado romântico pode ser desafiador com tudo isso acontecendo, e gosto da complexidade desse desafio e de como ele aumenta as apostas. Também gosto de como um grande caso de amor nesse estágio da vida parece inesperado, como um bônus.

Ali tinha tradições maravilhosas com a mãe, algumas das quais ela preserva com os filhos, como saudar o primeiro dia de verão ao alvorecer. Você tem alguma tradição desse tipo com seus filhos?
Adoro o jantar de domingo. Arrumo a mesa, tiro alguma coisa do forno, reúno as pessoas. Mas, nas noites de domingo durante o verão, tudo

acontece ao ar livre — minha família faz piquenique e jantamos na praia. Somos piqueniqueiros sérios. Levamos repelente, taças de vinho de plástico e uma toalha de mesa lavada tantas vezes que está puída. Levamos um *cooler* cheio de carne, batatas, salada de repolho e um pedaço de queijo. Nos sentamos às margens do estreito de Long Island perto de onde Ali talvez tenha se sentado com seus filhos, e jogamos cartas embaixo de um carvalho gigantesco. Não estamos dando as boas-vindas ao verão, apenas dando as boas-vindas à semana, nos reunindo depois de nos espalharmos. O jantar de domingo parece uma vírgula, uma breve pausa entre o que veio antes e o que vem depois. Normalmente, bebemos água com gás e vinho branco, mas esses são meus dias radiantes.

Ali aprende sobre jardinagem com sua vizinha, Phyllis, e o jardim carrega bastante simbolismo. Você faz jardinagem? Se não, há outros espaços ao ar livre que são simbólicos para você?
Eu não sou jardineira, mas adoro um jardim. Fico fascinada com a quantidade de trabalho que as pessoas dedicam aos cuidados com um jardim e quanto do trabalho o jardim faz por conta própria. Há dez anos, eu estava no supermercado (sinto um tema surgindo) e comprei por impulso um bulbo de peônia por seis dólares. Cheguei em casa, cavei um buraco com minhas próprias mãos e o plantei. No ano seguinte, tive duas enormes peônias da cor do *pinot noir*. Lembro-me de pensar: "Uau, será que é assim que Deus se sente?". No fim do outono, a planta inteira se transforma em gravetos, mas ela volta à vida na primavera. Todos os anos aquilo me parece um milagre, e me faz pensar em como a natureza, os animais e as pessoas têm um senso inato de como cuidar de si mesmos e florescer. Este ano, tive vinte flores!

Ethan é skatista, e você descreve bem a experiência de andar de skate. Você já andou de skate? Como você capturou a experiência de andar de skate nas páginas?
Eu, em um skate, não sou nada boa. Só a ideia de confiar no meu corpo para me equilibrar me causa um pequeno frio na espinha, mas adorei

aprender sobre como os skatistas dominam seus medos. Enquanto escrevia este livro, ouvi diversos podcasts sobre skate e participei de alguns fóruns online em que as pessoas contavam suas experiências. Assisti a horas de vídeos no YouTube, e minha principal conclusão foi que os skatistas convenceram a si mesmos de que podem voar, por isso eles voam. Na verdade, é tudo muito espiritual, o nível de presença necessário para se concentrar e a confiança necessária para deixar rolar.

Seus três romances até agora se passam nas vizinhanças de Nova York. O que te leva a escrever sobre essa área? O que Nova York representa para você?

Moro a cerca de quarenta minutos ao norte de Nova York, logo ao sul de Connecticut, aproximadamente onde Beechwood estaria localizada se fosse real. Morei em Manhattan por dois anos quando era solteira e depois voltei por oito anos quando estava casada. (Tive que deixar Manhattan para conhecer um homem. Sempre desconfiei de que era baixinha demais para ser notada em um bar.) Quando me mudei para fora da cidade, percebi o quanto preciso de espaço e silêncio. Amo sentar em meu jardim e ver o nascer do sol sobre a floresta. Mas também adoro saber que o coração pulsante da cidade está logo ali. Adoro a carga elétrica de estímulo que sinto quando a visito, seguida pelo silêncio de voltar para casa. Acho que é por isso que escrevo sobre lugares tranquilos fora de Nova York; parece o ritmo da minha vida — rápido e devagar, barulhento e silencioso, externo e interno.

Sem dar nenhum spoiler, você sempre soube como a história acabaria?

Sempre soube como Ali se sentiria e quem se tornaria, mas, como sempre, não sabia como chegaria lá.

O que você espera que os leitores possam levar de *Amor de verão*?

Minha conclusão pessoal com essa história é que não é necessário ganhar na loteria para sair do luto, da tristeza ou da inércia geral. Não precisamos esperar que um raio caia do céu. Qualquer pequena ação em direção à felicidade levará a outra. Faça seu café do jeito que gosta, vista uma roupa mais arrumada, faça uma caminhada, ligue para um amigo. São necessários pequenos passos e tempo.

E falo sério sobre o lance do cachorro. Pensei nisso por anos, vendo amigos se apaixonarem por seus cachorros e depois enterrá-los. Que loucura é essa de caminhar intencionalmente para esse tipo de dor? Mas então, em 2018, Tom e eu fizemos uma desintoxicação de trinta dias (não é piada) e nos sentimos Super Nós por um minuto. Quando percebi, tínhamos adotado um cachorro. Agora estou duas coisas: apaixonada pelo meu cachorro e certa de que ele vai partir meu coração quando morrer. E entendo: a alegria vale a pena. Essa é a natureza do amor de verão, o ato de se entregar por completo, mesmo sabendo que haverá uma despedida cheia de lágrimas. A alegria vale a pena no momento.

Além disso, não façam desintoxicação.

O que está pensando em fazer em seguida?
Espero escrever uma história de amor entre as costas leste e oeste sobre um executivo de estúdio cuja carreira está em jogo.

GUIA DE LEITURA

1. A mãe de Ali deu a ela uma pulseira com pingentes que representam diferentes marcos de sua vida. Se você tivesse uma pulseira como essa, que pingentes colocaria nela e por quê?

2. Em certo momento, Ali diz: "Eu sempre quis alguém que pensasse em mim desse jeito, que eu fosse especial". Você acha que um relacionamento exige esse tipo de sentimento?

3. Ali encontra paz ao organizar as coisas. Você se sente da mesma forma em relação à organização? Há alguma outra atividade que lhe proporcione essa sensação de paz?

4. Você já teve um amor de verão? Sabia que o romance duraria apenas pelo verão quando começou?

5. Você acha que um amor de verão é fundamentalmente diferente de um relacionamento que não tem data de término preestabelecida?

6. Qual foi seu trecho favorito e por quê?

7. Ethan diz que se sente mais como ele mesmo em Devon que em Beechwood. Você acha que o lugar onde mora pode afetar quem você é? Qual foi o lugar favorito onde você já morou e por quê?

8. Os Hogan tomam uma decisão drástica e depois mudam de ideia. Você já tomou uma grande decisão em sua vida e depois voltou atrás? Ou desejou poder voltar atrás? Como acha que a história teria terminado se os Hogan não tivessem mudado de ideia?

9. Ao longo do livro, a compreensão de Ali sobre seu relacionamento com a mãe muda enquanto ela ajuda a filha de doze anos a passar por um momento difícil. O que você acha da forma como a mãe de Ali a ajudou em seu casamento? Já houve alguma situação em que você quis ajudar alguém e não deu certo? Ou que a ajuda que alguém lhe ofereceu não teve o resultado desejado?

10. O que achou do final?

SUA OPINIÃO É MUITO IMPORTANTE

Mande um e-mail para **opiniao@vreditoras.com.br**
com o título deste livro no campo "Assunto".

1ª edição, fev. 2025

FONTE Futura Round Bold 15/16,1pt
Le Monde Livre Cla Std 10,5/16,1pt
Le Monde Livre Std Bold Italic 10,5/16,1pt
Le Monde Sans Std 7,7/16,1pt
Mount Hills Pro 7,7/16,1pt
Maison Neue Book 10/16pt
PAPEL Polen Bold 70g
IMPRESSÃO Gráfica Bartira
LOTE BAR031224